劍寒千山
墨書白 著
第二部
下卷
問心之劫

《劍尋千山》宗門勢力圖

北境

天劍宗為北境第一大宗門。

定離海

西境

玉成宗原屬合歡宮,但因合歡宮式微,玉成宗轉投鳴鸞宮。宗門流變請參照內文。

```
西境
 │
碧血魔主
 ├─────────┬─────────┐
清樂宮    鳴鸞宮    合歡宮
 │         │         │
 ├─道宗    ├─劍宗    ├─玉成宗
 ├─陰陽宗  ├─傀儡宗  ├─天機宗
 └─藥宗    └─巫蠱宗  └─百獸宗
```

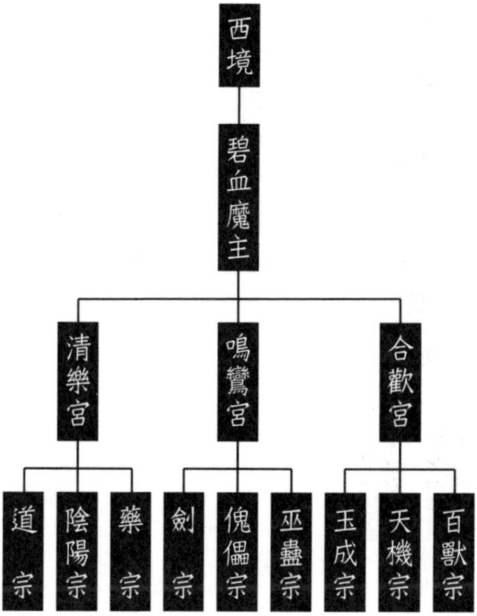

目錄

CONTENTS

第十二章　人間之感

看著跪倒在地的秦風烈，鳴鸞宮弟子都是一愣。

片刻後，有人驚呼出聲，鳴鸞宮弟子瞬間意識到敗局已定，四處逃散而去。

花向晚抬眼揚聲：「慢著。」

音落，一道結界無生地在周邊瞬間升騰而起，一個個弟子撞到結界之上，發現走投無路。

現下高階修士已經逃開，這些弟子慌張得不知所措，他們所有人提劍站在不遠處，勉力支撐著自己不要恐懼，咬牙看著高處的花向晚和謝長寂。

「花少主。」唯有秦雲裳，她一手撐劍，吊兒郎當地站起來，打量著花向晚的狀態，恭敬道：「恭喜花少主步入渡劫。」

「你們鳴鸞宮就是這麼恭喜我的？」花向晚笑起來，盯著秦雲裳：「在我渡劫之時，舉宮之力，來殘害我宗弟子？」

「此事鳴鸞宮的確有愧，但我等都是他人棋子，」秦雲裳回頭看了身後弟子一圈，「是來是走，都由不得我們選擇，還望花少主憐憫我等身不由己，給條生路。」

「我給妳生路，」花向晚盯著秦雲裳，「憑什麼？」

聽到這話，秦雲裳回頭注視著身後弟子。

這些弟子看上去十分緊張，他們看著秦雲裳，目光裡帶著幾分祈求。

秦雲裳明白他們的心意，她回過頭，抬眼看向花向晚，雙手舉劍放在身前，揚聲開口：

「鳴鸞宮，降！」

這話一出，眾人心中舒了口氣，鳴鸞宮弟子一個個跟上，雙手握劍，跪在地上，微微低頭。

晨風下，黃沙捲著血腥氣飄散而過，花向晚看著地面上的弟子屍體，她神色微斂，片刻後，輕聲道：「靈南，帶人將鳴鸞宮弟子押入地牢，打掃戰場。靈北，將傷患帶回宮中安置，清點傷患。薛子丹，」花向晚回眸看向正在一旁給弟子看診的青年，薛子丹抬頭，就聽對方朝著宮內揚了揚下巴，「跟我走。」

說著，花向晚轉眸看向謝長寂，他面上有些蒼白，花向晚遲疑片刻，伸手幫他把劍收回劍鞘，低頭拉住他，輕聲道：「我們先回去。」

「嗯。」

謝長寂應聲，任由她拉著進了合歡宮宮城，走進廣場，入眼是在風中獵獵的招魂幡。

花向晚仰頭看著這些招魂幡，過去她每一次看，都很平靜，因為她知道這些招魂幡所指引的前路，然而這一次，握著手邊這個人，她卻頭一次生出了幾分茫然，這份茫然中，又生出了幾分勃勃生機，讓她對這未知的未來，有了幾分期許。

她領著謝長寂走到後院，薛子丹也跟了過來，抬手將黑袍從頭上放下來，便直接開口：

「叫我來做什麼？現在這麼多事兒……」

「給他看看。」花向晚直接指向旁邊謝長寂。

薛子丹頓時瞪大了眼：「妳把我叫過來，就是給他看診？」

說完，不等花向晚回覆，他直接轉身：「我不看。」

「薛子丹。」花向晚語帶警告，「看不看？」

薛子丹腳步一頓，遲疑片刻後，他深吸了一口氣，轉過頭來，搖頭晃腦，面上全是痛苦：

「花向晚啊花向晚，妳這是在折磨我。」

說著，他折回房間，坐到謝長寂對面，不耐煩道：「伸出手來。」

謝長寂不動，薛子丹驚疑地回頭：「你被天雷劈聾了？」

「無需你看。」謝長寂開口。

薛子丹頓時樂起來，他趕緊起身，只是剛站起來，又被花向晚按下去，花向晚的劍架在他脖子上，抬頭看謝長寂，微微一笑：「謝長寂？」

謝長寂不說話，過了片刻後，在花向晚無聲的「調解」下，他不情不願地伸出手。

薛子丹給他一把脈，立刻給了判斷：「腎虛。」

「庸醫，換人。」

「你好好看。」花向晚一巴掌拍在薛子丹腦袋上，「少給我胡說八道。」

薛子丹被打了一下，終於老實幾分，緊皺著眉頭給謝長寂診了會兒脈，又用靈息探查了一下他的情況，幾番確認後，臉色終於鄭重起來，皺起眉頭：「你……其他還是小傷，稍作休養即可，但分神重創，境界大跌，怕是要重新修煉好一段時間了。」

修士到化神期，便會修出可以離體的元神，被稱為「分神」，分神一般是魂體，特殊功法之下，亦可成為實體。

這一點不需要薛子丹提醒，謝長寂瞭解得比他清楚，點頭道：「我知道。」

「你的分神怎麼會被重創？」花向晚在旁邊聽著，有些不解：「秦風烈這麼強？」

「不是。」謝長寂搖頭，沒說原因，只否認：「他傷不到我的分神。」

「那……」

「他替妳擋了天劫，」薛子丹看謝長寂沒說，一面提筆寫著方子，一面嘲諷道：「天劫這東西，誰敢擋天道就是加倍的罰。他怕妳被劈死，用分神替妳擋了，這份情意可真是讓我動容。」

說著，薛子丹甩出一份方子，丟給花向晚：「分神這東西我沒法治，自己好好修煉吧，身體沒事兒，好好養，我先走了，外面人多著呢。」

「我同你一起。」花向晚見薛子丹要走，立刻起身，她回頭看了謝長寂一眼：「你既然沒有大事，先好好休息，我處理完事就回來。」

說著，花向晚便同薛子丹一起出去。

謝長寂抬眸看向兩人，想說什麼，最終還是將目光轉到一旁的茶壺上，翻開茶杯，給自己倒了杯冷茶。

花向晚送薛子丹走到長廊，薛子丹轉頭看她，知道她不會無緣無故跟過來，直接道：「說吧，要問什麼？」

「方才我渡劫時發生了什麼？」花向晚微微皺眉：「我渡劫完畢，便感覺魔氣橫生，出來看見謝長寂……」

「他差點入魔了。」薛子丹冷靜地開口，給出結論，「要不是妳趕出來阻他那一劍，他今天就立地成魔了。」

說著，薛子丹靠在長廊長柱上，輕笑出聲：「我早說過，他可不是什麼好人。就看這把劍妳用不用了。」

花向晚不說話，她聽著薛子丹的言語，緩了片刻後，她輕聲道：「薛子丹，我若想活下來，有辦法嗎？」

聽到這話，薛子丹動作一頓。

他愣愣地抬頭，不明白花向晚的意思：「妳什麼意思？」

「要做的事我會做，答應你們的我也會做到，」花向晚轉頭看向庭院，目光平靜，「但我想爭一爭。」

說著，她看向薛子丹，目光中帶著幾分祈求：「我想活。」

薛子丹看著花向晚，他張口，想說點什麼，但緩了半天，卻一句話都說不出口。

好久後，他有些慌亂地移開眼睛：「我……我不知道能不能做到。」

「那就拜託你。」花向晚笑起來：「計畫照舊，但這一次，請你給我一線生機。」

聽著花向晚的話，薛子丹有些難受，他勉力笑了笑，只道：「當初我問妳是不是決心如此，妳非和我強……走到現在了，妳求我又有什麼用？」

「子丹……」

「行了我知道。」薛子丹打斷她，他深吸一口氣，胡亂道：「如有辦法我不會讓妳死。」

「多謝。」花向晚放下心來，點點頭：「宮裡其他人還需要你，我先去做事了。」

「好。」薛子丹心慌意亂，胡亂回聲。

花向晚轉身往回，薛子丹抬眼看著她的背影，忍不住出聲：「阿晚。」

花向晚回頭看他，薛子丹盯著花向晚，遲疑許久，只問：「是因為謝長寂嗎？」

花向晚想了想，只道：「我只是突然覺得，相比於死，活著，才是更大的勇氣。以前我沒有，現下，我想試一試。」

薛子丹不說話，花向晚見他久不出聲，抬眼看他：「怎麼了？」

薛子丹想了想，垂下眼眸，只道：「就是覺得有些不甘心，兩百年前比不過，兩百年後還是比不過。」

聽到這話，花向晚一愣，薛子丹擺手，似是有些煩悶：「走了。」

說著，薛子丹轉身離開，花向晚見他離去，便轉身去了大殿。

她先從靈北那邊大致瞭解一下情況，隨後就去見了秦雲裳。

秦雲裳被單獨安置在客院，正在包紮傷口，看見花向晚過來，她一挑眉頭，眼中帶著幾分豔羨：「就這麼渡劫了？」

「不然呢？我可忍了兩百年。」花向晚端著茶杯坐到椅子上，看著秦雲裳包紮好的肩頭，把衣服拉上，調笑起來：「和狐眠裝模作樣打了半天，妳還真受傷了？」

「不受點傷說不過去。」秦雲裳繫好腰帶：「謝長寂怎麼樣？」

「還行吧，」花向晚漫不經心，「鳴鸞宮那邊怎麼辦？妳出手還我出手？」

鳴鸞宮畢竟是秦雲裳的宗門，她終究要問問秦雲裳的意思。

秦雲裳想了想，只道：「我去說服趙南、陳順他們投誠，」說著，她抬眼看向花向晚，「妳幫我殺了秦雲衣，我當上宮主，妳就是魔主。」

「好。」花向晚也是這個打算，她直起身來，強調道：「等一會兒妳就走吧，幫我盯住秦雲衣，我要那兩塊血令完完整整回到我手裡。」

「明白。」

和秦雲裳商量好，花向晚沒多做停留，讓人把秦雲裳送走之後，又去逐一看了傷患，等到夜裡，終於回來。

回到屋中，謝長寂正在桌邊打坐，他一身素衣，面前的香爐燃著令人靜心的冷香。

花向晚站在門口，端詳著這個男人。

他生得有些書生氣，但氣質清冷，讓他整個人多了幾分劍一般的銳意。

明明是差一點就入魔的人，偏生就生了副仙風道骨的樣子，哪怕是殺人入魔，如果不瞭解前因後果，乍一看，都會覺得是謫仙入世，除魔衛道，他絕不會有半點錯處。

她靜靜地端詳著他，他察覺她久久不動的目光，緩慢睜眼。

其實明明有那麼多話，想問他，亦想告訴她。

然而在那雙清明的眼靜靜看著她的那一刹，她卻什麼都說不出口。

他沒有點燈，月光灑落在屋中，他滿身清輝，平靜出聲：「恭喜。」

花向晚雙手抱胸，斜靠在門邊：「渡劫這麼大的事兒，你就說聲恭喜，不給點甜頭？」

「想要什麼？」

謝長寂問得平淡，可花向晚知道，無論她說什麼，他都會應許。

她一時不敢胡亂開口，盯著面前的人看了片刻，只問：「我在天劫裡看到你和昆長老蘇掌門說你要離開天劍宗。」

天劫乃天道對修士的考驗，天道悉知一切，所以內容並非幻境，或許是真的。

謝長寂知道她問什麼，倒也沒有遮掩，只道：「是。」

「我還看到你說……無論正道邪道，都希望我能好好活著。」

謝長寂動作一頓，他沒想到這居然會出現在她的天劫幻境中。

「妳的心結是什麼？」他微微皺眉，不解。

花向晚有幾分不好意思，她轉過頭，看著庭院：「我的心結……本身是，我不想活。」

聽到這話，謝長寂瞳孔緊縮，他眼底暗紅湧現，他捏起拳頭，死死克制著自己，盯著花向晚：「然後呢？」

「因為不想活，所以我無所謂牽掛，也沒有畏懼。所以我怕你。」花向晚說著，輕笑起來：「不是怕你殺了，你殺我，或者帶我回死生之界囚禁我，又或者是取走魊靈，都不過是破壞我的計畫。我雖然有擔憂，但我並不害怕。我唯一只怕一件事——」

花向晚轉過頭，看著謝長寂：「我怕有牽掛。」

「所以呢？」謝長寂看著她：「妳同我說這些，想做什麼？」

花向晚不言，她看著他，一時竟不知該如何開口。

惶恐在謝長寂心中蔓延，他盯著她，撐著自己起身：「妳想讓我走？讓我放下？這樣妳就不欠我什麼，就沒有牽掛了？」

他說著，語氣激動起來，他從未這樣失控過，他一貫內斂，克制，平靜。

可生死彷彿觸及他的逆鱗，他死死盯著花向晚：「然後呢？然後妳要做什麼？妳要拿妳的命做什麼？」

說著，謝長寂笑起來，語氣中帶著幾分嘲諷：「復活沈逸塵？」

花向晚一愣，謝長寂看著她的表情，銳利的疼刮在他心上。

他死死捏著拳頭，卻還是道：「我可以的。」

「什麼？」花向晚聽不明白。

謝長寂沙啞出聲：「妳想要復活沈逸塵，我就幫妳復活他，如果要以命換命，那也讓我來。妳不必覺得虧欠我什麼，就當我是來還債，這樣也不可以嗎？」

「謝長寂……」花向晚聽著他的話，看著面前這個完全陌生的青年，微微皺眉，「你不欠我什麼，不需要還債。」

謝長寂沒應聲，花向晚解釋著：「沈逸塵不是你殺的，合歡宮出事也與你無關，其實……你對我很好。」

「可是，」謝長寂看著地面，有些愣神，「若我連虧欠都沒有，那妳我之間，又還剩什麼？」

花向晚愣愣地看著他，謝長寂抬眼，目光裡帶著幾分茫然：「晚晚，我們差了兩百年。」

妳往前走了兩百年，而謝長寂，卻長長久久，停留在兩百年前。

妳的人生裡早已沒了謝長寂，妳有新的悲歡離合，大起大落，妳有新的戀人，新的世界。

可謝長寂，卻永遠停留在死生之界，只有花向晚。

如果連虧欠都沒有，謝長寂與妳，又有何牽連？

又要拿什麼理由，牽絆妳，陪伴妳，守在妳身邊？

「我什麼都不求，也什麼都不要，如果一命抵一命，那我復活沈逸塵，他陪著妳也好。」

謝長寂說著，有些混沌，他自己都不知道自己在說什麼，他只是逼著自己，巨大的惶恐瀰漫在胸口，比什麼都重要，比什麼都疼。

「只要妳活著，都好，都很好。」

「那你呢？」花向晚看著明顯病態的人，微微皺起眉頭：「我和沈逸塵在一起，你不痛苦嗎？」

謝長寂動作頓住，死死抓著袖子，他根本不想看這個畫面，只是不斷回想著當年。

他挑起她的蓋頭，她在星空下偷偷親吻他，她一遍一遍告訴他，我喜歡你，一直喜歡。

這些畫面讓他稍稍冷靜，他像是食用毒藥緩解疼痛的癮君子，愉悅遮掩了血淋淋的一切，他的目光帶著幾分溫和。

「晚晚陪著我。」他抬起頭，笑著看著她：「晚晚喜歡謝長寂，我便足夠了。」

這話讓花向晚驚住。

她第一次意識到，謝長寂這高山白雪一樣的皮囊下，遮掩著多少屍骨血肉。

「那我呢？」她追問，「晚晚陪著你，我呢？」

謝長寂說不出話，花向晚不解：「還是說，你愛的是兩百年前的晚晚，不是我？」

怎麼可能只是兩百年前的晚晚呢？

如果她與兩百年前不是同個人，如果愛的不是如今的她，她的生死，與他又有什麼關係？可是他怎麼敢承認呢？

「謝長寂，」花向晚走到他面前，仰頭看著他，「我活著，活著站在你面前，為什麼不想和我廝守，而是惦念兩百年前的我？」

謝長寂聽著她的話，垂下眼眸，他的目光落在她脖頸紅線之上，知道那裡掛著什麼。

他艱澀地開口：「不敢奢求。」

花向晚聽著他的話，忍不住笑起來：「如果我讓你敢呢？」

謝長寂一愣，花向晚平靜地看著他：「謝長寂，我是真的討厭你。」

謝長寂茫然地看著她，花向晚注視著他似是完全聽不明白的眼睛：「讓你不要跟來，你非要來。讓你不要陪我，你非要陪。讓你不要靠近，你非要靠近。現下好了——」

花向晚說著，目光裡帶著笑：「我不想死了。」

說著，她伸手勾住他的脖子，仰頭看著他：「心魔劫裡，我看見你拉了我一把，你想讓我活，我便不想死了。」

「那妳想要什麼？」

謝長寂聽著她的話，明白了她的意思，他感覺內心像是被一雙溫柔的手慢慢撫平。

花向晚看著他清俊的面容，看了好久，她伸手覆在他的面容上：「我想要你好好的。」

說著，她拂過他的眉眼。

「想要你永遠受萬人敬仰，想要你永遠高坐雲端，想要你高高興興，想要你被很多人喜歡。」

「想要謝長寂幸福，想要謝長寂安康，想要謝長寂快樂，想要謝長寂，一世無憂。」

「謝長寂，」花向晚笑起來，「你能幫我做到嗎？」

謝長寂不說話，他注視著她。

好久後，他低下頭，一隻手插入她的頭髮，讓她仰頭，一隻手攬在她纖腰之上，承著她所有重量。

他低頭細細吻著她，他吻得很有耐心，很平靜，像是回應著什麼。

她在他的細吻中被他放到旁邊桌上。

窗外下起小雨，庭院玉蘭包葉被風雨剝開，緩緩綻放，雨細細密密打在光潔花身上，留下晶瑩露珠，花雨相交，於風中搖曳生姿。

花向晚躺在桌上，隔著窗戶看著那搖曳的枝頭玉蘭，感覺對方冰涼的手指握在她頸間的碧海珠上。

「晚晚，」他似乎忍耐到極致，「取下來吧。」

「放過我，也放過妳自己。」

聽到這話，花向晚笑起來。

她伸手握住謝長寂的手，幫著他用力一拽。

佩戴了多年的碧海珠被她領著他取下，她溫柔地放在一側。

謝長寂靜靜地看著她，花向晚撐著自己起身，抬手攬住他的脖子，似是玩笑：「你陪我還了我要還的債，我同你一起回雲萊。」

聽到這話，謝長寂神色微動，察覺他克制著的歡喜和身體的變化，她笑起來，湊過去，攀在他耳邊。

「長寂哥哥，」花向晚低低出聲，「高興了麼？」

謝長寂沒有說話，只有花向晚驚叫了一聲劃破雨夜，隨後喘息著笑出聲來。

「謝長寂，你不經逗！」

與此同時，魔宮之內，碧血神君猛地睜開眼睛。

他看著大殿外的夜雨，許久後，低低出聲：「花向晚，好得很。」

雨聲淅淅瀝瀝，花向晚有些疲憊，窩在謝長寂懷裡，半醒半睡淺眠。

謝長寂攬著懷裡的人，看著窗外細雨，卻有些睡不著。

他也不知道是什麼感覺。

他從未有過這樣的體驗，感覺好像有什麼盈滿內心，讓他覺得這世上一切無一不好，無一不讓人動容。

他聽著雨聲，看著雨打玉蘭，嗅著潮濕之氣與女子體香混合的氣息，靜靜感受著這一切。

「嗯？」花向晚迷迷糊糊醒過來，察覺謝長寂還很清醒，她茫然回頭：「你怎麼還不睡？」

聽著這話，謝長寂垂下眼眸，實話實說：「睡不著。」

花向晚緩了片刻，逐漸醒過來，她翻了個身，和謝長寂面對面躺著。

雲雨方過，兩個人都不著片縷，綢緞一般的薄被半遮半掩，花向晚看著面前的青年近在咫尺清俊的面容。

他神色平靜，但帶著幾分平日沒有的溫潤，她想了想，吸了吸鼻子，只道：「睡不著那我陪你聊聊天？」

「妳睡吧。」謝長寂搖頭，「我躺一會兒就好。」

「沒人專門陪你聊過天吧？」花向晚看他的反應，有些好奇。

謝長寂認真回想了一下，像是在回答極其鄭重的問題，搖頭道：「除妳之外，沒有。」

「我以前陪你聊過？」花向晚一時有些想不起來。

謝長寂垂下眼眸，遮住眼中神色，目光中帶著幾分柔和：「經常。」

「我怎麼不記得？」花向晚回想了一下，有些奇怪。

謝長寂溫和道：「妳以前，話很多。」

她是話多，總想找話題同他多幾句，可那時候他幾乎不怎麼回應，這也算得上聊天？

但想想謝長寂的性子，說不定當時他回應那幾句「嗯」，已經是他極大的努力了。

花向晚表示理解，她琢磨片刻，抬手枕在頭部，看著謝長寂，笑咪咪道：「那你不嫌我煩？」

「喜歡的。」謝長寂看著她，沒有半點遮掩：「妳和我說每個字，我都很喜歡。」

聽到這話，花向晚心上一跳，竟莫名有些不好意思，她知道他大多數時候不會騙人，但越是知道，越覺得高興，想想或許是因為這張臉太俊的緣故，便決定不去看他，翻了個身趴在床上，嘀咕著開口：「以前嘴鋸都鋸不開，現在開了光一樣，昆虛子是送你去什麼地方專門學的麼？」

「我只是不習慣說想不清楚的話。」謝長寂說著，抬手替她拉好被子。

花向晚聽著他的話，側頭看他，有些好奇：「那你現在說的，都是你想清楚的？」

「嗯。」謝長寂應聲：「想了好多年。」

「你……」花向晚遲疑著，「這兩百年一直在想這些？」

「在想，」謝長寂慢慢說著，「每個片段，一點一點回想。」

所以任何細節，他都不曾遺忘。

花兩百年歲月，一點一點緩慢確認，抗拒，最終接受——他喜歡她。

花向晚明白他的意思，她看著謝長寂，他和她認識的所有人都不同。

他修為高深，聰慧非凡，他似乎能參透這世上最深奧的道理，但在細微之處，他連稚子都不如。

她靜靜地看著他，過了一會兒後，她輕聲開口：「謝長寂，你小時候都做些什麼？」

聽到這話，謝長寂沒有出聲，花向晚回憶著：「我小時候很皮，每天都在玩，我父親病重，但他很疼我，每天他給我講故事，我娘和師父教我修行，還有很多師兄師姐，他們都會帶我玩……」

說著，花向晚忍不住笑起來：「二師兄會帶我馭劍在天上飛、放風箏，大師兄會給我折紙鶴，大師姐會給我做好吃的，扔沙包……」

花向晚一面說，一面忍不住轉頭：「你呢？你做什麼？」

「修行。」謝長寂想著當年，認真說著：「每日卯時起，提水，站樁，揮劍一萬下，之後聽師父講道，念書，亥時睡下。」

「沒了？那你休息時做什麼？」花向晚奇怪。

謝長寂想想，只道：「看，聽，嗅，嘗，感。」

「這是做什麼？」花向晚聽不明白，謝長寂認真解釋。

「看萬事萬物，聽聲，嗅各種氣味，嘗各種味道，體會各種感覺。」

「冷、熱、疼、痠、痛……」謝長寂描述著：「而後，一一對應，一一明白，一一模仿。」

他無法像常人一樣，自然而然明白所有詞的含義，疼是什麼，疼過明白；痛什麼，痛過才知曉。

然而也正是如此，他對這世上之事，要麼不懂，要麼，便比常人懂得更深，更透徹。

可他不是不會懂，只是懂得比他人慢。

總要遲那麼一些，晚那麼一點。

花向晚聽著他說這些，莫名有些心酸，只道：「你方才睡不著，也是在做這些？」

「嗯。」謝長寂應聲。

花向晚好奇起來：「那你聽到了什麼，看到了什麼，感覺到了什麼？」

謝長寂聽著她的話，靜默無言，許久後，他緩聲道：「幸福。」

花向晚一愣，謝長寂目光溫和，他抬手將她的頭髮繞到耳後，輕聲道：「我聽見雨聲，有如天籟；我嗅到水汽，倍覺清潤；我看見細雨、暖燈、玉蘭、長廊，都覺漂亮美好。天地靈動，萬物可愛，令人歡喜異常。」

「喜歡這個世界？」花向晚聽出謝長寂語氣中的溫柔，忍不住笑。

謝長寂想了想，應聲：「喜歡。」

「那就好好記住這種感覺。」花向晚伸出手，攬住他的脖子，貼近他。

兩人在暗夜中抵著額頭，她的聲音軟下許多：「凡天道認可之道，無一不以愛為始，以善為終。心有所喜，心有所憫，心有所悲，才會有善有德。」

謝長寂聽著這話，抬眸看她，黑白分明的眼微動：「不曾有人說過。」

「那他們怎麼同你說的？」

「生來如此。」謝長寂平靜地說著：「生來應善，生來應以蒼生為己任，生來應懂是非黑白。」

「若這麼簡單，一切生來當如是，」花向晚笑起來，「那世上又何來善惡呢？」

謝長寂聽著，沒有出聲，他似在思考。

花向晚看著他的樣子，想了想，抬手抱在他腰上，仰頭看他，打斷他的思緒：「算了，別想這些，想想以後。你這次和昆虛子鬧翻了，咱們回雲萊，還能回天劍宗嗎？」

「妳到底要償還什麼？」沒有理會花向晚虛無縹緲的假設，謝長寂抬眼，徑直出聲。

花向晚動作一頓，謝長寂盯著她：「要以死相求？」

花向晚沒出聲，雨聲漸弱，謝長寂知道她或許又想遮掩。

他也習慣，只是終究有那麼幾分失落，他輕嘆一聲，只道：「睡吧。」

「我想讓他們活過來。」花向晚突然開口。

謝長寂沒想到她會應答，他抬眼：「誰？」

「他們」不可能只是沈逸塵，那必然是許多人。

哪怕心中早有猜測，可還是忍不住確認：「合歡宮已死之人？」

「對。」花向晚沒有遮掩。

謝長寂皺起眉頭：「死而復生本就是逆天而行，這世上所有事都要付出代價。」

「所以我早就準備好代價了。」花向晚快速回應。

謝長寂心上一緊，「什麼代價？」

「內門弟子一百零三人，」花向晚挪開目光，不敢看謝長寂，快速說著自己的計畫，「當年我母親給他們打了魂印，我可以順著魂印追回他們的魂魄。找到魂魄，給他們準備好身體，魂體歸位，就能讓他們回來，所以我去天劍宗取了魊靈。」

「妳要魊靈，不是為了報仇，是為了復活他們？」

「兩者沒有區別，」花向晚出聲，目光極為冷靜，「你說得沒錯，這世上所有事，都有代價。所以，想要一個人生，必須有一個人死。他們欠了合歡宮的，」花向晚抬眼，平靜地開口，「得還。」

「之前我沒有足夠能力。」花向晚說著，靠在謝長寂胸口，「我可以簡單滅了九宗任何一宗，又或者是拼全力和溫容鬧個你死我活，但我沒有能力同時對抗魔主、鳴鸞、清樂，以及九宗幾大宗門。而這些人在合歡宮那件事後，早成了一塊鐵板，他們的共同敵人，是合歡宮。我有任何妄動，都是滅宮之禍。」

「所以，這兩百年我一直努力得到他們信任，等待魊靈出世，同時確認當年到底發生了什麼，是誰做了什麼事。我想好了，」花向晚笑起來，「魊靈出世，魔主重病，我就打著去天劍宗的名義，將魊靈搶回來。然後殺了溫少清，嫁禍冥惑，挑撥兩宮關係，再找到師兄師姐的蹤跡，把屍首搶回來。等我用魊靈的力量，殺了他們所有人讓師兄師姐復活，我也就走到頭了，我不能真的讓魊靈禍世，也不能真的因一己之私不顧後果。」

花向晚神色清明，說得極為坦蕩：「所以，從我去天劍宗開始，我就給自己定好了結局。」

說著，她抬眸看他，有些無奈：「只是我沒想到，你會來。」

「那現在呢？」

謝長寂聽她的話，便知道，她有了新的打算，不然她不會告訴他這些。

「現在，」花向晚笑著貼近他，抬手覆在他臉上，語氣輕佻，「你不是來了麼？」

「鳴鸞宮這一戰之後，肯定有很多宗門投靠，雲裳會幫我拿到血令，我會順利成為魔主。到時候拿到復活逸塵的辦法，便能復活逸塵。」

「之後你幫我復活沈逸塵，同我一起殺了他們，」她的言語好似妖女，蠱惑著他往地獄一起沉淪而去，「用他們的命換我合歡宮弟子的命，等合歡宮安穩下來，咱們帶著魊靈回死生之界。謝長寂，」她看著他，目光裡滿是期望，「我不想死了。」

謝長寂不說話，他垂眸落到她胸口的刀疤上。

她的話漏洞百出。

她怎麼知道魔主會在魅靈出世時病重？

既然當年這些人是一塊鐵板，為什麼合歡宮還能生存下來？魔主和她交換的是什麼？

溯光鏡裡他們已經知道魔主是取走秦憫生愛魄之人，也就意味著，合歡宮之事幕後主使很可能是魔主，而魔主是西境真正最強之人，可她整個計畫，對如何處理魔主卻沒有任何打算，為什麼？

他想問，卻不敢開口，他腦海裡劃過一個念頭——另一半魅靈，在魔主那兒。

第十三章　鳴鸞變

花向晚給冥惑種下魊靈那一夜，冥惑祈求「魊」寄生於自己的身體，這種召喚，只有魊靈才能感應。

而那一晚，除了花向晚奔向冥惑的方向，另外一人，就是碧血神君。

雖然碧血神君始終沒有承認，可這世上能在當年破開死生之界，將魊靈一分為二，附在沈修文身上不被他察覺，抹去他追蹤印之人……並沒有幾個。

如果魊靈在碧血神君那裡，魊靈本身被問心劍和鎖魂燈封印，能打開封印的花向晚就在眼皮子底下，碧血神君真的什麼都沒做嗎？

想到這一點，謝長寂心頭一跳，突然意識到什麼，他不敢深想下去，匆忙打住。

他覺得夜風有些涼，花向晚察覺他情緒變化，掛在他身上仰頭湊近他：「怎麼了？」

他盯著她的眼睛，抬手觸碰在她疤痕之上。

花向晚下意識僵住身子，可是又知道絕不能讓他意識到這疤痕特別之處，於是她主動湊上去，蹭在他臉上，撒著嬌：「還想啊？」

「這個疤，哪裡來的？」他垂下眼眸，沒有讓她把話題帶走。

花向晚見他執意要問，靠在他身上，不讓他看，漫不經心回著話：「我不是中毒了嗎，」她說著，「薛子丹療傷留下的傷口。」

「為什麼會留在這裡？」謝長寂難得追根究底。

花向晚也沒有躲避，只道：「要換血，換血從心上經過，再流過全身。你好奇，再等幾年我又要換一次……哦，不用了。」

花向晚想起什麼來，頗為高興：「你給我換了一遍，又可以撐很多年，不用去血池了。」

「換了血……」謝長寂皺起眉頭，「還不行嗎？」

花向晚知道他疑惑，耐心解答：「中毒太深入骨，要多換幾次。」

尋常毒藥，換一遍血，應該都帶走了才對。

「沒有其他辦法？」謝長寂思考著。

花向晚笑起來：「反正薛子丹沒什麼辦法，要不……」

花向晚想想，歪著頭：「等事情辦完了，去找你師叔試試？」

復活了沈逸塵，她沒有愧疚。

復活了合歡宮的人，她沒有牽掛，合歡宮也達鼎盛。

她可以跟著他回雲萊，他回去求他六師叔白英梅，治好她的傷，然後想辦法澈底祛除封印她身上的魊靈。

她描述的未來太過美好，讓他不忍去打破和追問。

他轉頭看著她亮晶晶的眼，沒有出聲，花向晚見他神色異常，眨眨眼，忍不住問：「你到底想問什麼？」

謝長寂沒說話，過了一會兒後，他低頭吻了吻她的額頭，溫和道：「睡吧。」

兩人一起躺下，感覺花向晚在懷中，謝長寂聽著窗外風雨之聲，好久後，終於開口：「晚晚。」

「嗯？」

「我們生個孩子吧？」

聽到這話，花向晚動作一僵。

她從來沒敢想這件事，她沒想過未來，更不敢想如何承載另一個生命。

而謝長寂看著夜色，他沒有要她此刻就給出答案，甚至於，他並不需要她的答案。

因他知道，自己的想法如此卑劣。

他竟然幻想著，有一個孩子，或許……或許能留住她。

這個想法連他自己都想唾棄，卻又是他唯一能想到的、安撫自己的辦法

他茫然地看著夜色，遮掩著心中那些自私和焦躁，半真半假描繪著美好的盛景：「我們可以陪他一起長大，陪他做好多事，死生之界太冷了，我們留在西境也好，或許可以去雲萊南方，咱們以前去過是，妳說妳喜歡，我們在那裡定居，也好。」

這句話出來，花向晚終於意識到他突然要求這件事的真正含義。

他在害怕。

他太聰明，以至於有太多危險，哪怕不清楚，他都知道它們的存在。

他始終沒有辦法相信她的話，被騙過太多次，說被騙無所謂，卻也失去了信任的能力。

花向晚靜靜地躺在他懷中，她思索了好久，伸出手抱住他。

「我試試。」

她出聲。

謝長寂一愣，他不敢置信地低頭，看見埋在胸口的姑娘，他呆呆地看著她，感覺面前的一切，像是一場巨大的幻夢，驚喜幸福得讓人不敢相信，甚至湧現出幾分惶恐。

他說不出話，只能微微顫抖著伸出手，將這個人攏入懷中。

他緊緊抱著她，在巨大的歡愉中，終於升騰起幾分安慰。

沒有發生他所想的事。

如果發生了，她不會這麼留在他身邊，躺在他懷裡，和他說著未來，甚至願意和他有一個孩子。

她是真的想同他在一起，在想同他的未來。

他被狂喜吞沒，面上卻平靜如初。只有他驟然加快的心跳，昭示著這個人升騰起的濃烈情緒。

兩人避於風雨時，合歡宮眾人大多一夜未眠。

靈南、靈北帶人清理著戰場，將屍體一具一具拖回去，清點傷亡人數，將血水清掃乾淨。

狐眠、薛子丹照帶著醫修照看著傷患，白竹悅帶著三位長老連夜重新布防，同時讓人想辦法，將此次獲勝的消息儘量傳向九宗。

忙碌一夜，秦雲裳跌跌撞撞，逃回了鳴鸞宮。

她在清晨敲響了鳴鸞宮大門，弟子看見她，頓時一驚：「二少主？」

「通報，」秦雲裳捂著被她刻意用弄出血來的肩頭傷口，蒼白著臉，喘息開口，「通報少主，我回來了。」

說完，秦雲裳往前一撲，弟子趕緊扶住她，急急通報：「二少主回來了！快，叫醫修！」

弟子連忙將秦雲裳抬進去，秦雲裳一夜帶傷奔波，真的瀕臨極限，閉眼往前這麼一撲，眼前就黑了下去。

等她再次醒來，侍從已經守在她旁邊，身上傷口包紮完整，看見她清醒，侍從連忙衝出去，急道：「二少主醒了，快，通報少主！」

說著，弟子轉頭，竟是沒給她半點休息時間，扶著她起身：「二少主，少主已經帶著左右使和長老等在大殿了，您快點過去。」

弟子一面說，一面給她穿衣，完全沒注意到她蒼白的臉色。

秦雲裳心中暗嗤，倒也沒有在意，反正這麼多年她習慣了。

嗚鸞宮上下都把她當成秦雲衣的一條狗，當然，她自己也是這麼承認，畢竟，若不當狗，秦雲衣怕是早就把她宰了。

這麼多年也是看在她辦事利索的份上，秦雲衣和她母親才留下她。

秦雲裳撐著自己穿戴好衣服，由人扶著去了大殿。

剛入大殿，她便察覺氣氛凝重，秦雲衣坐在高處，旁邊是趙南、陳順兩位左右使各立一側，下方三位長老領著一干弟子站在兩邊，皺眉打量著她。

秦雲裳明顯是重傷的模樣，整個人依靠在旁人身上，走到中間，才放開侍從，抬手行禮，跪了下來：「見過少主。」

「妳怎麼一個人回來的？」秦雲衣神色極冷：「其他弟子呢？」

開口便是懷疑，畢竟謝長寂和花向晚那一劍有目共睹，渡劫期的修士們如果不是跑得快，如今也留在了那裡，秦雲裳這樣的貨色，怎麼能從花向晚手裡跑回來？

秦雲裳聞言，面露慘白之色，只道：「屬下……是被花向晚放回來的。」

「她放妳回來做什麼？」秦雲衣聽見花向晚的名字，不由自主攥起拳頭。

秦雲裳慌忙叩首：「屬下不敢說。」

「妳當真不敢說就不會說這話，」秦雲衣抬手，隔空一個巴掌搧在秦雲裳臉上，厲喝出聲，「說！」

「花向晚要屬下來勸降！」秦雲裳得了一個巴掌，立刻叩頭，大呼出聲。

而後不等秦雲衣開口，秦雲裳便繼續：「花向晚沒殺宮中弟子，現在弟子全在合歡宮中，她要屬下回來稟報，她對鳴鸞宮只有一個要求，交出魔主血令，以及——」

秦雲裳抬頭，克制著眼中的恐懼，看著秦雲衣：「交出少主！」

這話出來，全場一片寂靜。

秦雲衣平靜地看著秦雲裳，似乎已經了然她的意思。

她盯著秦雲裳，片刻後，勾起嘴角：「還有呢？」

「她說，」秦雲裳克制著恐懼，控制著呼吸，身子微微顫抖著，「她與少主乃私怨，與鳴鸞宮，無關。」

這句話，便將秦雲衣與鳴鸞宮區分開。

眾人聽著，心裡了然，大家不由自主看向秦雲衣，秦雲衣聽著，只盯著秦雲裳：「沒有了？」

「是。」秦雲裳低下頭：「她就讓我回來說這些。」

「好啊。」秦雲衣撐著下巴，坐在高坐上，笑了起來：「很好啊，父親死了，謝長寂和花向晚聯手無敵，現下她對鳴鸞宮又別無所圖，那只要把我送出去，合歡宮便高枕無憂。隨便再送一位宮主上位，給花向晚當狗過個幾千年，大家該飛升飛升，的確不錯。」

說著，秦雲衣似乎思考起來：「那讓誰當宮主比較好呢？」

話音剛落，無形中有一隻手一把捏在秦雲裳脖頸上，將她從地面狠狠提了上來，秦雲衣盯著她，語氣溫柔：「妳這個賤種嗎？」

聽到「賤種」二字，秦雲裳目光微冷，她暗中捏起花向晚給她的保命符咒，抬眼看向秦雲衣，微微喘息著，提醒她：「少主，若論血統，我才是嫡出。」

沒想到秦雲裳會說這話，秦雲衣瞳孔緊縮，隨即捏在她脖子上的手立刻用力，低喝出聲：「去死！」

見得此情此景，趙南急急出聲：「少主，慢著！」

秦雲衣動作一頓，轉過頭來，趙南咽了咽口水，思緒飛快運轉著，遲疑著道：「少主，此時正值鳴鸞宮用人之際，二少主也是重傷昏了頭，您不要同她計較，不妨先將二少主關押起來，商量好共同禦敵之事，再做定奪！」

「是啊，」趙南開口帶了頭，眾人立刻跟了上來，急道：「少主，宮主屍骨未寒，切勿衝動。」

眾人紛紛勸說著，秦雲衣環顧四周，秦雲裳緊張地盯著她，過了許久後，秦雲衣笑起來。

「諸位說得是。」

她一放手，秦雲裳瞬間跌到地上，痛呼出聲。

秦雲衣看向秦雲裳，目光中帶著幾分抱歉：「父親剛走，我心智大亂，出手重了些，還望妹妹見諒。來人，」秦雲衣招手，「先將二少主收押待審，我們看看，」秦雲衣轉頭看了周邊一眼，「接下來，左右使及各位長老，是如何打算？」

聽著秦雲衣的話，眾人你看看我，我看看你，都閉口不言。

秦雲衣的心腹上前將秦雲裳拖下去，大家看著被拉下去的秦雲裳，知道秦雲衣是在敲打他們。

秦雲裳那句「嫡出」是在提醒他，鳴鸞宮不只一位少主。

甚至於，當年秦雲裳的母親才是正室，不過死的早了些。而後秦雲衣母親才扶正，讓秦雲衣成了嫡長女。

而秦雲衣的舉動，則是在警告他們，就算秦雲裳是少主，但她不過是化神期，化神、渡劫雲泥之隔，他們的心思，她都明白。

可這番敲打，對於在場三位一干化神來說，明顯沒有起到太大作用。

鳴鸞宮走至今日，靠的是秦風烈這顆大樹，大家為了在大樹下遮風擋雨而來，幫忙可以，賣命，那就要另作考量。

如今秦風烈死了，留下秦雲衣鎮場子，可秦雲衣上來，面對的就是背靠謝長寂的花向晚，這兩人能一劍斬了秦風烈，對上他們，如果在座所有人拼盡全力或許還有一些勝算，可花向晚要的只是秦雲衣，他們又為什麼要去拼個你死我活呢？

反正……當年的事，花向晚未必知道。

就算知道，當年參與此事之人甚眾，他們頂多算分一杯羹，花向晚不可能把整個西境的人殺光。法不責眾，花向晚只要還想當魔主，還要為合歡宮著想，就不可能真的去追究。

作壁上觀，將秦雲衣當成一顆問路石，試探花向晚態度，這再適合不過。

眾人心中一番打算，秦雲衣一一掃過，便明白了他們心中的意思。

這些人心懷鬼胎，若今日他們肯用心幫忙，秦風烈大約不會死。

可恨的是，他們跑了，她留下也是送死，不得不跑。

最後留秦風烈一人對花向晚和謝長寂，命喪合歡宮。

她盯著眾人，將帳一筆一筆記下，面上卻試探著開口：「諸位，我父親的屍首如今還在合歡宮，諸位認為，當怎麼辦？」

「少主，」聽到這話，陳順微微皺眉，「花向晚已經步入渡劫，宮主又……我等以為，少主不妨服個軟？」

「服軟？」秦雲衣轉頭看向陳順，面上帶笑：「陳左使認為，我當如何服軟？」

「花向晚與少主的恩怨，無非是少主搶親一事，」陳順認真思索著，倒的確是幫著秦雲衣的樣子，「少主不如修書一封表示歉意，再準備一些禮物，帶著手中兩塊魔主血令親自登門拜訪，以表誠意，看花向晚有什麼條件，我們再談。」

「陳左使說得是，」趙南附和著，「現下咱們鳴鸞宮弟子還在合歡宮，也是元氣大傷，再爭下去沒有意義，不如求和。花向晚目的就是魔主之位，只要少主讓，她應該不會多加為難。」

「若她為難呢？」秦雲衣的目光落到趙南身上。

趙南略一遲疑，隨後立刻表態，滿臉認真道：「若花向晚太過分，屬下絕不會看著少主受辱，鳴鸞宮和他們拼了！」

「是，」三位長老中的王純也出聲勸著，「少主先去試試，若花向晚當真這麼過分，我們也不是任人欺辱的！」

聽著這些話，秦雲衣眼中露出幾分欣慰，她看著眾人，嘆了口氣：「得諸位長輩這句話，雲衣放心了，這就修書給花向晚道歉，看看能不能挽回兩宮關係。」

說著，她朝著眾人行了個禮，恭敬道：「各位叔伯，我父親不在了，日後還要靠諸位長輩幫著雲衣撐起鳴鸞宮，雲衣年紀尚小，若有什麼不妥，還望各位叔伯指出海涵。」

看見秦雲衣一副真心託付的模樣，眾人有些心虛，相互寒暄一番後，秦雲衣見眾人疲憊，嘆了口氣道：「各位叔伯，昨夜大家也都累了，不如先去休息吧。」

眾人得話，紛紛告辭，秦雲衣看著大家離去，叫住走出去的陳順：「陳右使留步！」

陳順聽到秦雲衣出聲，扭過頭去，見秦雲衣眼中帶著挽留之意，看了眾人一眼，便單獨留了下來。

趙南回頭看了兩人一眼，思索著什麼，放滿了步伐，緩緩往外走去。

等大殿的人都離開，陳順才恭敬出聲：「少主留屬下何事？」

「陳右使，」秦雲衣看著站在大殿中的陳順，坐在高坐上，面露哀切，「我父親去了。」

聽到這話，陳順有些不明白秦雲衣的意思，斟酌著道：「少主節哀。」

「當年母親去時，陳叔叔也是這麼同我說的。」

陳順聞言，動作一僵。

秦雲衣回憶起當年的事情，緩聲道：「若我沒記錯，當年，陳叔叔來鳴鸞宮時，背了一身血債，父親本是不想收留的，是我母親求了父親，才讓陳叔叔留下。」

「夫人恩德，莫不敢忘。」陳順聽秦雲衣提起這些便明白秦雲衣的意思，「陳順不會背叛少主，還請少主寬心。」

「我不擔心這個，」秦雲衣從高臺上走下來，來到陳順身邊，她嘆了口氣，滿臉憂愁，「我擔心的是其他人。」

「少主的意思是？」陳順微微皺眉。

秦雲衣轉頭看向陳順：「鳴鸞宮內，不是每一個人都像陳叔這樣忠心耿耿，相比於我，他們更看重安逸的生活。有秦雲裳在，他們只要再立一個少主，就可以高枕無憂，所以，一旦花向晚真的要我的命，他們會毫不猶豫擁立秦雲裳，幫花向晚殺了我。」

「少主是否太過多慮？」

聽秦雲衣說這些，陳順心頭一跳，眾人的確做的是這個打算，但他沒想到，秦雲衣會告訴他，會向他求助。

修士修道不易，秦雲衣母親的確對他有恩，若能幫秦雲衣，他自然會幫，可若要為秦雲衣拼命……

陳順垂下眼眸，勸說著秦雲衣：「花向晚未必一定要少主的命。」

「我不放心。」秦雲衣盯著陳順：「他們都是牆頭草，與其讓他們來決定要不要保護我，不如讓我來決定自己的命運。」

「少主到底想做什麼？」陳順皺起眉頭，不甚理解。

秦雲衣笑起來，提醒他：「我希望你幫我。」

「做什麼？」

「我修混沌大法，」秦雲衣抬眼，神色清明，「我要趙南。」

這話一出，陳順大驚，他下意識後退，秦雲衣一把抓住他：「你是鳴鸞宮最強修士，趙南僅在你之後，我和你聯手，殺一個趙南不成問題。我修混沌大法，可將他人劍意修為轉化為自己所有，只要給我趙南，我便能殺花向晚。」

「少主，」陳順壓低聲，「妳瘋了，趙南是我們自己人！」

「我可以把鳴鸞宮寶庫打開給你，任由你挑選。」

秦雲衣開口，陳順愣在原地。

三宮九宗之所以如此注重血統傳承，在於每個宗門都有自己的寶庫，而寶庫非血統傳承之人不能進。

寶庫中的法寶，都是宗門歷代收集，尋常修士不可得。

直接開寶庫給他，這對任何一個修士，都是莫大的誘惑。

見陳順動搖，秦雲衣繼續說服他：「我和你聯手殺趙南，沒有任何風險。我知道你怕死，只要趙南死了，我自己動手殺花向晚，我若贏了，你依舊是陳左使；我若輸了，你可以投誠歸順花向晚，陳左使，」秦雲衣語帶誘惑，「這買賣，你只賺不虧啊。」

「可是……」陳順想不明白，他皺起眉頭，「就算妳能贏花向晚，謝長寂呢？」

「謝長寂？」秦雲衣聞言，緩緩笑起來，「那就要賭一把了，看看我們的魔主，」秦雲衣面色帶冷，「怎麼想。」

聽到魔主，陳順猛地明白過來：「妳是說，魔主會幫妳？」

秦雲衣笑著看陳順，沒有答話。

陳順略一作想，秦雲衣說的倒也沒錯，他的確可以兩邊下注。

若是平時，秦雲衣絕不會允許，可如今她走投無路，除了他，她別無依靠。

陳順左思右想，抬眼看她：「妳起誓，若是成了，妳開寶庫給我。」

「好，」秦雲衣笑起來，「我向天道起誓，若我能殺花向晚，事成之後，我為陳左使開寶庫。」

聽到秦雲衣起誓，陳順心中稍作安定，點頭：「好，那今夜我將趙南約出來，我們一起動手。」

兩人稍作合計，便離開大殿，各自去準備。

等兩人走後，站在長廊的趙南捏碎了手中蠱蟲，立刻轉身離開。

他快速來到地牢，秦雲裳正在地牢中無聊地拋著石子，數著時間，突然聽外面傳來一聲驚叫，秦雲裳轉過頭，就看趙南衝了進來，抬手一劍劈開牢房，抓起秦雲裳，急道：「二少主，少主要殺妳，快隨我來！」

秦雲裳一愣，心中一轉，沒想到事態竟比她想像中發展的還要快，她假作茫然震驚：「什麼？姐姐要殺我？她當真要殺我？」

「來不及了，」趙南忙道：「二少主，妳和花少主還有聯繫嗎？我這就帶妳離開，投奔合歡宮！」

「你隨我一起離開？」

秦雲裳懵了，沒想到趙南居然叛得這麼澈底，平日的圓滑勁兒都沒了。

但她立刻想通，肯定是秦雲衣要取趙南的命，趙南現在想要避禍，便來忽悠她。

可這也正中秦雲裳下懷，她趕緊推辭，握住趙南的手，滿臉鄭重：「不行，趙左使，我不能連累你，你將我放出宮，我自己去合歡宮就好！」

「這怎麼行？」趙南一聽這話就變了臉色，開始胡說八道，「二少主，不瞞您說，當年大夫人之事，屬下十分憤慨，大夫人剛去不久，宮主便將秦雲衣母女扶正，全然不顧夫妻情誼，可屬下人微言輕，不能為大夫人和少主做點什麼，如今生死攸關之際，還望少主給個機會，讓屬下彌補當年遺憾！」

「你……」秦雲裳滿臉感動加詫異，「你竟然……」

「少主！」趙南看了外面一眼，催促道：「來不及了，趕緊走吧！」

「好，」秦雲裳點頭，握住趙南的手，「趙左使，我實話說您吧，其實花少主同我說了，只要我願意，她可以扶持我做鳴鸞宮宮主，她特意給了我一道傳送陣，讓我有危險就用。現下傳送陣被鳴鸞宮結界所限制，還請趙左使打開結界，我們直接開傳送陣離開。」

從內部打開一宮結界，對趙南這樣的渡劫期修士來說並不算困難，他立刻點頭，抬手凝聚靈氣，秦雲裳立刻打開法陣，趙南聚氣片刻，秦雲衣的威壓就追了上來，趙南臉色一變，抬起手狠狠一劍劈下！

鳴鸞宮結界瞬間破開，秦雲衣一劍從高處斬下，秦雲裳抓著趙南從傳送陣一躍而入，兩人跳入傳送陣法，瞬間消失在原地。

秦雲衣和陳順看著消失的兩人，臉色極為難看。

陳順有些不安，扭頭看向秦雲衣：「趙南跑了，怎麼辦？」

秦雲衣提著劍，胸口高高低低起伏，片刻後，她勉強笑起來：「無妨。」

她抓著劍轉頭，冷淡道：「都一樣。」

秦雲裳抓著趙南從傳送陣直墜而下，沒多久就出現在合歡宮。

這時花向晚正同謝長寂、狐眠等人一起接見完玉成宗宗主玉鳴、傀儡宗宗主鬼燦。

鳴鸞宮和合歡宮一戰的消息傳出後，兩宗宗主立刻帶著禮物趕過來投奔。傀儡宗本屬於清樂宮，如今溫氏族人在這裡，他自然過來拜見花向晚。鬼燦來了之後，倒也沒有多說，只同花向晚表了一番忠心，便去找宮商、角羽，拜見溫氏族人去了。

而玉成宗的情況則複雜許多，它本來就是合歡宮管轄下的宗門，擅長煉器，當年鳴鸞宮勢大，玉鳴受秦風烈逼迫，為鳴鸞宮煉器煉了兩百年，如今聽說花向晚渡劫成功，和謝長寂一起殺了秦風烈，哪裡還能坐得住，連夜帶著禮物回來道歉，向花向晚說了一下午自己的苦處。

花向晚靜靜聽著，倒也沒有多說，最後只是看向狐眠，笑著問了句：「師姐，妳在玉成宗過得如何？」

一聽這話，玉鳴有些愣神，狐眠不好意思，摸了摸鼻子，輕咳了一聲道：「挺好的。」玉鳴丈二和尚摸不著頭腦，花向晚點點頭，便親切地看向玉鳴，溫和道：「玉宗主不必太過擔心，當年的情況我也知道，宗主也是迫於無奈，是合歡宮護不住下屬宗門，我不會隨意遷怒玉宗主。」

「少主……」玉鳴被說得有些難受，忍不住紅了眼。

話還沒多說幾句，靈南就從外面衝了進來：「少主！」

「怎的了？」

花向晚抬頭，看靈南壓抑著喜色，她看了玉鳴一眼，走上前來，到花向晚耳邊，低聲道：

「秦二少主帶著趙南回來了。」

沒想到秦雲裳回來得這麼快，還把鳴鸞宮的左使帶了回來，花向晚忍不住愣了一下，但她很快鎮定下來，轉頭看向玉鳴，笑了笑道：「玉宗主，我臨時有些要務，得先去處理，您先回客房休息，改日再聊。」

這種時候玉鳴哪裡敢多說什麼，趕緊點頭哈腰，送花向晚離開。

花向晚領著謝長寂到了客房，一進去就看見薛子丹在給秦雲裳上藥，謝長寂立刻轉身，走了出去。

薛子丹倒是沒什麼避諱，面前的人在他眼裡彷彿是個大男人，他一面給秦雲裳上藥一面誇讚：「厲害啊，才去一天，傷勢就重了這麼多，有前途！」

「哎呀你少廢話，」秦雲裳看見花向晚進來，不耐煩地看了薛子丹一眼，「好了沒？」

「妳這種樣子不需要上藥也行。」薛子丹收起繃帶，同坐到一旁的花向晚說著情況：「她生龍活虎得很，妳和她暢談一天一夜也沒關係。我先出去了。」

說著，薛子丹收起藥箱，走出門外。

一出門，他便見到守在門口的謝長寂，他嚇了一跳，下意識往旁邊閃躲，隨後又趕緊看了花向晚一眼，找到些許安慰。

謝長寂是不會當著花向晚的面殺他的。

他非常清楚。

他儘量把自己挪回花向晚的視線，只是剛往後一退，門就「啪嗒」關上。

大門澈底隔絕了花向晚的視線，獨留他在寒風中和謝長寂目光相對。

他感覺自己像是被蛇盯上的兔子，莫名打了個冷顫。

他僵直不動，謝長寂看著他，也沒動。

好久後，謝長寂突然詢問：「她胸口的刀疤是怎麼回事？」

聽到這話，薛子丹心中警鈴大作。

上次被套話的經驗讓他立刻捂嘴，他退了一步，含糊著道：「你自己問她。」

「你看過？」謝長寂神色不變。

薛子丹頓時覺得周邊冷了下來，面前的人彷彿立於冰雪中，只要往前再進一步，就能把他拖到死亡之地。

他本來下意識想回嘴，她什麼地方他沒看過。

可是為了生命安全著想，他選擇了忍耐。

「我是大夫。」他強調：「大夫眼中，是沒有男女的。」

「是麼？」謝長寂聲音很淡，薛子丹拼命點頭，正想表達自己的清白，就聽謝長寂道：

「那你當初想和她在一起，心中竟是不辨男女都可以的嗎？」

薛子丹：「……」

片刻後，他決定不要和這個神經病交談，再怎麼談都是死路一條。

他從藥箱裡拿出紙筆，快速寫下一個方子，給謝長寂遞了過去。

「謝道君，做人要豁達，平時多喝點藥，對心情好些，別這麼想不開，你要計較這個，那得先找溫少清……」

「他死了。」

薛子丹被這話噎住，他忍了忍，只問：「入葬了嗎？入了的話再挖出來也不是不可以。」說著，他把藥方塞進謝長寂手裡，背著藥箱子，轉頭小跑離開。

謝長寂拿著藥方，想著薛子丹的話。

刀疤他的確知道，那，無論是為了解毒還是其他，這件事，薛子丹必有參與。

謝長寂站在長廊，靜靜思索，而房門內，花向晚看著又添新傷的秦雲裳，端起茶來：「妳怎麼突然回來了？」

花向晚開門見山，有些好奇：「被秦雲衣發現身分了？」

「差不多了。」秦雲裳慢條斯理拉起衣服，說著鳴鸞宮的情況，「我暗示那些長老左右使，妳和秦雲衣只是私人恩怨，只要交出秦雲衣，妳既往不咎。這些怕死的老東西，立刻打主意想推我上位，秦雲衣忍不了，就把我關起來了。」

「沒直接殺了？」花向晚笑。

秦雲裳端起茶喝了一口：「妳天天就不盼我點好。」

「我是信不過她這個人。」花向晚解釋。

秦雲裳喝完茶，點頭：「她的確想殺我，但其他人把我保下來了，我可是他們心中押注的對象，怎麼可能賭局沒開，就直接讓秦雲衣把我殺了？秦雲衣也看出來了，所以讓我先去地牢，然後她夥同陳順，想殺了趙南，吸食趙南的修為晉級來對付妳。結果這話被趙南偷聽到了，他來找我，說是要救我。不過方才路上被我把話套出來了。」

「趙南？」聽著秦雲裳的話，花向晚笑起來，「她修混沌大法，吸食她人修為的確增長得快些，可她就算能對付我，謝長寂呢？她也能？」

「趙南說，她好像打算讓魔主來對付謝長寂。」

花向晚動作一頓，片刻後，她吹著茶杯，搖頭道：「那不可能。」

「我估計也是，」秦雲裳撐著下巴，「她這個人，誰都不信，我看她是打算先殺趙南，等自己強大之後再殺陳順，學冥惑那一套。」

「但冥惑已經做在前面，她怕是不會太順利。」花向晚撐著下巴：「陰陽宗沒想到掌門會對自己下手，一時不慎著了道，鳴鸞宮這些老妖怪可都是成了精的，趙南跑了，我怕其他人估計也會跑。」

「無所謂了，他們養蠱，妳坐收漁翁之利就好。反正我的目標就兩個。」秦雲裳說著，抬起頭來看向花向晚：「成為宮主，以及——」

她盯著花向晚，目光中帶著幾分審視：「望秀。」

花向晚聽著她的話，微垂眼眸。

秦雲裳湊近她，盯著她的眼睛：「計畫不變吧？」

「妳怎麼總是這麼問我？」花向晚聽她又問，笑起來。

秦雲裳審視著她：「因為妳在變。」

花向晚沒說話，兩個女人在房間靜默。

過了一會兒後，花向晚開口：「變了。」

說著，她抬起頭，看著秦雲裳：「我打算活下去，但是——」

在秦雲裳說話前，她打斷秦雲裳：「除此之外，一切不變。」

秦雲裳沒說話，花向晚鄭重開口：「二師兄會活過來。雲裳，」她勸她，「他會活的。」

聽著這話，秦雲裳慢慢收斂起眼中情緒：「好。那妳準備吧，什麼時候去鳴鸞宮？」

「給弟子一點休養時間，也給秦雲衣一點發瘋的時間，只要鳴鸞宮的人出逃，我們就可以過去了。」花向晚站起身：「妳也好好休息，我走了。」

說著，花向晚轉身往外走。

她打開門，看見庭院中的天空，烏雲密布，沉沉一片，謝長寂仰頭看著烏雲，神色平靜。

花向晚合上大門，走到他身邊，兩人靜默無言，過了片刻後，花向晚想起什麼：「今天陪我忙了一天，你都沒去看天劍宗的弟子，你是他們師叔祖，不去看看說不過去吧？」

「妳不喜歡今夜的烏雲？」謝長寂彷彿沒聽到她的話，轉頭看她。

花向晚知道他不想談天劍宗的事，伸手挽住他的胳膊：「走，我陪你去看他們。」

「晚晚，」謝長寂沒動，他提醒她，「我不是天劍宗的人了。」

花向晚停下步子，謝長寂站在長廊，他沒什麼神情，可不知道為什麼，花向晚卻隱約覺得，有種莫名的感傷從他身上溢出來。

他看著她，再次提醒：「我在他們面前，差一點入魔了。」

花向晚沒說話，她看著謝長寂，面前彷彿玉琢一般的仙人，他絲毫沒有意識到自己話語裡所包含的情緒。

她靜靜地看著他，過了一會兒後，她主動伸手，抱住他的腰，靠在他懷裡。

「謝長寂，」她開口，安撫出聲，「你這樣想，我很高興。」

謝長寂聽不明白，花向晚聽著他的心跳聲，說得真誠：「你的世界不只有我，我很高興。」

第十四章　當年

聽著這話，謝長寂微微垂眸。

她果然和年少時不同。

當年十八歲的花向晚，恨不得心上人眼裡只有自己，心裡滿滿當當裝著她，不要有半點猶豫。

可現在她卻希望所愛之人如蒼鷹，翱翔天際，哪怕離她很遠，她也甘之如飴。

他看著面前的女子，感受著歲月在她身上留下的痕跡所綻放出來讓人心動的魅力，壓抑住心中那些不敢多想的話外之音。

花向晚見他不說話，便主動拉起他，高興道：「走，我們去看看歲文他們。」

見花向晚堅持，謝長寂沒再拒絕，對於他而言，說好要斷開的關係，沒有關聯最好，但若硬是要牽扯，他也並不抗拒。

天劍宗的弟子在最後傾巢而出，倒沒受什麼大傷，花向晚領著謝長寂走到窗前時，聽見歲文正用傳音玉牌和天劍宗其他弟子吹噓，說自己在戰場之上如何英武，旁邊長生抱了包瓜子，滿臉不屑的同其他弟子眉來眼去埋汰他。

一群弟子嘰嘰喳喳，極為熱鬧，花向晚站在門口，沒立刻進去，輕咳了幾聲，算作提醒，所有人都回過頭來，看見花向晚和謝長寂，眼睛大亮：「上君！師祖母！」

一聽「師祖母」這個稱呼，花向晚忍不住看謝長寂，謝長寂神色平穩，只道：「不用叫我上君，我如今只是合歡宮少君。」

「啊？」所有人明顯沒得到這個消息，歲文抓了抓腦袋，不甚明白：「那……掌門沒和我說啊。」

這話讓謝長寂有些意外，他微微皺眉，只問：「掌門？」

「是啊，」歲文滿臉茫然，「前天合歡宮被圍的時候，您不下令，我們本來還在著急呢，掌門突然傳音過來，讓咱們幫著上君務必保全合歡宮。」

謝長寂聽著這些話，神色微動，大家靜靜地看著謝長寂，疑惑道：「上君？」

謝長寂沒出聲，過了好久，他只是點了點頭，花向晚見他沒有多問，便主動幫他問了眾位弟子的情況，所有人好像不曾看見他入魔時的場景一樣，和以前沒有什麼不同。

確認好弟子無事，花向晚便同謝長寂一起離開。

兩人走在長廊上，花向晚拉著他的手，高興道：「你看你猜錯了吧？這些弟子根本不介意，你永遠是他們心中的上君。」

謝長寂不說話，他走在路上，花向晚挽著他的手，聲音輕柔：「他們都敬仰你，愛戴你，你的掌門、昆虛子，他們也都在意你……」

「為何同我說這些？」謝長寂停住腳步，轉頭看她，花向晚一愣，謝長寂眼中卻已明瞭：「妳害怕我入魔？」

花向晚沒有立刻回聲，緩了一會兒，笑了笑。

「我是怕，死生之界兩百年風雪太冷，」她抬手拂過自己的頭髮，將髮絲挽到耳後，聲音很輕，「你寒了心。」

他在年少時還什麼都沒想清楚便痛失至親一切，而後入死生之界，在殺戮和絕情丹陪伴下度過兩百年。

上天甚至沒有給他理解這個世界的機會，就將它早早掐斷。

謝長寂不說話，他靜靜地看著她。

花向晚見他久不出聲，挑起眉來：「我說得這麼推心置腹，你都不說點什麼感動一下？」

「那妳呢？」謝長寂只問，花向晚一愣，就聽謝長寂追問：「那妳這兩百年，不怨恨嗎？」

尋常人經歷她所經歷的這些事，早已偏激狹隘，可她卻始終清醒，不曾遷怒他，不曾怨恨他，是是非非分得清楚，有仇報仇有怨報怨。

花向晚聽著，輕聲一笑：「我同你不一樣，我有人陪著。」

說著，她轉頭看向庭院，目光溫和：「我一路過來，雖然遇到了許多不好的人事，可雲裳陪著我、薛子丹陪著我，還有師父、長老……我並非孤身一人。而這世上最怕之事，」花向晚轉過頭，在燈光下抬頭看他，燈火落在她眼裡，她聲音很輕，「就是孤身一人。」

這話出來，謝長寂便突然明白幾分他為什麼覺得死生之界不好的緣故。

他垂下眼眸，細細作想，花向晚見他情緒不高，便主動拉過他，高興道：「走吧，要聊以前回房聊，別在這兒愣著了。」

謝長寂由她拉著回了房，一路都不吭聲，他一貫沉默，花向晚並不在意，直到兩人躺到床上，謝長寂還是靜靜地躺著，花向晚終於察覺出幾分不對。

她直起身來，低頭看著穿著單衫靜靜地看著床帳的青年，疑惑道：「謝長寂？」

「嗯？」謝長寂聽她問話，目光落下來，應了一聲。

花向晚看著他的樣子，小心翼翼：「你在想什麼？」

謝長寂動作一頓，似是覺得這個話題不該多聊。

花向晚用手指戳了戳他：「你……你別樣，我害怕。」

「我就是想，」謝長寂垂下眼眸，「誰陪著妳，怎麼陪的。」

聽到這話，花向晚舒了口氣，她斜臥下來，撐著腦袋，看著床上不睡覺的人。

「你想問，直問就好，悶著做什麼？」

「我問了，妳若不說，我更不高興。不如不問。」謝長寂直言不諱，語氣平淡，倒也沒什麼埋怨的情緒在，花向晚卻莫名聽得有些心虛。

她輕咳了一聲，頗為大方：「會影響別人的事兒我不能說，但這些事兒，還是能說的。」

謝長寂不大相信，他轉眸看她，花向晚趕緊表態：「不信你問。」

「妳和秦雲裳怎麼回事的？」

「就打小一起玩兒唄，」花向晚漫不經心說著，「她娘原本是天機宗的聖女，天機宗在西境地位比較特殊，占星問卦，基本隱世不出，說是被合歡宮管轄，但和道宗一樣，清樂宮管不了道宗，我們也管不了天機宗。不過，管不了，交情是在的，所以她娘沒出嫁前和我娘是手帕交，但這事兒很少有人知道。後來她娘被秦風烈花言巧語騙了，脫離了天機宗嫁到了鳴鸞宮，嫁過去後身體一直不好，過了些年，秦風烈移情別戀上秦雲衣的母親，在外面有了秦雲衣，秦雲衣的母親是劍宗的大小姐，修為地位樣貌，都不遜於雲裳的母親，在秦雲衣跟著母親歸宮後不久，雲裳母親就去世了。秦雲衣母親扶正後，她成了少主，雲裳反而成了庶出。」

「後來各宮各宗都來合歡宮求學，她也跟著過來，我娘讓我多多照顧她，但秦風烈這人其實和我母親不合，為了不給她惹麻煩，我都是偷偷接觸，一來二去就熟了。合歡宮算她第二個家，宮裡師兄師姐她都熟，後來喜歡上了二師兄，還是我幫著追的。之後的事你也知道，合歡宮出了事，望秀死後，她本來想離開西境，但最後還是被我勸了下來。」

「妳勸她什麼？」

「幫我。」花向晚笑笑，「我要報仇，也想復活師兄師姐，所以我請她留下來，待在鳴鸞宮為我做事，作為交換，我會復活程望秀，讓她成為鳴鸞宮宮主。」

謝長寂沉吟不語，看著床帳，似是思索，花向晚靠過去，討好道：「還有誰要問的？」

「薛子丹呢？」謝長寂脫口而出，花向晚瞬間僵住。

見她不出聲，謝長寂轉過頭來，語氣淡淡：「不方便？」

「沒有。」花向晚輕咳了一聲，不敢看謝長寂，一臉坦蕩：「有什麼不方便的？都是過去的事兒。他就是個大夫。」

「怎麼認識的？」

謝長寂沒讓她避重就輕繞過去，花向晚一聽就知道，問半天是在這兒等著。

她頗為頭疼，乾脆趴下來，認命一般嘆了口氣：「這事兒就說來話長了，薛子丹呢，以前是個毒癡，打小由他祖父養大，他祖父是藥宗宗主，懸壺救世的活菩薩，但他卻不一樣，從小沉迷研製各種毒藥，他祖父一貫不同意他製毒，可祖父越是阻攔，他越是叛逆，和他祖父一個下毒一個救人鬥爭了很多年，直到藥宗內亂，他叔父薛然，用他的毒藥，毒死了他祖父。」

聽到這話，謝長寂轉過頭來，花向晚苦笑：「他和他祖父鬥了這麼多年，最終，他還是研製出了一款他祖父解不了的毒藥。藥宗分成兩派，薛然的地位其實並不穩固，他暗殺了薛子丹祖父後，就派人追殺他，想趁著他祖父的人沒反應過來，將他殺乾淨。好在他機靈，一路出逃，生死之際，剛好碰到了去藥宗求醫的我。」

「然後呢？」

「然後我就把他帶回了藥宗，他接管了他爺爺的勢力，假裝不知道他祖父的死是怎麼回事，薛然看他年少無知、殺他的代價太大，便放過他，讓他繼續當少主。我就待在藥宗……求醫唄。」

「然後呢?」

「然後……」說到後面，花向晚有些含糊起來，「然後他給我治病，我跟著他學著製毒，可能是我太漂亮了吧，他醫著醫著就和我說在一起試試，就……兩個孤單落魄走投無路身心絕望的人，就，反正就差點在一起了。」

「為何沒在一起?」謝長寂臉上看不出喜怒。

花向晚心跳很快，她老實作答:「就……我學製毒，學著學著有一天發現……合歡宮那天飲下的毒……」花向晚說得有些艱難，「是極樂。」

這話出來，謝長寂便明白了。

哪怕薛子丹是無心，可他製的毒，成了合歡宮覆滅的罪魁禍首，那無論花向晚當年動沒動心，都不可能和他在一起。

「我不可能和他在一起啊，所以我們就分開了。他知道這件事後很愧疚，他覺得他祖父說得對，他不該學製毒，所以後來他就轉了行，全心全意當個大夫。當時我去藥宗除了求醫，主要還是要拿他們藥宗那顆定魂丹，這是藥宗至寶，剛好我也怕後面的事牽連他，就利用他把定魂丹偷了回來，和他演了一齣反目成仇的戲，順利脫身。」

「之後他就一直當我大夫，說要給合歡宮贖罪，再後來他知道我打算復活合歡宮，你說這個，反正這麼多人了，多他祖父一個不多，少他祖父一個不少，就決定跟著我一起幹了。」

花向晚快速總結了後續，小心翼翼抬眼打量謝長寂。

謝長寂聽著她的話，想了想，只問：「妳要定魂丹做什麼？」

「就……」花向晚硬著頭皮，「保住沈逸塵的屍身。」

「所以妳認識他的時候，才從雲萊回來沒多久？」

這個問題出來，花向晚覺得自己快要窒息了。

她突然後悔，不該和謝長寂玩什麼坦誠以對，他背後是一張白紙，隨便坦誠，但她的事兒可多了。

她咽了咽口水，翻身背對謝長寂，忐忑道：「睡了。」

謝長寂沒說話，過了一會兒後，他將人拖到身邊，硬生生把她擺正，翻身壓了上去。

花向晚抬手捂住臉：「睡了睡了，真的睡了。」

謝長寂不出聲，他將她的手拉開放在身側，低頭吻上她的唇。

沒一會兒後，花向晚抱著他的脖子，有些委屈：「都是過去的事兒了，我也坦白從寬了，你還生什麼氣？」

謝長寂抓著她的頭髮，逼著她露出咽喉，像是獸類一般啃咬上去：「我沒生妳的氣。」

「你休想騙我！」花向晚咬牙，「你生沒生氣我比你清楚！」

聽著這話，謝長寂抬起一雙頗為幽深的眸看她：「我生自己的氣。」

花向晚有些茫然，謝長寂抬手抵在她的刀疤上，埋進她的頸窩，低啞出聲：「薛子丹知道這道疤。」

「他是大夫，他當然知道。」花向晚懵了，不明白他在糾結什麼。

「當年沒分開就好了。」謝長寂低低開口，遺憾中帶著幾分自責。

當年要是他們沒分開，她不會有這道疤，更不會有知道疤的這個人。

花向晚回答不了他什麼，她只是看著庭院裡晃來晃去的燈籠，恍惚想著——是薛子丹。

一定是薛子丹在害她！

問罪薛子丹這件事，被花向晚記在了小本子上。

只是等第二天早上醒來，被雜事淹沒，根本無暇去找薛子丹麻煩，也就作罷。

趙南來了合歡宮這件事，很快便傳了出去，隨之而來的，是鳴鸞宮長老王純亡故的消息。

王純亡故還沒有兩天，鳴鸞宮其他長老和一干人等都跑了個一乾二淨，隨即秦雲衣吸食了王純修為一事便在各地傳播起來。

花向晚聽到消息，便知道時機已經成熟，沒了兩天，秦雲裳高興地趕到書房：「阿晚！」

花向晚正在看如何分配清樂宮中的訓練祕境給弟子，聽到聲音，她抬頭看去，一看秦雲裳的神色，便知道結果：「好消息？」

「陳順死了。」秦雲裳開口。

花向晚也不奇怪，只問：「怎麼死的？」

「剛從鳴鸞宮傳來的消息，秦雲衣消化了王純的修為後，似乎又爬了兩階，和陳順同個水準，然後趁陳順不注意，就把人宰了！現在鳴鸞宮就剩秦雲衣一個人，趁她還沒把陳順消化完，趕緊過去！」

聽著這話，花向晚思索了一會兒，又找來消息，終於確認了。

「靈北。」花向晚放下手中書信，抬眼看向站在一旁的靈北，吩咐，「讓弟子準備，再同少君借靈舟，明日，同我一起去鳴鸞宮。」

靈北等這話等了許久，立刻壓抑著激動的心情應下，轉身走了出去。

合歡宮頓時忙碌起來，而這時，鳴鸞宮內，秦雲衣拖著帶血的劍，一步一步走到供桌邊。

她疲憊地倒在桌邊，伸手扶在桌上。

召喚用的香在房間內青煙嫋嫋，她低低喘息著，沒一會兒，就聽溫和的聲音從她背後傳來：「秦少主找我有事？」

聽到聲音，秦雲衣轉過頭，就看見一個戴著面具、手持摺扇、神色溫和的青年。

她冷冷地注視著對方，緩緩笑起來：「魔主，你來了？」

碧血神君沒說話，他轉頭打量四周一圈，目光又落到秦雲衣臉上，露出的唇角帶著笑：「如今都這個局面了，叫本座過來作甚？」

秦雲衣看著碧血神君沒有作聲，碧血神君歪了歪頭：「總不會是想要本座救妳吧？本座自顧不暇，魔主血令都交出去了，」碧血神君張開扇子，遮住半張臉，「怕是無能為力了。」

「魔主當年血洗西境，三十一位渡劫修士斬殺過半，神功蓋世，無人能敵，」秦雲衣盯著碧血神君，「如今不過區區謝長寂和花向晚，魔主便無能為力了？」

「秦少主誇獎，」碧血神君走到一旁椅子上，悠然坐下，「可惜本座老了，如今又身患重病，命不久矣，秦風烈都敢欺到本座頭上，謝長寂？」

碧血神君笑著搖頭：「不敢招惹。」

「若你必然招惹呢？」秦雲衣冰冷出聲。

碧血神君抬眸，就看秦雲衣盯著他：「當年合歡宮之事，誰是主謀，誰說服兩宮九宗各大高層一起出手，若花向晚知道，你以為……」

話沒說完，大殿中的青年大笑出聲，他合扇輕拍手掌，笑著看秦雲衣：「妳拿這事兒威脅本座？」

秦雲衣不說話，青年轉瞬出現在她面前，彎下腰來：「知道為什麼這麼多年，花向晚從來不多看妳一眼嗎？」

秦雲衣目光驟冷，碧血神君笑著評價：「太蠢。」

「你不怕她和謝長寂聯手殺了你？」秦雲衣繼續說服他。

碧血神君眼中帶著玩味：「她殺我，還需謝長寂？她可不像妳，只知道叫喚，看到了麼？」

碧血神君拉下衣衫，露出胸口一道刀疤，秦雲衣一愣，就聽他開口：「她留的。」

「她早就知道……」秦雲衣喃喃出聲。

碧血神君慢條斯理拉起衣服，直起身來，低頭看著秦雲衣：「沒有十足的把握，她怎會出手？妳啊，和她差距太大，她從來沒把妳放在眼裡。」

這話讓秦雲衣不由自主捏起拳頭，似乎在努力消化著這個消息，碧血神君憐憫地看著她，過了片刻後，他慢慢道：「若沒有足夠的籌碼，本座可就走了。」

秦雲衣沒出聲，她沉浸在對過往的回顧之中。

兩百年，花向晚竟然在她面前演了兩百年。

她早就知道誰是仇人，她甚至有對魔主出手的能力，可兩百年來卻伏低做小，沒有給旁人一點察覺的機會。

她對魔主出手，她花兩百年布局，可這場棋，從頭到尾，她的對手就不是她秦雲衣。

她從來沒有真正正視過她，年少時沒有，落魄時沒有，如今也沒有。

哪怕她不擇手段奮力追趕，她眼中，卻從來不曾有過秦雲衣這個對手。

秦雲衣死死捏著拳頭，呼吸微亂，碧血神君等了一會兒，見她不作聲，轉過頭去：「既然沒有，那本座走了。」

說著，碧血神君轉身，提步往外，走了沒幾步，就聽身後的人低啞開口：「那沈逸塵呢？」

碧血神君腳步微頓，他回過身，就看秦雲衣語速極快開口：「如果她知道你是沈逸塵，你也不在意嗎？」

「妳……」

「我已經做好傳送法咒，只要我一死，消息立刻會送到花向晚手裡，」秦雲衣撐著自己站起身來，「怎麼，你要告訴我，這件事她也知道了？」

這次碧血神君沒再說話，過了片刻後，他笑起來：「妳為什麼會覺得，我是沈逸塵？」

「我看到的。」

「哦？」碧血神君似覺好笑：「妳看到什麼？」

「當年你找我父親議事，我和父親提前到了，我在花園透氣，遇見你回來。」

「然後？」

「你穿的是沈逸塵的衣服，戴著他的面具。」秦雲衣冷靜描述著，「那件衣服和面具，我見過。」

「就憑這點？」

「後來你說服我們利用魔獸入侵之事加害合歡宮時，對合歡宮的信息瞭若指掌，連花染顏天雷的時間，都可以精準確定。好不容易滅了合歡宮，你又要力保花向晚……」說著，秦雲衣語氣篤定，「若你不是沈逸塵，你圖什麼？」

碧血神君終於沒再說話，他想了片刻，轉眸看她，只問：「妳想要什麼？」

「保我活下來。」秦雲衣見碧血神君的語氣軟下來，心中鬆了一口氣。

她賭對了。

然而聽到這話，碧血神君卻搖了搖頭：「她一定要殺妳，我做不到。不過——」

碧血神君微微側頭：「幫妳拖一拖謝長寂，我還是能做到的。可拖住謝長寂，妳能不能殺她，就看妳的本事了。」

「你捨得我殺她？」秦雲衣冷笑。

碧血神君神色篤定：「妳殺不了。」

「萬一呢？」

「若妳能殺了她，」碧血神君笑出聲來，「那……也是不錯的事啊。」

這話讓秦雲衣一愣，她有些看不明白面前這個人，碧血神君慢悠悠走回來，將一個小瓶放入秦雲衣手中：「我不是沈逸塵。」

他湊到秦雲衣耳邊，聲音很輕。

秦雲衣瞬間睜大眼，不敢置信地看向他，碧血神君微微一笑：「但是，妳若願意幫我，我也可以幫妳。今夜我為妳設下法陣，妳將此藥倒入法陣之中，若是走到山窮水盡，以自己獻祭。」

「獻祭之後呢？」秦雲衣盯著他。

「天下為妳陪葬。」碧血神君輕描淡寫：「包括花向晚，還有謝長寂。」

秦雲衣不說話，她握著小瓶，皺起眉頭：「你到底想要做什麼？」

「這就與妳無關了。」

碧血神君說著，從容地直起身子，將小瓶放在秦雲衣手中，就在他離開那一瞬間，秦雲衣猛地出手，襲向碧血神君面上面具。

她動作極快，而對方也十分配合，站立不動，任由她將面具一把打落。

黃金面具掉落地面，秦雲衣愣愣地看著對方。

青年面容清俊，笑容溫和，那是這張臉上從來沒有出現過的溫柔，唯獨目光帶著幾分冷，輕聲道：「看夠了嗎？」

經提醒，秦雲衣看著面前和謝長寂一模一樣的面容，猛地反應過來：「謝長寂！」

「鳴鸞宮密道分別在這三個點，」秦雲裳從盤子裡取了一塊蜜瓜，一邊在地圖上點給眾人看，「得派人把這三個地方堵住，不然人就跑了。雖然我覺得她不會跑。」

「妳又知道？」花向晚吃著瓜站在秦雲裳旁邊，有些奇怪：「是我我就跑。」

「妳不瞭解她，」秦雲裳咽下口中的瓜，「她還是有幾分傲氣的。」

這話大家紛紛點頭，秦雲衣的驕傲大家從小就有體會。

花向晚看著秦雲裳擬定的路線，轉頭看向靈北：「靈北，弟子都通知好了？」

「通知好了，」靈北恭敬開口，「弟子準備好，還有各宗使者都到了，都說要援助少主，幫秦二少主奪回鳴鸞宮，不讓鳴鸞宮落入妖邪手中。」

「妖邪？」聽到這話，花向晚有些疑惑：「誰是妖邪？」

「劍宗的人說的，」靈北唇邊帶笑，「放縱冥惑屠殺宗門，自己又禍亂鳴鸞宮，秦雲衣必定墮入魔道，成為妖邪，人人得而誅之。」

花向晚得了這話，有些說不出是該哭還是該笑。

想了想，只道：「他們挺會編排。」做什麼事，都能編排出一些大道理。

「來了哪些宗門？」

「傀儡宗、劍宗、藥宗、百獸宗、玉成宗，都來了。天機宗沒有派人過來，說天上星軌突然異動，正在舉宗占卜，等有結果之後，會來向少主呈報。」

天機宮窺探天機，向來不和外界有太多聯繫，能來給她報個結果，便算是示好。

花向晚點點頭，正要說點什麼，心上就是一跳。

眾人察覺她神色有異，都安靜下來，謝長寂一直坐在暗處聽著大家說話，此刻見所有人不出聲，便主動開口：「怎麼了？」

「魔主……」花向晚面上帶著幾分猶疑，「魔主去了鳴鸞宮？」

這話出來，眾人面面相覷。

「肯定是秦雲衣搬救兵了。」狐眠立刻出聲，她皺起眉頭，「魔主修為高深，如果他要幫秦雲衣……」

「那就一起殺。」秦雲裳打斷狐眠的話，果斷開口。

她抬眼看向花向晚，目光篤定：「妳覺得呢？」

花向晚沉默了一會兒，隨後笑起來：「自然。」

「剛好五宗的人都來了，只拿下一個鳴鸞宮，太過大材小用了，」花向晚說著，轉眸看到地圖上魔宮的位置，「不如取了秦雲衣手中血令，直奔魔宮，反正，最後一塊血令，就在魔主手中。」

「到時祭神臺重鑄血令，」秦雲裳出聲，花向晚看向她，聽她克制著情緒，提醒自己，「妳就是魔主了。」

花向晚沒說話，看著秦雲裳的眼睛。

片刻後，花向晚笑起來，應聲：「是，到時候，我就是魔主了。」

說著，她轉頭看向地圖：「那就這麼定了，明日兵分兩路，我和長寂、雲裳帶合歡宮弟子去鳴鸞宮，狐眠師姐領師父、三位長老和六宗去魔宮等我。」

「這……」狐眠聞言皺起眉頭：「你們就這麼點人，會不會太冒險了？」

「無妨，鳴鸞宮如今願意堅守的人沒有多少。」花向晚看向狐眠：「我們唯一的對手，只有魔主和秦雲衣。」

「萬一魔主不在鳴鸞宮怎麼辦？」狐眠有些擔憂，「妳和長寂都在鳴鸞宮，要是魔主在魔宮，我怕我們這邊沒人……」

「若他在魔宮，我會告訴你們。」花向晚打斷狐眠。

這話出來，眾人有些疑惑，謝長寂抬眸看她，狐眠率先問了出來：「妳怎麼知道他在哪兒？」

「我在他身上放了點東西。」花向晚解釋，頗有信心，「妳放心，他去哪兒我清楚。」

聽著花向晚的話，眾人心中安定下來，雖然不知道花向晚放了什麼，但既然她有把握，大家也就沒有深究。

大家接著把需要的物資等細節商量了一番，等把所有事情定下來，已經到了半夜，花向晚讓眾人先去休息，自己和謝長寂留在書房。

所有人先後離開，等房間只剩下兩人後，花向晚坐在書桌椅子前，長舒了一口氣，靠在椅子上。

房間裡很安靜，旁邊的人不出聲，但她確認他存在。

「謝長寂，」花向晚看著跳躍的燈火，有些疲憊，「我好像快走到頭了。」

路走到預期的盡頭，反而有些茫然。

謝長寂聽著她的話，站起身來，走到她身邊。

他的身影籠罩著她，她仰起頭，愣愣地看著面前神色平靜的人。

蠟燭「噗」的一聲，在風中驟滅，徒留青煙，從燈芯嫋嫋升起。

房間暗下來，月光如水一樣灑在他周身，他白色的衣衫彷彿有水在上面流動一般，顯得整個人聖潔中帶著幾分柔和。

兩人靜靜的什麼話都沒說，過了片刻後，他抬手扶在椅背上，低下身，吻在她唇上。

人貼近在一起，所有情緒平靜下去，她忍不住閉上眼睛，這件事上他一貫主動，不需要她費心。

纏綿的水聲瀰漫，沒一會兒後，他將人抱起來，放到身後書桌之上。

地圖筆架散落一地，柔亮的月光顯得人的皮膚更加通透皎白，花向晚躺在桌上，仰頭看著面前的青年。

「謝長寂。」

她抬起手，想去擁抱他。

青年順勢彎下腰，讓她將他抱進懷中。

她無比真切的感覺著這個人的存在，有那麼一瞬間，她突然有些理解謝長寂對這件事的偏愛。

因為溫度是真實的，感覺是真實的，沒有什麼，能比這根讓人清楚地感知到——他屬於我，他在我身邊。

靈力一遍一遍沖刷著她的筋脈，等她從浴室梳洗完畢時，天也亮了。

她穿上繪了無數防禦法陣的法衣，配上尋情，領著謝長寂從房間走出去，到達正殿，就看秦雲裳、狐眠等人在等著她。

大家都休息得很好，看她走出來，秦雲裳上下一打量，挑眉一笑：「有點樣子。」

「走吧。」

花向晚提著劍，走在前方，眾人跟在她身後，從正殿一路走出，來到廣場。

六宗之人和合歡宮弟子早已等在廣場，花向晚站在高處，低頭看著合歡宮的招魂幡在廣場長道上一路往宮門蔓延。

招魂幡引路召喚，廣場上弟子密密麻麻，花向晚出來後，所有弟子一起跪下，高呼出聲：「見過少宮主！」

花向晚沒說話，今日算不上好天氣，看上去似有陰雨。

花向晚仰頭看著天空，隨後，又轉頭看向眾人。

合歡宮許多年不曾有過這樣的盛景，她想了想，從腰上取劍，反手劍尖指地，抵在額間。

「天道大吉，庇佑眾生，陰陽合歡神在上，合歡宮，萬世千秋！」

說罷，長劍脫手而出，一劍攜風破雲，狂風大作，晨霧盡驅！

等風停雲止，長劍折回，陽光灑滿天地，弟子愣愣地看著天空。

片刻後，靈北率先跪下，高呼出聲：「陰陽合歡神在上，合歡宮，萬世千秋！」

靈北出聲後，弟子隨即跟隨，聲如浪潮。

狐眠等人仰頭看著藍天，目光微澀，靈南有些好奇，跪在地上扯了扯靈北的袖子，小聲開口：「少主這是做什麼啊？」

「祈福。」靈北沙啞出聲，靈南茫然，靈北解釋著：「合歡宮戰前若非晴日，需由領戰之人驅雲逐霧祈福。」

但是，合歡宮，已經兩百年未曾一戰了。

靈南聽著這話，愣愣抬頭，這是她第一次感覺到，合歡宮曾經的盛景。

花向晚看著招魂幡在陽光下似如指引，她抬手一揮，冷靜出聲：「啟程吧。」

「是。」

得了她的話，狐眠立刻領著薛子丹下去，將弟子分配好，領上靈舟。

靈舟是清樂宮和六宗支援過來，花向晚看著弟子上了靈舟，轉頭看了謝長寂一眼，笑了笑：「走吧？」

「嗯。」

「是不是第一次見這種場面？」

花向晚看謝長寂一直打量周邊，有些好笑，謝長寂也不避諱，點頭道：「是。」

他在天劍宗這些年，從來沒主動進攻過什麼宗門。

花向晚想想，有些好奇：「什麼感覺？」

謝長寂認真思索片刻，只道：「有些熱鬧。」

花向晚「噗嗤」笑出聲來，拉過他：「那走吧，我們去看更熱鬧的。」

第十五章　魅惑

說著，花向晚看弟子都上了靈舟，靈舟從地面升騰而起，她放開謝長寂，抬手一召，馭劍而出。

秦雲裳、謝長寂緊隨其後，領著靈舟往鳴鸞宮方向疾行而去。

行船一日，花向晚便帶著弟子到了鳴鸞宮上方，遠遠看去，就見鳴鸞宮已經亂成一片，弟子四處逃散，山門根本無人鎮守，只有鳴鸞宮的護山大陣尚還開著，維繫著這個萬年大宗殘存的尊嚴。

秦雲裳逃出宮外這些時日，鳴鸞宮的人逃的逃，殺的殺，秦雲衣一連吞噬兩位渡劫修士，將鳴鸞宮搞得一團亂，明顯已經放棄了鳴鸞宮，只做最後的垂死掙扎。

靈舟靠近鳴鸞宮，便放慢了速度，等到護山大陣前，隊伍澈底停下。

靈北打量一圈，回頭看向花向晚，恭敬道：「少主，得先破開護山大陣。」

聽到這話，謝長寂正準備動作，便被花向晚按住手。

「我來。」

她出聲，所有人看向她，就看她馭劍到高處，高呼一聲：「秦雲衣，出來！」

鳴鸞宮沒有回應，聽到她的聲音，地面的人驚慌抬頭，隨後慌忙往外跑去。

花向晚見秦雲衣不應聲，便乾脆拔出劍來。

尋情握在她手中，周邊靈氣湧來，花向晚緩慢揚劍，隨後重重一劈，大喝：「秦雲衣，出來！」

這一劍帶著如雷霆一般的劍光狠狠撞在結界之上，一瞬之間，地動山搖，結界產生裂縫。

一劍就劈裂了護山大陣，眾人看著這實力，心思各異。

合歡宮欣喜非常，鳴鸞宮滿是懼怕，而其餘觀戰之人，則又懼又敬，不由得退遠了些。

一道重劍劈過，隨後就看花向晚的長劍飛快砸下，每一次都產生強烈的撞擊，整個宮殿為之震顫。

裂紋如蛛網一般在結界上瀰漫，直到最後，花向晚最後一劍！

只聽轟然一聲巨響，光亮沖天而起，護山大陣如琉璃一般瞬間碎裂開去。

護山大陣碎開，靈舟上的弟子立刻飛落而下，花向晚回頭看了秦雲裳一眼，按計劃吩咐：「妳去後山堵人，免得跑了。」

「行。」

秦雲裳得話，帶了一群弟子往後山過去，靈北、靈南則領著人從前山往上進攻。

說是進攻，其實根本沒遇到什麼抵抗，一行人衝上高處，靈南、靈北開道，花向晚、謝長寂走在後頭，看著鳴鸞宮的弟子或殺或降，他們神色平穩，直奔大殿。

跨過臺階，花向晚吩咐靈南、靈北處理外面殘餘抵抗的弟子，領著謝長寂往裡走去。

穿過香火已滅的青銅鼎爐，走進大門，剛入大殿，就聞到濃烈的血腥味。

兩人停住步子，花向晚抬頭，便看見大殿密密麻麻寫滿了符文，而這些符文都是鮮血所繪，看上去極為陰邪。

「妳來了。」

秦雲衣的聲音從裡面傳來，花向晚順著聲音看過去，就見大殿正前方，神龕之下，端坐著一個女子。

她和平日一樣，一身素衣，頭髮用一根玉蘭髮簪高束，不染人間煙火的面容上，帶著一種悲憫眾生的慈悲之氣。

只是一雙眼睛冰冷如獸，與她的面容格格不入。

她雙膝上橫著一把玉劍，目光平穩：「等妳許久了。」

「等我，那不早點應我？」

確認法陣作用後，花向晚從容提步，笑著走進大殿。

謝長寂看了這些符文一眼，也跟著走了進去。

一入殿，兩個人彷彿進入了兩個空間，明明是一模一樣的大殿，所看到的人卻截然不同。

花向晚眼前，是一身素衣坐在神龕之下的秦雲衣。

謝長寂面前，卻是身著藍色華衫，面戴黃金面具，盤腿在供桌之上，一手撐著下巴，一手放在膝頭，占據了原本神龕位置的碧血神君。

「你找我。」謝長寂盯著對方，冷淡開口。

碧血神君微微一笑，他搖了搖抬起的食指，否認：「非也，只是受人所托，請上君到此，飲水酒一杯。」

說著，碧血神君手上出現一個青銅酒杯，抬手朝著謝長寂一擲，酒杯高速旋轉，謝長寂背後憑空出現一把光劍，將酒杯猛地劈成兩半。

酒杯落到地面，碧血神君微微側頭：「你是敬酒不吃，要吃罰酒了？」

「一具傀儡，別在我面前裝模作樣。」

「好罷。」碧血神君嘆了口氣：「看來，要留下上君，只能用點非常手段了。」

說著，他抬手，指尖燃起一道冰藍色符文，大殿內用血繪成的符文當即動了起來，彷彿有生命一般，在符紙之上遊動。

「去！」

碧血神君一聲低喝，冰藍色符文從他指尖脫出，飛躍半空炸開落入四面八方符文之上，隨後謝長寂便感覺周邊震動起來。

地面突然變化，波紋蕩漾，瞬間成為一片海域，謝長寂神色不動，提劍立於海面。

「我把定離海給你搬過來了。」碧血神君聲音帶笑：「上君，從未與水族一戰過吧？」

說著，海水之下，水蛇自四面八方急躥而來，謝長寂周身一凜，海面化作層層冰霜，水蛇從海水之中一躍而出，謝長寂一劍帶著冰雪之意橫掃而去。

水蛇在冰霜中瞬間結冰，然而停頓不過片刻，冰蛇猛地炸開，四散開去，變作朵朵冰蓮，直襲向謝長寂！

謝長寂橫劍一轉，冰蓮爆開，海面升騰而起，一隻手從海水之中探出，一把拽住謝長寂的腳踝，拖著他就往下拽，要將他拉入深海。

謝長寂一劍劈開對方手腕，藍色血液飛濺而出，隨後就聽周邊無數尖銳叫聲破空而來，一條條鮫人張開利爪，從海水之下一躍而出，瘋狂地襲向他！

鮫人尖牙利爪，下半身魚鱗是天然的防護，在水中便是霸主。

謝長寂腳下藍色法陣亮起，被無數鮫人圍在中間，隔著這些鮫人，看向不遠處高臺之上的青年，對方有如看戲一般，打量著他：「怎麼，上君就這點能耐？」

「你是鮫人？」謝長寂冰冷出聲。

碧血神君撐著下巴，盯著他：「我是不是鮫人，這沒什麼關係。但這個法陣中的敵人，可不是憑空出現。」

謝長寂並不言語，他只守不攻，由著鮫人一隻一隻撲向他。

不遠處，鮫人的歌聲遙遙傳來，他眼前出現一些畫面。

他第一次見到沈逸塵，花向晚高興地衝過去，拉著他轉身跟他介紹：「謝長寂，這是我的好友，沈逸塵。」

沈逸塵和花向晚走在阡陌小道上，走在燈火長街；他們成婚當日，沈逸塵就坐在客席，他看著花向晚的眼神，克制又隱忍……

而後是溫少清的話，是幻境之中花向晚哭訴的過往，是他們雲雨之時，她都不曾放下那顆碧海珠。

鮫人歌聲影響人的心智，他一面斬殺著不斷撲上來的鮫人，看著他們編織的畫面，同時不停探尋著靈力來源。

就算是傀儡，也不可能和本體澈底切斷聯繫，只是對於高手而言，這種聯繫會變得極其微弱，讓人難以察覺。

他必須在紛雜的環境中，捕捉到那一點點微弱的靈力波動。

鮫人擾亂他的心神，他掃了周邊一眼，乾脆一劍震開周邊，將劍向上扔入空中，手中撚起劍訣，放在胸口。

問心劍高懸他顱頂之上，隨著他誦念出聲，金色符文落在他周身，將他團團圍住，隨後符文往外流出，便化作光劍，一道道光劍朝著周邊斬殺而去。

一時之間，光劍與鮫人廝殺在一起，海面驚叫四起，化作一片血海。

謝長寂閉上眼睛，在無數畫面中，仔細分辨著周邊所有靈氣流動。

在哪裡？

他努力尋找著。

殺一個傀儡沒有價值，他要找到，碧血神君的本體——在哪裡？

謝長寂踏入大殿便消失在眼前，花向晚並不意外。

這個空間隔絕的陣法，她在門口便已看清楚，只是來人是誰她很清楚，也就，並不擔心。

她走進大殿，看著端坐在前方的秦雲衣，抬手放在劍上，聲音中帶著幾分不解：「我以為，妳要麼跑，要麼帶著鳴鸞宮和我玉石俱焚，沒想到不等我過來，妳自己就把鳴鸞宮毀了。」

「跑，能跑到哪裡去？」秦雲衣面露嘲諷：「難道要我一輩子像個烏龜一樣縮頭縮腦活著？」

「至少也該給自己的宗門留條後路。」

「他們給我留了嗎？」秦雲衣微微提聲：「玉石俱焚？怕到時候，只要情況不對，第一個對我捅刀的，就是他們。倒還不如將他們的修為供奉給我，免得便宜了你們。」

花向晚沒說話，她看著面前的女子。

好久後，她略有遺憾：「我記得妳當年不是這樣。」

「我當年什麼樣？」

秦雲衣語氣冷淡，似乎並不關心自己當年在花向晚眼中的角色。

花向晚想了想，只道：「當年，妳是一心學劍的。」

「不錯，我一心學劍。」聽到這話，秦雲衣笑起來：「我比妳更堅定，比妳更努力，可結果呢？妳永遠壓我一頭。我不眠不休參悟，妳可以輕鬆頓悟；我廢寢忘食練習，妳卻可以一遍就學會其他人的劍法。我費盡心機爬上元嬰，妳卻已經輕輕鬆鬆高登化神！憑什麼？」

秦雲衣扶著供桌站起來，盯著花向晚：「妳憑什麼可以這麼輕而易舉就過上別人夢寐以求的人生？這不公平。」

「的確，」花向晚贊同，只道：「所以，我不也摔下來了麼？」

「那是我爭的結果。」秦雲衣笑起來，面上帶著幾分癲狂，「既然努力追不上妳，那我就走捷徑。妳走天道的捷徑，我走我自己的捷徑，若我還像當年一心修劍，我怎麼能見到妳像狗一樣卑躬屈膝討好眾人的日子？」

「妳喜歡看這個？」花向晚無奈。

秦雲衣盯著她：「喜歡，喜歡得很。可我更喜歡另一件事——」

說著，秦雲衣抬起手，慢慢拔劍。

看見她拔劍，花向晚便自覺地握在尋情之上。

「贏妳！」

說罷，白衣瞬間消失，等再出現時，已經是由上而下，猛地砸了下去。

花向晚早有準備，在她一劍轟下的瞬間，猛地拔劍，直直迎上秦雲衣的劍，不退分毫衝撞在一起！

兩人的劍意走的都是至剛至強的路子，兩把劍砍殺在一起，靈力磅礡震開，不帶半點退讓。

周邊地動山搖，普通修士根本不敢停留，紛紛逃遠開去。

渡劫期修士拼盡全力一戰，對於周邊生靈是滅頂之災。

秦雲衣一面揮砍著自己的劍，一面讓腳下的黑色悄無聲息朝著花向晚湧去。

感受到秦雲衣的「領域」往她面前延伸，她立刻警覺。

渡劫期的交戰與其他境界最大的不同，便在於每一個渡劫期，都能熟練掌握空間運用的法則。

每個渡劫期都會擁有一個「領域」，若是將對方拖入自己的領域之中，那就等於對方進入了自己絕對控制的空間，任由空間主人宰割。

所以沒有任何一個渡劫期會輕易被人帶入他人領域，同樣也沒有一個渡劫期，不期望將對方拉入自己的領域。

察覺秦雲衣的領域侵蝕而來，花向晚毫不猶豫，也將自己的領域放到極致，同秦雲衣的領域撞在一起。

「其實妳說得沒錯，我本來可以走。」

秦雲衣的劍和她的劍砍在一起，靈力一陣陣爆開，震得花向晚肺腑生疼。

花向晚捏緊劍，感覺每一次衝撞都是一次劇烈的震盪。

她觀察著對方的神情，對方明顯並不好受，可是她似乎將這些疼痛轉化成了某種動力，想和她不死不休。

「可這一戰我等太久了。」

秦雲衣劍上紅光暴漲，花向晚察覺劍上掠過的火焰之氣，朝著遠處急急一掠！

然而對方的動作極快，完全來不及躲閃，火焰所帶著的劍氣便朝著她迎面撲來，她劍上法陣大開，和火焰對轟在一起，然而對方的靈力明顯強過於她，她被震得往後退了一步，隨後就看秦雲衣第二劍回轉而下。

她抬劍硬硬接下，兩人的靈力暴漲開來。

靈力往兩邊震去，摧枯拉朽。

鳴鸞宮在狂風之中猶如草屋一般被吹裂炸開。

巨石四散，劃破對峙兩人的皮膚。兩人爭搶著周邊靈氣，花向晚虎口的血液滴落在地面，秦雲衣逼近她：「不是說妳天賦絕倫，和我雲泥之別嗎？那就看看，妳我是不是真的相隔天闕。把魅靈給我放出來！」

話音剛落，秦雲衣的靈力再次往上提升，一劍狠狠揮來：「難道我還不配讓妳放出魅靈一戰？」

這一劍襲來，三昧真火鋪天蓋地，猶如雲捲浪湧。

花向晚看見火雲迎面而來，瞬間睜大了眼——這是程望秀的獨門絕技火雲刀，以及她大師兄蕭聞風的三昧真火。

秦雲衣修混沌大法，就是能在吞噬對方修為之後，消化對方的功法為己用。

此刻亮出程望秀和蕭聞風的絕技，不僅是為了炫技，更重要的是，她在激怒她、羞辱她。

花向晚看著滿天撲來的火焰捲雲，一劍一劍硬是接著。

程望秀的火雲刀、蕭聞風的三昧真火、琴吟雨的溺水三千……

秦雲衣將他們的心法和自己的劍意相結合，一招一招展現在花向晚面前，花向晚紅了眼，咬著牙關和她對轟在一起。

「報仇啊！」她高喝：「妳師兄師姐都是我殺的，來啊！」

「殺個人而已，」花向晚知道她是在激怒自己，咬牙冷笑，「秦風烈、冥惑不也是我殺的？妳鳴鸞宮我手都不動就滅了，又比我好多少？」

聽到這話，秦雲衣牙關輕顫，一時之間，靈力暴漲：「給我去死！」

說著，她的劍猛地加快，根本不給人半點喘息的時間，可速度並沒有影響她的力道，每一劍都如崩山而下，帶著一股要將花向晚的尋情斬斷的氣勢。

她靠混沌大法參悟了許多劍意，多而不精，但卻十分繁雜。

花向晚則是從年少到如今兩百年雲遊四方後自己領悟多家劍意，再與合歡宮的傳承相結合，相對來說簡單許多。

兩人劍劍相交，沒有任何一個人讓步半分，秦雲衣一劍削過她的髮髻，她一劍由上到下砍到她左手。秦雲衣一劍捅在她胸口，她就迎著秦雲衣的劍過去砍向她脖頸！

她們一次次被對方打落滾在地面，又一次次捂著傷口翻滾起來再戰！

兩百年的恩怨在這一刻徹底爆發，好似回到年少時還在合歡宮學藝的時光，只是這一次，比當年任何一次都要拼盡全力，生死相賭。

花向晚和秦雲衣打得如火如荼，謝長寂和碧血神君卻僵持在原地。

鮫人破不開謝長寂的劍陣，謝長寂也殺不盡鮫人。

碧血神君坐在高臺，端詳著劍陣之中的謝長寂，漫無目的輕敲著神臺：「上君還不出劍嗎？」

謝長寂不應聲，碧血神君輕輕一嘆：「真是可惜，常年聽聞問心劍最後一劍毀天滅地，今日卻無法見到，令人心生遺憾。如今上君不肯出劍，是不想出，還是不能出？」

謝長寂沒有說話，他將周邊所有靈氣精細分散。

然而鮫人的歌聲，無時無刻不在影響他，他們彷彿刻意想讓他回憶起什麼，一遍一遍反覆喚起有關於沈逸塵的過往細節，將他內心深處所有壓抑著的情緒翻出來，讓它們浮在水面上，赤裸而淺白地展示給他。

「如果不能出劍，必定是因為阿晚。為了阿晚，放棄飛升，離開死生之界，丟下最後一劍，淪為一個普通渡劫劍修，甚至不惜墮道棄宗，只為留在她身邊，真是令人感動不已。可是，你付出這麼多，當真沒有什麼想要的嗎？」

碧血神君說著，謝長寂腳下水紋一圈一圈散開。

他眼前是一個個深夜，雲雨交纏，色魂相授。

碧海珠搖晃不定，偶爾花向晚會睜開眼睛，癡癡地看著他的臉，目光散漫沒有焦距，彷彿透過他，在看著什麼。

黑氣從他腳下一圈一圈纏繞而上，他甚至想起他和花向晚第一次相見。

對方的目光落在他臉上，瞬間睜大了眼，驚訝錯愕的神情。

「鮫人編織的，是你的內心，你若不害怕，便不會看到幻境。」

冷汗從謝長寂額頭落下，他在千萬種不同顏色的靈氣中，終於區分出連在碧血神君身上那一縷。

「謝長寂。」碧血神君似是暗示：「你怕花向晚，從未愛過你。」

找到了！

謝長寂猛地睜開眼睛，手上長劍靈力暴漲，朝著碧血神君一劍劈下！

提劍瞬間，千萬光劍如雨自天上而來，浩浩蕩蕩落入定離海中，鮫人紛紛被光劍釘入海中，他身形快如鬼魅，瞬息出現在碧血神君面前。

碧血神君神色一凜，海水自四面八方呼嘯而來，謝長寂周身靈力化作劍氣轟向海水。海水與劍氣衝撞在一起，謝長寂的劍尖直抵碧血神君胸口，碧血神君疾步一退，就是這剎那，空間前後左右出現了四個謝長寂，從不同角度刺向碧血神君。

這四個角度是碧血神君所有可能逃生的方向，而這四個角度的劍意強度沒有任何區別。

也就是說，這四劍並非分身，亦非幻術，而是他不僅操縱了空間，還短暫破開時間限制，比對方提前了瞬息，讓未來的自己提前布局在對方必經之路上！

這樣逆天之劍，驚得碧血神君微微睜眼，也就是這刻，四把劍逐一刺入碧血神君身體之中，最後四個人合四為一，定在謝長寂刺入他身體的動作之上，碧血神君正要說什麼，隨即感覺這劍尖之上，一股貫徹神魂的劍意猛地爆開！

碧血神君的魂魄從身體之中被劍意震出，劍也化作一道虛影，緊追著他的魂魄而去。

光劍破空急嘯，魔宮之內，原本閉眼沉睡的青年猛地睜開眼睛。

然而已來不及，在他睜眼的瞬間，一把光劍已轟開宮牆，直襲他面前，青年只來得及一掌擊去，光劍卻已至身前，穿過他的法光，猛地貫穿了他的身軀。

法光所帶來的衝擊隔著千里傳到謝長寂的空間，謝長寂被法光猛地一震，便撞飛出去，碰在大殿結界之上，隨即落入海水之中。

殘留的鮫人聞道血腥之氣，瘋了一般撲上來，方才那一劍消耗了他全部靈力，聽見身後鮫人的嘶吼之聲，他眼神一冷，不再用靈力，乾脆回頭長劍一揮，以劍意朝著鮫人砍殺過去。

謝長寂和鮫人廝殺得難捨難分，花向晚和秦雲衣也糾纏在一起。

周邊高山早就削成平地，生靈四散，靈氣捲湧，秦雲衣彷彿完全不會疲憊一般，每一招都是竭盡全力。

「來！把魊靈放出來！」她嘶吼著：「妳休要看不起我，兩百年前妳看不起，如今妳還看不起嗎？」

她高高一躍，劍尖引天雷而下，朝著花向晚狠狠劈下。

花向晚勉力一接，被她劍尖驟然爆開的靈力直接轟飛，秦雲衣隨即提劍又至，眼看著那一劍就要斬到花向晚頭頂，花向晚避無可避，這時花向晚不顧一切，往前狠狠一撲，以最簡單的姿勢，猛地將劍刺向對方腹間。

秦雲衣見到劍來，全然不退，花向晚也沒有半點退縮，直到最後一刻，花向晚的劍狠狠撞入秦雲衣身軀，抱著她撞到身後僅存的土丘之上，而與此同時，秦雲衣雙手持著劍柄，從上往下，從花向晚身後猛地貫穿她的胸膛。

疼痛從身體中傳來，兩人都喘息著，任由鮮血從劍柄滴落在地面。

「我……」秦雲衣沙啞出聲，「贏了。」

她看著因為無力抱著她的腰半跪在身前的花向晚，看著自己的劍尖插在她的脊背上，十六歲那年和花向晚交手，在眾人面前被狠狠擊垮的恥辱感終於消散開去。

她伸出染血的手，顫抖著想要撫向花向晚頭頂：「我終於……為冥惑……為父親……」

「妳忘了。」花向晚喘息著，微微抬頭，仰頭看她：「我，還是個法修。」

聽到這話的瞬間，秦雲衣猛地睜大眼睛，那一剎，以秦雲衣腳下為中心，周邊十方亮起十個法陣，法陣光芒沖天而起，每個光柱之中，都站著一個花向晚，一手持劍，一手拇指與無名指交扣、食指中指相並，輕輕點在唇間。

誦咒之聲從四面八方傳來，光柱化作十條光龍，如同繩索一般朝著中心點上的秦雲衣俯衝過去！

秦雲衣當即想要掙脫，然而跪在她面前抱著她的花向晚卻一瞬化作藤蔓，黏在地面法陣上，將她死死纏繞在原地。

「這兩百年，讓我學會了很多。」

花向晚的聲音從四面八方傳來，秦雲衣四處找著聲音來源，隨後就看見花向晚提著劍的身影，慢慢出現在她面前。

她神色略顯疲憊，周身是血，明顯也到了極限。

「花向晚！」

秦雲衣見到她，掙扎著就要衝過去，然而光龍立刻咆哮著纏住秦雲衣四肢，隨後尋情從花向晚手上脫手而出，直接貫穿秦雲衣的金丹！

秦雲衣瞳孔急縮，她清晰地感知到金丹碎裂炸開。

疼痛還未蔓延全身，不等她反應，光龍便緊跟著鑽入她身軀之中，配合著尋情，衝入識海，紋上元嬰，瞬間將元嬰絞碎成塊。

元嬰寸寸碎裂，這對修士是極致的折磨，秦雲衣終於痛呼出聲：「花向晚！」

「不經地獄，不識人間。」花向晚看著秦雲衣，神色不變：「天道公平得很。」

說著，尋情劍破開秦雲衣金丹，劍鋒澈底沒入她的身軀，貫穿之後，又折轉回鋒。

就在劍尖再次襲向秦雲衣胸口剎那，她頭上的玉蘭髮簪猛地亮起。

一道屬於冥惑的氣息從玉蘭髮簪上爆開，朝著花向晚急襲而來。

花向晚立刻後退，眼看著黑氣就要貫穿她身體，前方空氣突然震動，隨後一襲白衣染血，倏地出現在她面前，對著冥惑衝來的方向便是狠狠揮下一劍。

毫無靈力、僅是劍意的劍氣和冥惑最後一道法光撞在一起，震得地面一陣顫動。

花向晚愣了愣，才反應過來來人是誰。

「謝長寂？」

謝長寂沒有應聲，他握著劍的手微微發顫，也剛經歷完一場惡戰。

花向晚很快反應過來發生什麼，一把扶住謝長寂。

短暫震動之後，周邊安靜下來，空氣中只留著謝長寂微微喘息的聲音，隨後就聽見玉器裂紋之聲。

那聲音很小，但是對於三位修士來說，卻十分清晰。

秦雲衣頭上的玉蘭髮簪碎裂開去，墜落至地。

秦雲衣愣愣地看著地面的碎片，似是覺得不可思議。

三人靜默著，好久後，花向晚才聽秦雲衣喃喃：「冥惑？」

說著，她顫抖著伸出手，觸碰地上的玉蘭髮簪。

花向晚看著秦雲衣的神態，確認她如今金丹、元嬰都廢了之後，舒了口氣，轉頭看向謝長寂：「你沒事吧？」

謝長寂搖搖頭，他上下打量花向晚一圈，花向晚立刻道：「都是外傷，打坐休息一下就好。」

聽到這話，謝長寂才放心點頭，只道：「我找到魔主本體了，就在魔宮。」

聽到這話，花向晚一愣，謝長寂抬眼看她，語氣平淡：「我剛才重傷了他，劍陣應該會暫時困住他，妳現在趕緊帶人過去，讓宮商、角羽為妳療傷，然後找到他，斬草除根。」

「你……」

宮商、角羽都是頂尖樂修，修復靈力損耗再快不過。

「要快。」謝長寂見她猶豫，抬眼看她，立刻催促：「這裡我幫妳看著，還有靈南、靈北，處理完我馬上過來，妳立刻動身。」

聽到這話，花向晚神色稍定，知道他安排得最為妥當，點了點頭道：「好，我這就過去。」

說著，周邊傳來人聲，靈南大呼：「少主！」

聽到聲音，兩人一起看向周邊，就見靈南、靈北正帶著人小跑上來。

弟子將秦雲衣團團圍住，而秦雲衣根本不反抗，她只是呆呆地坐在地面，有些想不明白。

花向晚看了周邊一眼，心中隱隱不安，但想著魔宮還有那麼多人在等著，而且謝長寂重傷困住了魔主本體……

這機會可不容易。

她也沒有多猶豫，轉頭吩咐兩人：「照顧好少君，把秦雲衣押入地牢，我先去魔宮。」

「是。」靈北恭敬開口。

花向晚立刻聯繫狐眠，開了傳送陣，便從鳴鸞宮離開。

等花向晚消失在原地，謝長寂才回頭看向秦雲衣。

她像是失了魂，只低著頭，努力想把碎了的玉簪拼在一起。

謝長寂看了片刻，平淡道：「帶走吧。」

說完，他提著劍轉身，然而走了沒兩步，他就聽身後的人開口：「你說他為什麼要這樣做？」

謝長寂頓住步子，秦雲衣低喃：「我沒什麼好給他的，他都死了，還護著我做什麼？」

謝長寂沒說話，他很少理解別人的情緒，可這一次，他卻破天荒有些明白冥惑。

因他體驗過。

他想了想，平靜開口：「他護著妳，不需要妳給什麼。」

「無所求嗎？」秦雲衣笑起來：「真傻。墮道叛宗，就為了個女人，」秦雲衣說著，扭頭看向謝長寂，眼裡帶著水汽，「這個女人還不愛他，太傻了。」

謝長寂不說話，他聽著秦雲衣的話，感覺她意有所指。

他不知道為什麼，自己腦海中反反覆覆，都是方才在定離海中碧血神君的質問，和鮫人影響他心神讓他看到的東西。

他知道自己此刻神智應當是受到影響，應當離開，可他直覺她會說什麼、做什麼，於是靜默不動。

秦雲衣撐著自己站起來，走到謝長寂面前。

她盯著謝長寂，目光裡帶著憐憫：「上君，見過冰河之下那個人的臉嗎？」

謝長寂沒說話，他抬眼，秦雲衣看著他的神色，便笑起來：「若是沒見過，回去看看。」

「我知道他是誰。」謝長寂冷靜開口。

秦雲衣看著他，只道：「是嗎？」說著，秦雲衣笑起來，「那他很快就回來了，你也就該走了。」

聽到這話，謝長寂抬眼，目光冰冷。

「記住我的話，」秦雲衣慢慢退開，「贗品就是贗品，上君，做好準備。」

說完，秦雲衣猛地一掌擊在地面。

一瞬之間，地面探出無數觸角插入秦雲衣體內，巨大陣法轟然而出，謝長寂眼神一凜，毫不猶豫將所有人推離法陣！

就在他將所有人推出法陣那刻，黑氣呼嘯著朝著他疾衝而去，鑽入他的身體。

謝長寂神色冷漠，他感覺黑氣灌入他的筋脈，他死死盯著前方的秦雲衣。

秦雲衣看著被黑氣籠罩的謝長寂，整個人被觸角快速抽乾。

「告訴花向晚——」她大笑起來：「我沒輸。」

「她殺我父，我殺她母。她滅鳴鸞宮，我毀合歡宮。她欲救天下人，我便害天下人。她毀我冥惑，謝長寂——」

秦雲衣化作一具乾屍，死死盯著謝長寂。

她腦海中迴盪的是碧血神君的話。

「這個法陣到底什麼用？」

「沒什麼用，只是為了讓他徹徹底底墮道而已。」

「他墮道又怎樣？」

「謝長寂墮道，」碧血神君笑起來，「那，不就如妳所願了嗎？」

說著，青年靠近她，覆在她耳邊：「讓他去看冰河之下那個人，告訴他，贗品就是贗品，讓他等沈逸塵回來。」

「沈逸塵回來，就不需要謝長寂了。」

如她所願——

「我便要你，不得好死！」

第十六章　屠魔

說著，邪氣朝著謝長寂一湧而上，問心劍察覺邪氣，瞬間大亮，劍身脫手而出，將周邊邪氣橫掃一空。

謝長寂法身金光大綻，周身黑氣瞬間炸開，問心劍旋劍而回，落入他手中，他反手持劍，冰冷抬眼：「做夢。」

秦雲衣仰頭朝上，完全枯竭的身體如同石化一般，僅留一雙眼睛，艱難地移動眼珠，看向謝長寂。

所有人衝上前，靈北一把扶住謝長寂，慌道：「少君，你還好吧？」

「無妨，」謝長寂聲音冷淡，「一些魊靈所帶的邪氣而已。」

「那……」

「問心劍乃魊靈天克，於我無礙。」

說著，謝長寂推開靈北，走到秦雲衣面前。

秦雲衣的生命已經走到盡頭，她艱難地喘息著。

謝長寂垂眸看她，語氣平淡：「真弱。」

聽到這話，秦雲衣睜大眼，她發出如獸類一般的低喝，她的聲帶幾乎無法使用，連句子都說不出來。

觀望著她的姿態，謝長寂抬手，兩塊血令從秦雲衣身上浮起，落到謝長寂手中。

謝長寂沒有觸碰血令，他彷彿看著什麼髒東西，用水流包裹清洗，緩聲道：「弱者便喜歡幻想，幻想有天道，或者第三人，替他完成心願。可惜，這世上，從來沒有所謂的第三人。」

說著，謝長寂將清洗好的血令遞給靈北。

他轉頭看向秦雲衣，低頭盯著她的眼睛。

「花向晚會過得很好，而妳，再如何詛咒，也註定在這裡，這麼醜陋的死去。」

秦雲衣看著對方平靜的雙眸，一時有些不確定。

讓他墮道？

她拼了命，想將這個人拉入淤泥，想讓花向晚痛失所愛，想讓這個人墮道成魔。

可他真的不是魔嗎？

如果他是魔，那她做這一切，又有什麼意義？

花向晚還不是好好的？

甚至於，正是因為他是魔，花向晚才好好的！

她一時有些混亂，而謝長寂看著她的神色，慢慢起身。

打蛇七寸，他雖然很難真正理解情緒，可是他明白。

毀掉一個人，最簡單不過。

他居高臨下俯視著她，最終只留下一句：「真醜。」

說完，他便提劍轉身。

而在這句話出來之後，秦雲衣突然意識到自己此刻的模樣，她驚慌尖叫，奮力掙扎。可她被黏在土裡，與法陣黏在一起，她拼了命想撕開黏在地上的血肉，想逃離此處。

不，她不能如此醜陋，如此弱小。

她應當是西境最強的修士，她不該輸，不能輸，不……

血肉被她強行撕開，她的生命隨之枯竭，在一片「真醜、噁心、真弱啊」的聲音中，她艱難地伸出手，眼前慢慢黑下去。

不遠處有個少年，在泥濘裡朝她一點點爬過來。

「主人……」

冥惑。

眼前一切如夢幻泡影，將她徹底淹沒，她在黑暗中伸出手。

救救我。

帶我走。

冥惑。

秦雲衣的氣息在身後消散，靈南看了一眼，有些擔憂出聲：「少君，少主要活的，這人死了沒事兒吧……」

「無妨。」謝長寂克制著體內流竄著的魊靈邪氣，沒有回頭，徑直往前。

「謝長寂！」剛走兩步，旁邊便傳來了秦雲裳的聲音，秦雲裳喘息著，帶著人小跑到謝長寂面前，環顧四周：「後山那邊的人我都堵住了，什麼情況？阿晚呢？」

「她去魔宮了，妳同靈北、靈南帶著血令去找她。」謝長寂平靜吩咐。

秦雲裳一愣：「我和靈北、靈南？那你呢？」

「我身上為邪氣所侵，」謝長寂神色帶著幾分疲憊，「過去也是拖累，你們先去吧。」

「哦。」聽到這話，秦雲裳反應過來，點了點頭，又多嘴詢問兩句：「那你身上的邪氣……」

「問心劍乃魊靈天剋，」謝長寂耐心解釋，「我無礙。」

「那就好。」秦雲裳放下心來：「那我們陪阿晚先過去，你自己回去沒問題吧？」

「嗯。」

說著，謝長寂便破開空間，消失在眾人面前。

靈南看著這場景，想了想，轉頭看向秦雲裳：「秦二少主，我覺得咱們操心自己比較實際些。」

秦雲裳被這麼一說，輕咳了一聲：「我這不是寒暄嗎？走吧，阿晚還在魔宮等著我們呢。」

秦雲裳抬手馭劍，領著靈北靈南等人起身朝著魔宮趕去。

這時魔宮已經亂成一片，花向晚閉著眼睛在法陣中調息，宮商、角羽配合著用樂聲為她修復靈力。

沒了片刻，狐眠便趕了回來，擦了一把臉上血，向花向晚彙報：「阿晚，宮門破開了。」

花向晚應了一聲，感覺身體中靈力基本恢復，傷口大多痊癒，她才慢慢睜開眼睛。

薛子丹走到她旁邊，低聲道：「感應到了嗎？」

「嗯。」花向晚站起身來，提著劍往前：「走吧。」

說著，她便領著人往魔宮內宮走去。

狐眠在前面領著人開道，她走過廝殺的長廊，一路往前。

等走到內院，所有人老遠便感知到問心劍的劍意，一道光劍高懸於內院屋頂，從光劍劍尖落下一道透明結界，將內院包裹在其中，似是一道封印，將上古惡獸困在此處。

花向晚停住步子，跟在她身後的薛子丹轉過頭來，疑惑道：「阿晚？」

「我一個人進去。」花向晚出聲。

眾人有些詫異，狐眠皺起眉頭：「妳一個人去，怕是……」

「無妨。」花向晚提步往前，踏入結界之中：「他已經差不多了。」

聽到這話，薛子丹目光微暗，他拉住還想阻攔花向晚的狐眠，低聲道：「讓她去吧。」

花向晚走進結界，結界外沒看出來，一入結界，便見烏雲蔽日，草木枯竭，烏鴉桀桀停在枝頭，看上去一片荒涼。

在這近乎鬼寂的環境之下，青年身著藍衣華衫，面戴黃金面具，正在窗邊書桌上，低頭認真繪製什麼。

花向晚走到窗邊，轉頭看去，發現青年正在畫一幅神像。

陰陽合歡神在他筆下相擁合二為一，神像之下，是定離海波光粼粼，無數鮫人仰頭看著神明，神色中全是期望。

邪魔撕破天際，神明合眼不知。

整個畫面都是陰暗的顏色，看上去十分詭異。

花向晚靜靜看著畫作，沒有出聲，一滴血從青年胸口落下來，滴落在畫上合歡神女相上。

青年動作一頓，隨後有些無奈：「怎麼髒了呢？」

「都這個時候了，」花向晚的目光上行到青年臉上，「魔主還有心情作畫？」

「這時候？」碧血神君想了想，「什麼時候？」

「死到臨頭的時候。」花向晚提醒。

碧血神君輕笑了一聲，他想了想，放下筆來，溫和道：「進來坐吧。」

說著，碧血神君轉身走向屋中，花向晚撐著自己從窗臺往裡一躍，跟著碧血神君走進屋中。

碧血神君領著她走到茶桌旁，茶桌上已經備好茶具，碧血神君招呼她：「坐。」

花向晚聽著他的話，走到桌前，從容落座，碧血神君跪坐在她對面，聲音平穩：「我本來以為，妳來了，與我應當刀劍相向，不留半點情面。」

「謝長寂這一劍夠了。」花向晚開口，看著他煮茶：「我等最後送你一程就好。」

「想怎麼送？」

「魔主有什麼想知道，我可以答。同樣，有幾個問題，也請魔主為我解惑。」

碧血神君不言，片刻後，他抬眼：「一壺茶的時間。」他豎起一根手指，「我可以允妳。」

說著，碧血神君將水放上火爐。

花向晚看向火爐，火焰在小爐下忽明忽滅，碧血神君的聲音傳來：「有什麼要問，妳問吧？」

「兩百年前，連同異界打開死生之界的修真界內應，是不是你？」

花向晚聽他詢問，轉過頭來，看向對方。

碧血神君笑起來，毫不遮掩：「自然是。」

「是你打開死生之界，放出魃靈，殺了謝雲亭，在我和謝雲亭封印魃靈之時，協助魃靈一分為二逃出？」

「是。」

「一半魃靈墮入靈虛祕境，另一半魃靈在你這裡？」

「不錯。」

「為什麼？」花向晚盯著他：「你已經是西境最強之人，你有什麼執念，需要魃靈來幫你完成？」

聽到這話，碧血神君轉過頭去，看向窗外蕭瑟的庭院，他看了一會兒，想了想，只問：「花少主覺得，這世上萬事萬物，有高低貴賤之分嗎？」

沒想到碧血神君會突然問這個問題，花向晚一愣，她遲疑片刻，只道：「我不知道。」

「為何說不知道呢？」

「若有高低貴賤，我於心不忍。」花向晚實話實說，跟著他一起看向窗外，「可若說無高低貴賤之分，人食牛羊，羊嚼青草，又怎麼不是高低貴賤？」

「萬年前，陰陽合歡神創西境，」水壺有水滾之聲，碧血神君聲音平和，「血脈為山河，雙眼化海域，萬物生靈皆孕育神明，創世初始，便定下規則，環環相生，生生不息。可這世上，偏生有了人，人自封萬靈之首，從人身上，又誕生了修士。」

花向晚聽著，看碧血神君臉上帶笑：「修士高貴，以天地靈氣供養，一個修士所需的資源，為一個生靈的千萬倍不只。貪婪無盡，便肆意作踐，妳看看妳的父親，瀾庭真君，當年西趕魔獸，東平定離海，與妳母親創下合歡宮偉業，手上殺孽累累，卻還能蒙天道恩寵，有飛升之機。」

「你認識我父母?」花向晚皺眉。

碧血神君輕笑:「我畢竟活了這麼多年,西境該見的都見過。」

「你到底是什麼人?」花向晚盯著他,「五百年前你突然出現,說是散修,一人血戰三宮九宗,屠十六位渡劫修士,登頂魔主寶座,西境什麼時候有你這號人物?」

碧血神君沒有回答,他微微笑著:「我還沒說完呢,妳說,如妳父母、妳我,還有謝長寂——我們這些修士,有活著的必要嗎?我們若是不復存在,」碧血神君笑起來,「這世上,豈不更乾淨?」

「所以你打開死生之界,就是想借魊靈之手,毀滅此世?」花向晚明白他的意圖。

碧血神君搖頭:「這不是毀滅,」他抬眼,說得認真,「這是新生。」

「死生之界那些邪魔,」花向晚嘲諷,「你以為又比修士好多少?」

「他們本是邪物,滋養到一個程度,天道便會出手。到時候,修士滅盡,邪物被天道誅滅,這世上,不就又好好的嗎?」

「那你又知道天道不會出手阻止修士?」

「我想,」碧血神君認真回答,「這便是天道,讓我出生於此世的原因。」

花向晚一愣,她看著面前的人,彷彿看著一個瘋子。

碧血神君撐著下巴:「妳想問的就這些?」

「那,」花向晚收起思緒,艱難開口,「那你當年,串通西境高層滅合歡宮,又留下我,是圖什麼？」

「妳不是猜到了嗎？」茶壺中水沸騰著，尖叫起來，碧血神君看著她：「妳母親不讓魃靈現世，一直阻礙我，她很強，有她在，於我而言始終是心腹大患。當然，本來我只是想除掉妳母親而已，可是，我沒想到，」碧血神君笑起來，「謝長寂會和妳結契。」

聽到這話，花向晚目光微動，她不由自主捏起拳頭。

「封印魃靈之物，乃鎖魂燈和問心劍，謝長寂乃問心劍傳人，而妳是鎖魂燈的燈主，他和妳結契，妳和他任意一人，便能同時打開兩者的封印。當年我拿到一半魃靈，但我無法使用，我需要妳自願和我換血，才能打開兩者的封印。剛好我也要殺妳母親，那便一道，把合歡宮滅了好了。」

說著，碧血神君探過來，看著花向晚，嘴唇微勾：「合歡宮能保護妳的人都死了，只留下妳，要妳一個人護合歡宮，妳護得住嗎？」

花向晚不說話，她眼眶微紅，碧血神君肯定地開口：「妳護不住。」

「所以妳唯一的辦法就是求我。我便可以順理成章對妳提出要求，」碧血神君抬手，指在花向晚胸口，「妳自毀金丹，自斷筋脈，奉上一身血脈，我，替妳保住合歡宮。」

聽著這些話，往事蜂擁而來。

當年她怎麼倒在血泊之中，怎麼醒來，怎麼在醒來之後，清晰意識到，合歡宮會被瓜分，剩餘的弟子或許都活不下來。

魔主是她的唯一的機會，於是她跌跌撞撞去求他。

珠簾背後的青年笑得輕描淡寫：「以妳的資質，誰都不放心妳活著，妳讓本座護住合歡宮，本座怎麼護得住？」

「我可以自毀金丹，自斷筋脈，以絕前程。」花向晚跪在珠簾外，唇色泛白：「請魔主施以援手。」

「我幫妳，我能得到什麼？」

「魔主想要什麼？」

對方沒有說話，長久靜默後，對方的目光似乎透過珠簾，落在她脖頸的碧海珠之上。

他看了好久，才緩慢出聲：「我要妳的血。」

聽到這話，花向晚一愣，青年漫不經心：「我要妳自願和我換血，與此交換，我可以幫妳保住合歡宮，妳願意嗎？」

她願意嗎？

她沒得選。

她只能剖開心，和他換血，十年一次，一共兩百年。

她靜靜地看著面前戴著黃金面具的青年，青年目光溫和：「這就是妳和謝長寂在一起的代價。如果妳沒有和他結契，合歡宮不會傾覆，妳的師兄師姐，」碧血神君一字一句，說得極為認真，「皆因妳和謝長寂而死。」

花向晚不說話，眼淚從她眼眶裡滑落。

碧血神君繼續：「妳都猜到了，不是嗎？」

「那麼，」花向晚捏著拳頭，克制著自己的情緒，儘量冷靜著詢問，「你已經和我換了血，應該可以解開魊靈，你這兩百年，為什麼什麼都沒做？」

「我做了。」碧血神君神色微冷：「我去了異界。」

聽到這話，花向晚詫異抬眼，碧血神君神色冷淡：「和謝長寂廝殺了兩百年，我本來是想帶異界邪魔過來的。」

「可是你輸了。」

花向晚聽著，便知道了結果，她突然有些想笑，她盯著面前的人，從未那麼發自內心覺得，當年她做得對，謝長寂做得對。

她離開謝長寂，謝長寂修得問心劍最後一式，悄無聲息阻止了這場浩劫。

她含著淚笑起來：「你輸了，所以哪怕你擁有魊靈，卻什麼都做不了，你懼怕謝長寂，你害怕問心劍最後一劍落到自己頭上，你從死生之界像隻狗一樣跑回來，然後註定——」

花向晚湊到他面前：「死在我手裡。」

碧血神君目光平淡，花向晚溫和開口：「我想問的問完了，我為你解答一個問題吧。」

說著，她抬起手，放在他胸口：「知道你這些年，為什麼修為越高，身體越差嗎？」

碧血神君似乎已經知道全部，他出聲：「是妳。」

花向晚笑起來：「是我。」

「十年一次換血，毒素就在我血中，修為越高，中毒越深。我花了兩百年，」花向晚看著他，「你和我，都無藥可解。」

「是薛子丹的毒？」碧血神君並不意外，他神色平淡：「他怎麼做到的？」

聽著這話，花向晚目光微動，片刻後，她回答：「用命。」

尋常的毒不可能作用在碧血神君這樣的高手之上，最頂尖的毒藥，必須付出最慘重的代價。

「兩百年前，妳就知道凶手是我？」

「我不是傻子。」

碧血神君沒有多言，他看著她的眼睛，好久後，他緩緩笑起來，目光帶著幾分溫柔：「阿晚，妳知道我最喜歡妳什麼嗎？」

說著，他伸出手，放在她臉上：「我最喜歡的，就是妳這種哪怕全身骨頭都碎盡，也要狠狠咬上對方一口那種狠勁。」

花向晚不說話，她的手一寸一寸破入他胸口，鮮血從他的傷口流出，碧血神君彷彿沒有任何感覺，繼續說著：「我的確差一點就輸了。」

「可惜，」他覆在花向晚耳邊，「只是差一點。」

花向晚的手捏在他心臟上，她的動作頓住。

「阿晚，」碧血神君提醒她，「回去看看謝長寂吧。」

「從他為你離開死生之界墮道那一刻起——」

碧血神君微笑著，臉上彷彿瓷器一般有了裂紋：「你們註定輸了。」

音落那刹，花向晚猛地捏爆他的心臟。

血肉飛濺在花向晚臉上，面前的人如瓷器炸裂開來。

他腳下一道花向晚早已布置好的法陣沖天而起，試圖捕捉原本藏在他身上的魆靈，然而面前的身軀在炸開後卻沒有半點邪氣溢出。

花向晚瞬間睜大眼，隨後反應過來，立刻起身，拽過桌面作為鎮紙使用的最後一塊血令，急急衝出門去。

「阿晚？」

一出門，所有人湧上來，花向晚掃了周邊一眼，不見謝長寂的身影，立刻開口：「謝長寂呢？」

「剛才靈北傳音過來，說謝長寂回宮裡休養了。」

狐眠立刻皺眉：「怎麼了？」

「你們等秦雲裳回來，剩下的事聽師姐的。」花向晚快速吩咐眾人，趕忙破開空間，「他出事了，我先回合歡宮。」

第十七章 入魔

花向晚身在魔宮時，謝長寂已經早早回了合歡宮。

隔著千里追殺魔主那一劍幾乎耗盡了所有靈氣，秦雲衣最後的法陣雖然大部分邪氣都被他斬殺，但還是有一部分進入了他的身體。

若是放在當年自然無事，可如今他道心有瑕，哪怕是一部分邪氣，也容易干擾心智。

他匆匆趕回宮中，合歡宮大多數人都已出戰，只有一些雜役弟子尚在維繫宮內運轉，他急急回到房間，設下法陣，抬手一指，問心劍便懸在他身前。

光劍朝著他周身毫不猶豫斬殺而去，他閉上眼，將周身筋脈封死，任由問心劍意在他體內追殺著魊靈邪氣。

光劍在筋脈四竄，這種疼痛尋常人根本難以忍受，然而他面色不動，只平靜地念誦著清心咒，以防止邪氣侵蝕識海。

然而饒是如此，他腦海中還是不斷響起秦雲裳的聲音：「上君，見過冰河之下那個人的臉嗎？」

見過嗎？

你見過沈逸塵的臉嗎？

一個聲音響在腦海，不斷催促著他：「去啊，去冰河之下看看。」

「為什麼他們總要你過去？」

「沈逸塵到底長什麼模樣？」

「你怕什麼呢？」

周邊似乎空曠起來，邪魅桀桀笑著。

「是啊，碧海珠取下來了，她說她要活下來，她都答應要陪著你，要生個孩子，你怕什麼呢？」

邪魔之聲縈繞在他耳邊。

「哦，因為你知道她又騙你，她又撒謊，她不肯告訴你胸口那塊疤是怎麼來的，也從來不告訴你她和魔主的關係。」

「她說要和你有未來，又高興你心裡除了她還裝著其他人。怎麼可能呀？」

問心劍猛地將邪氣斬開，然而邪氣一分為二後，卻越來越多。

到處都是它們的聲音，反覆質問著他：「她當年被你放棄過，怎麼可能不怨恨？怎麼會因為你心裡還有其他人、其他事高興？就像你一樣——你愛她，你想要她全心全意，她怎麼就不想呢？」

「因為她騙你呀！」

另一個聲音回答，無數聲音笑起來。

「反正也不是第一次騙你了，再多騙幾次，又有何妨？」

「滾開！」

謝長寂猛地睜眼，金光從他法身震開，他抬手握劍，朝著周邊猛地一轟，邪氣瞬間散盡，他輕輕喘息著，警惕地看著周遭。

邪氣彷彿被他驅逐乾淨，然而沒過片刻，一隻手突然抓住他的衣襟。

他低下頭去，看見溫少清的臉，他抓著他的袖子，仰頭看著他。

「去啊。」他臉上盡是嘲諷：「不是說不在乎死人嗎？去看啊。」

「去啊。」

一隻隻手從地面伸出來，拉扯著他。

謝長寂靜默地看著周邊，他知道，這不僅是魃靈的邪氣，這是他的心魔。

心魔不斷，執念不消，道心不定，這些邪氣便永遠無法斬盡。

他放棄打坐，提劍起身，地面上的鬼手瞬間讓道，他徑直前行，一路來到後院冰河。

老遠他就看見冰封的河面，隱約感覺有一個女子站在那裡，她低著頭，溫柔地注視著冰面。

他頓住步子，知道這是幻覺。

花向晚應該在魔宮，不可能出現在這裡。

對方聽見他的腳步聲，抬起頭來，靜靜地看他。

她的目光有些詫異，愣愣地看著他的臉，那眼神，和當年第一次見面時一樣——滿是震驚。

他靜默地看著這個幻影，邪氣從來不會無端生出幻覺，它必定指引什麼。

他提著劍走到河面，來到女子身旁，和對方一起低垂下眼眸，看著厚厚冰面下的人。

經年累月的冰面遮住了他的容貌，只能看出一個人影，他雙手抱在胸前，似乎睡得極為安靜。

「打開吧。」

女子輕聲開口，謝長寂轉眸看她，女子察覺他目光，也轉過頭來。

「我等了許久了。」

「妳在等什麼？」

「我在等他。」說著，女子伸手握住他的劍：「來，他就在下面。」

謝長寂不言，劍指在冰面，冰面有了裂紋。

他不知道為什麼，一瞬間有些心慌起來。他想退，可他身後是無數邪魔探頭探腦，旁邊的女子緊緊抓著他的劍柄。

「你後退，」女子笑起來，「我們就可以一直跟著你了。」

他不能退。

這世上所有令人恐懼之物，他必須將它一一斬除。

謝長寂微微用力，劍尖一點一點破開冰面。

裂縫越來越大，凝結在人臉上的冰一寸一寸碎開，融化。

邪魅纏繞著他，無數人在他身後探出頭，看著冰面下越來越清晰的容貌。

他的眉眼，他的鼻尖，他的唇，他的輪廓……

他安靜地睡著，哪怕已經長眠，都帶著與謝長寂截然不同的溫和。

謝長寂愣愣地看著冰面下和自己一模一樣的面容，他與他的劍尖僅隔著薄薄一層冰層。

一瞬間，無數記憶翻湧而來，一個個提示彷彿早已預兆。

溫少清臨死前的叫囂——

「你知道，她這麼拼命，為了誰嗎？哈哈哈哈哈，她不愛你！也不愛我！你永遠得不到她！你為她死都得不到她！」

神女山上，神女山聖女最後的話語——

「玉生，我想明白了，楊塑，只是像你而已，他終究不是你。」

魔宮宴席上，碧血神君似是而非的挑撥——

「沈逸塵，是這個世界上唯一獨屬於花向晚的人，他沒有立場，沒有隔閡，從頭到尾，從身到心，都獨屬於阿晚。」

還有秦雲衣——

「他很快就回來了，你也就該走了。」

「贗品就是贗品。」

謝長寂手微微顫抖，他盯著面前和自己一模一樣的人，喘息起來。

什麼是贗品？

誰是贗品？誰是誰的贗品？

姜蓉把楊塑當成玉生的替身，因為她不敢愛玉生，所以她以為自己愛楊塑。

那花向晚呢，她愛他嗎？她當年，對他一見鍾情，對他死纏爛打，為他費盡心血，躍下死生之界，為的，又真是他謝長寂嗎？

疑惑一閃而過，這一剎，冰河之下，那個沉睡百年的青年，猛地睜開眼睛。

邪氣瞬間尖叫歡騰，彷彿找到突破口，瞬間湧入他的識海！

他反應不及，只覺識海一瞬被黑氣侵入占領，無數聲音叫囂起來。

「她騙你的還少嗎？」

「她要是真心喜歡你，怎麼會這麼容易放下啊。你修問心劍，兩百年都忘不了她，她卻可以輕而易舉忘了你，這是喜歡嗎？」

「哪兒有什麼一見鍾情啊？不過是看中這張臉罷了。」

不對！不對！

他搖了搖頭，踉蹌著退了一步，試圖讓思緒清醒一些。

沈逸塵是鮫人，他可以自由選擇自己的容貌和性別，當年他認識花向晚時一直戴著面具，他成年了嗎？這張臉，到底是他自己的，還是他變的？

晚晚說過，當年她是真心，晚晚是真心喜歡謝長寂，她不會騙他。

碧血神君消耗他的靈力，秦雲衣以身獻祭試圖讓魊靈邪氣腐蝕他，一步一步，就是為了讓他被邪氣所吞噬。

這些都是假話，都是他們做的局，他不能信。

他努力克制自己，想讓自己冷靜下來，然而周邊的笑聲越來越大，彷彿在嘲諷他的自欺欺人。

「你還想等她回來問？那等呀。可如果是真的呢？」

「如果你真的只是個贗品呢？」

「你只是個贗品，所以她在沈逸塵死後明白了心意，才能這麼從容離開，一別兩百年，再見都不想相認。」

「你只是個贗品，所以無論你做什麼，她都不會把你放在心上，不在意你，走在自己的路上，從來沒想過回頭。她不告訴你她做什麼，也從不給你信任。」

「住口！」

「她說喜歡你？她說為你活下來？她為你取下碧海珠？」

「騙你的！傻子，她就是想騙你，幫她成為魔主，幫她拿到血令，這樣，她才能復活沈逸塵啊！」

「閉嘴！」

「沈逸塵回來，」所有聲音笑起來，「就再也不需要謝長寂了。」

「你放棄了天道，放棄了宗門，放棄了一切，你把所有放在她身上，可她不要你啦。」

「滾！滾開！」

他克制不住自己，抬手一劍朝著旁邊轟去。

然而邪氣根本無法斬盡，反而越來越多。

「他馬上要活過來了。」

「殺了沈逸塵，」無數邪魔纏繞在他周邊，探出半邊身子，湊到他旁邊，「你就徹徹底底得到她了。」

這話出來，謝長寂一愣。

邪魔低頭，覆在他耳邊，低聲引誘：「管他是贗品還是真心，他覬覦你的妻子，那就是罪。」

「她不是愛你嗎？愛你，你殺了沈逸塵又如何？」

問心劍瘋狂鳴響，謝長寂緩緩低頭，看向冰面下的那個人。

對方隔著冰面，一模一樣的面容，目光卻異常平和，和他靜靜相望。

「殺了他！」

無數惡念纏繞而上，漸漸將他吞噬，黑氣纏繞上問心劍，他猛地舉劍，朝著冰面猛地劈了過去！

劍氣從冰面上狠狠劈過，護在沈逸塵身邊的法光驟然綻放，和劍氣衝撞在一起，發出震天巨響。

察覺到法光上花向晚的氣息，他越發瘋狂，第二劍緊隨而下！

冰面轟隆裂開，一聲驚喝從他身後傳來：「長寂！」

說著，拂塵猛地捲住他的劍刃，謝長寂長劍一絞，昆虛子慌忙抽走拂塵，朝著劍身擊打而去，忙道：「長寂，停手！」

謝長寂並不言語，他一雙通紅的眼死死盯著他，瘋了一般攻擊著攔著他的人。

是昆虛子。

他認出來，可不知道為什麼，他停不下手，他滿心滿眼只有一件事。

殺了他，殺了沈逸塵。

他生了和他同樣的臉，他該死！

他的劍極快，黑氣瀰漫周身，哪怕是剛剛大戰過，靈力近竭，卻在劍意上死死壓制著昆虛子。

昆虛子震驚地看著面前像一頭瘋了的野獸一般的青年，心中大駭，明白這是他入魔最後一刻。

雖然不知道他現在要做什麼，但他明白，一旦這件事做成，謝長寂就徹底毀了。

他竭力阻止著謝長寂前進，周邊冰面一塊塊碎裂，合歡宮弟子慌忙趕來，但渡劫修士鬥法，他們根本不敢上前。

一塊塊巨大的冰面轟入水中，靈力卻詭異地從四面八方而來，湧入水下那個人。光芒在對方身上柔和綻放，托著他從水下一點點浮出水面。

看見那個人從水中出來，謝長寂動作越快，朝著攔著他的昆虛子大喝：「讓開！」

昆虛子察覺異相，心中驚疑不定，他下意識回頭，在看見出水之人面容的瞬間，他不由得一愣。

那剎遲疑，謝長寂的劍氣猛地將他轟開，隨後一躍而起，舉劍朝著沈逸塵劈了過去！

沉睡之人不動，只有鮫人歌聲迴盪在四周，眼見著謝長寂的長劍就要到達沈逸塵顱頂，法光卻在沈逸塵面前猛地爆開，謝長寂瞳孔緊縮，迅速疾退開去，卻還是被法光轟在腹間，震飛到遠處。

冰面瞬間重新凝結，花向晚的身影出現在沈逸塵身前，謝長寂一口血嘔出，抬手持劍插入冰面，劍因為衝擊在冰面劃過一道長痕，最終勉強停下來。

他一手持劍，單膝跪在冰面上，唇角血跡未乾，雙眼血紅，周身黑氣縈繞。

花向晚被眼前景象驚住，呆呆地看著面前死死盯著她的謝長寂，一時竟有些不知所措。

謝長寂看著面前的人，他看著她守在沈逸塵面前，對方被白光環繞，聖潔如神明。

他彷彿又回到年少時只能跟在他們身後，遙遙看著他們兩人走遠時那刻的心境。

不——不只。

他眼前是床笫間搖晃的碧海珠，是她站在冰面低語的兩百年，是他看不到的過去，是他擁有不了的未來。

憑什麼？

憑什麼說著愛他，卻要守在另一個人面前傷他？

「讓開。」他握緊劍，盯著花向晚，嘶啞出聲。

這一刻，花向晚身後華光大亮，花向晚下意識回頭，就看身後浮在半空的人，緩緩睜開眼睛。

他的眼神和當年一樣，溫柔又明亮，像是秋月下的湖面，倒映著她驚詫的面容，帶著莫名吸引人的深邃，讓人移不開目光。

他看著她，朝著她慢慢伸出手。

惶恐一瞬間湧上謝長寂的內心，他瘋了一般往前衝去。

他不能讓他帶走她。

他不能讓他活過來。

這一劍傾貫他周身全力，朝著花向晚和沈逸塵的方向狠狠劈去。

昆虛子見狀慌忙抬手結印，昆虛子的法陣和花向晚的法陣同時亮起，花向晚將他的劍氣攔在身後，昆虛子的法陣中生出的光藤死死拽住他，將他往後狠狠拖去。

他在法陣中看著沈逸塵將手輕輕放在花向晚頭頂。

「阿晚，」沈逸塵溫柔地開口，「我回來了。」

一瞬之間，他什麼都聽不到，什麼都看不到，他彷彿又回到在死生之界獨身一人的兩百年。

漫天冰雪和鮮血成了唯一的顏色，寒冷和疼痛成了唯一的感知。

恐懼將他徹底淹沒，他用盡全力掙扎著往花向晚的方向衝去，嘶吼出聲：「花向晚！」

黑氣和冰雪夾雜著撲向花向晚的方向，昆虛子大聲提醒：「花少主！」

花向晚瞬間回頭，磅礴靈力夾雜鋪天蓋地的風雪迎面而來，沈逸塵瞬間被靈力震飛，花向晚近乎本能地打開法陣，才勉強擋住了眼前衝擊而來的冰雪。

「來人！」花向晚根本什麼都看不清，只急喝：「帶沈公子先走。」

「阿晚！」沈逸塵急急起身，旁邊的人卻衝過來，趕緊扶住他：「沈公子，少主不會有事，我們先走吧。」

說著，旁人拖著沈逸塵，往旁邊足尖一點，急奔而去。

就在沈逸塵遠走瞬間，冰雪猛地爆開，巨大的衝擊力猛地擊碎花向晚的法陣，花向晚被靈力狠狠震開，衝撞到樹上。

她尚未反應過來，便覺劍風急至，寒冷的劍刃猛地抵在她脖頸前，她一抬頭，就看見面前血紅色的雙眸。

他握劍的手微微發顫，周身被鮮血浸染，他似乎竭力克制著什麼，沙啞開口：「妳為他殺我。」

「我沒想殺你，」花向晚咽下咽喉血氣，悄悄翻找出清心鈴，不遠處昆虛子朝她做了個手勢，她便理解了昆虛子的意思，轉眸看著謝長寂，只道：「我只是想救你。」

「妳想和他走。」

「我不……」

花向晚剛想動彈，謝長寂猛地將她壓在樹上。

劍刃切入她的脖頸，鮮血流下來，花向晚不敢再動，謝長寂湊近她：「花向晚，」他看著她的眼神有些茫然，「晚晚，真的喜歡謝長寂嗎？」

「你……」再一次聽到這個問題，花向晚不解，她已經回答過很多遍，可他總在問同樣的問題，「你為什麼總在問過去？」

「除了過去，」謝長寂靜靜地看著她，「我還有什麼呢？」

這話讓花向晚一愣，謝長寂喃喃：「可妳連過去都在騙我……妳說喜歡，可妳把我拋在死生之界，說走就走，說忘就忘，說放下就放下——妳卻說這是喜歡？」

「妳喜歡我什麼？」謝長寂看著她，忍不住笑起來：「臉嗎？」

花向晚沒出聲，她看著昆虛子在他們身後布下法陣，悄無聲息搖動起清心鈴。

清心鈴所帶來的疼痛擾得謝長寂急促喘息起來，他一把掐在她脖子上，急喝出聲：「妳說話啊！」

「這到底是誰的臉？」謝長寂語氣急促起來，「是沈逸塵還是我？」

「你……」花向晚艱難出聲，「是他……變成你……」

「那不讓我殺了他？」謝長寂激動起來，他湊上前，盯緊她，「他憑什麼用我的臉？妳喜歡是不是？我無趣，我木訥，我還一身責任離不開死生之界，我對妳不好，我沒他溫柔，妳喜歡的這張臉，現在他有了，妳就要跟他走——」

話沒說完，昆虛子陣法結成，花向晚抬手一掌狠狠擊在謝長寂腹間，謝長寂轟飛開去，他睜大眼，被巨大的力道轟到法陣之中。

一瞬之間，無數符文衝向他的身體，他奮力掙扎而起，就是這剎那，花向晚猛地衝進去，將他一把攬入懷中。

溫暖驟然襲來，謝長寂僵住，花向晚死死擁抱住他，低吼出聲：「是你讓我走的！」

謝長寂愣在原地，他的意識稍稍有些清醒。

邪氣會無限放大激發人心陰暗之處所有可能，甚至不惜隱匿和改變一些記憶。

「是你和我說抱歉，說不喜歡我，是你在成婚當天就離開，是你到最後一刻，還沒給過我半點希望，我才走的。我沒拋下你。」

邪氣被符文驅逐鎮壓，他慢慢平靜下來，呆呆地被花向晚擁著。

「謝長寂，」花向晚沙啞開口，「我喜歡你，你怎麼會忘了？」

「妳……」無數畫面在謝長寂腦海裡回閃，他喃喃開口，「喜歡我……」

這些話讓謝長寂呼吸急促起來，他似乎想要說什麼，然而陣外昆虛子法印結成，陣法光芒沖天而起，謝長寂顫抖嚎叫起來，彷彿經歷著極大的痛苦。

花向晚用上靈力，在法陣中抱緊他不讓他掙扎，等光芒消散，謝長寂彷彿力竭一般，倒頭歪在她的懷中。

花向晚的靈力幾乎用盡，她喘著粗氣緩了片刻，才抬頭看向昆虛子，將口中鮮血咽了下去，艱難道：「昆長老，這是怎麼回事？」

「先把他關起來，」昆虛子一屁股坐在冰面，喘息著道：「現在只是暫時壓制，要澈底祛除他體內邪氣需要一段時間。」

聽到這話，花向晚緩了緩，隨後點點頭，疲憊起身：「去地宮吧。」

說著，她召喚人來，扶著已經昏迷的謝長寂，領著昆虛子一起到了地宮密室。

密室中是一層層封印，她打開封印，將謝長寂放在中間。

昆虛子立刻開始布陣，花向晚經歷一番鬥爭，早已力竭，她坐在椅子上，看著昆虛子布陣，艱難道；「昆長老怎麼會在這裡？」

「我來找長寂。」昆虛子在咬開自己的血，在鐵鍊上寫下符文，拴在謝長寂手上。

花向晚看著他的舉動，忍不住出聲：「他需要這樣嗎？」

「以防萬一。」昆虛子聲音鄭重：「長寂體質特殊，方才他靈力枯竭，我們才有可乘之機，如果是他全盛時期，妳我聯手也未必能制住他。」

「體質特殊？」花向晚一愣，不由得看向謝長寂，「他什麼體質？」

「花少主是從哪裡來？」昆虛子沒有立刻回她話，反問她的來處。

花向晚倒沒有遮掩，實話道：「今日謝長寂陪我去殺了秦雲衣，他受傷先回合歡宮，我去魔宮殺了魔主，隨後察覺謝長寂出事，便趕了回來。」

聽到這話，昆虛子動作一頓，他回過頭，將花向晚上下一打量，皺眉道：「少主剛殺了碧血神君？據聞碧血神君十分強悍，當年一人屠盡西境近半渡劫修士登上寶座，少主妳……」

昆虛子沒有說出來，但花向晚明白他的意思，她身上沒有太大的傷，全然不像剛剛與頂尖高手交戰過的模樣。

「他本就身中劇毒，又受了謝長寂致命一劍。」她耐心解釋，「我過去，只是補最後一刀而已。」

聽到這話，昆虛子明白過來，隨後又有些疑惑：「那妳怎麼知道長寂有危險？」

「魔主提醒我的，」花向晚面色凝重，「昆長老來此，應該是知道，當初天劍宗丟失的那一半魃靈在我身上。」

昆虛子沒想到花向晚會直接說此事，愣了愣後，點頭道：「是，長寂也是因此和宗門產生了一點衝突，我擔心他的情況，所以特意過來。」

「而另一半�靈，實際是在魔主身上。我本來是打算殺了他，吞噬另一半�靈，可殺他之後，我卻發現，octets靈沒有留下。而魔主死之前告訴我，說當年死生之界結界大破就是他做的，他得到octets靈之後，便與我換血，開啟了octets靈封印，隨後去了異界，他本想打開死生之界，放異界邪魔過來，攪亂修真界，沒想到，謝長寂居然在異界和他廝殺了兩百年。」

「當年他在異界？」昆虛子十分詫異：「那……長寂怎麼沒有同我說過？」

「他在暗處，謝長寂未必知。」花向晚思索著，繼續總結，「異界被屠，他的計畫破滅。但他死之前告訴我，他沒有輸，從謝長寂為我離開死生之界起，我和謝長寂就註定輸了，讓我趕緊去看看謝長寂。所以他死後沒有留下octets靈，我便立刻來找謝長寂。」

說著，花向晚抬頭：「昆長老可明白，為何他說，謝長寂出死生之界，就註定我們輸了？」

昆虛子沒說話，花向晚微微皺眉：「長老，魔主不是正常人，他的目標似乎是澈底消滅修真界之人，我雖偷盜octets靈，但並不打算真的禍亂一界，如今我們當交換訊息聯手才是。」

「我不是有意隱瞞，」昆虛子聽花向晚說話，有些無奈，「我只是……一時不知道該從哪裡說。」

「那就從謝長寂的體質說。」花向晚盯著昆虛子：「他到底什麼體質？」

昆虛子聽著，低頭蹲在地面，繪起法陣，語氣有些沉重：「他是虛空之體。」

「何謂虛空之體？」

「虛空之體，可以說是人體，但也可以說是絕佳容器。這種體質修劍，可以不費吹灰之力到達人劍合一的境界，可同樣的，他也是魑靈等邪物最佳的寄生體。」

聽到這話，花向晚一愣，昆虛子慢慢解釋著：「尋常人被魑靈寄生，尚需自己召喚應允，可長寂不一樣，他的身體對於魑靈這些魔物而言，寄生是沒有任何障礙的，無論他自己召喚與否、願不願意，他們都可以隨時進入他的身體，與他融合。」

「可是……」花向晚有些想不明白，「那他在死生之界兩百多年，是怎麼好好待著的？」

這天下邪物最多之地，應當就是死生之界。

「是問心劍在護他。」昆虛子嘆了口氣：「當年他一出生，問心劍便有異動，雲亭親自占卜，得了他出生之地，讓我去找。我找到他時，他滿門被邪魔所殺，一個嬰孩在雪地裡，卻仍舊保留一絲生機，之後我將他帶回宗門，回到宗門當日，問心劍大亮，劍魂出劍，直接進入他的身體與他融合。他便越過雲亭，成為問心劍另一位主人。」

「所以，哪怕他是極易受邪魔侵蝕的虛空之體，你們還是讓他成為了問心劍主。」

花向晚明白過來，昆虛子點頭：「不是我們選了他，是問心劍選了他。他雖然容易被邪魔侵擾，但若能一心問道，心智堅定，又有問心劍護體，那就算是魑靈，也不能近身。」

聽著這話，花向晚慢慢意識到問題所在：「那如果他道心不穩入魔了呢？」

「那麼，」昆虛子抬眼，看著花向晚，頗為嚴肅，「他就是這世上，魑靈最完美的容器。」

花向晚呆住，昆虛子垂下眼眸：「任何陰暗偏執，都是邪魔可乘之機。若我沒猜錯，魔主的意思，大概是，從長寂下死生之界開始——」

「他註定墮道入魔。」

「所以他的目標，從一開始就是謝長寂。」花向晚回憶著之前，快速開口：「他在異界和謝長寂鬥法兩百年，他知道謝長寂的弱點是我，所以拿我當誘餌，本來是想讓他道心破滅去死，沒想到他卻破心轉道，下了死生之界。」

「可轉道與墮道一線之隔，」昆虛子聲音微沉，「他只要稍加引導，對於長寂來說，便是滅頂之災，我不知道長寂經歷了什麼，可花少主，」昆虛子抬眼，帶著幾分克制地看著她，「長寂不該是這樣。」

花向晚不敢說話，她愣愣地看著在法陣之中被鐵鍊拴住的謝長寂。

他不該是這樣，她不知道嗎？

他本來是死生之界當空明月，天下人敬仰的雲萊第一人。

可如今狼狽至此，是什麼原因，她不清楚嗎？

是因為她。

他是因她，一步一步走到今天。

因她殺溫少清，是為私情殺惡人。

因她放縱雲清許去死，是為私情放縱好人去死。

因她明知魊靈存在而不滅，是為私情怠忽職守。

因她叛宗背道，是為私情拋下一切。

如今他殺沈逸塵，殺一個無辜之人，也是因為她。

如謝長寂這樣的修道者，若為一己之私連無辜者都肆意伐害，那他的道，也就澈底毀了。

可他還是受人算計，走到了今日，皆是因她。

她看著法陣中昏迷不醒的人，感覺利刃來回刮在心上。

她清晰地意識到，她從來不曾真正瞭解過他。

她以為她說得夠清楚，也信他說他真不在意。

他說他不在意自己騙他，不在意她喜不喜歡，回不回應，她以為他心思透澈，她所作所為他都明白，然而直到今日，她才發現，他終究是個人。

哪裡會不在意？哪裡會不痛苦？

就是因為太在意，太痛苦，所以不敢奢求，她騙他太多，那就再也不信。

哪怕她真的說喜歡他，哪怕她一再承諾他，對於他而言，也只是謊言。

他不敢相信現在，只能抱著記憶裡那一點點暖意安慰自己。

只要她曾經喜歡過他，那就夠了。

至於現在喜不喜歡，他早已不敢信，也不敢要。

他在意的是沈逸塵和他長得一樣嗎？

他那麼聰明，怎麼會不清楚，沈逸塵是鮫人，本就可以自由選擇自己的臉和性別。

可他還是被邪氣所侵，無非是因為，這件事有那麼萬分之一的可能性，動搖了他唯一擁有的東西。

晚晚愛謝長寂，是如今他所有堅持的根本。

然而這份「根本」，薄弱得連他自己都不敢信。

他不敢信「一見鍾情」，也不敢信「大徹大悟」，因為他愛一個人太慢，放下一個人太難。他不懂也不明白。

「那，」花向晚不敢再想下去，她艱難地移開眼，儘量讓自己冷靜，沙啞開口，「現下……你們打算怎麼辦？」

「此事我會去和掌門商議，不過在此之前，我有三個問題。」

昆虛子說著，抬眼看著花向晚：「第一，少主打算如何處置魊靈？」

「第二，另一半魊靈在哪裡？」

「第三，」昆虛子語氣微頓，「妳確定魔主死了嗎？」

「魊靈我會封死在我身體之中。」聽著昆虛子的問題，花向晚思索著回答：「如今問心劍無力封印魊靈，但我的鎖魂燈尚在，等我吞噬魔主那一半魊靈，便會將它暫時用鎖魂燈困在身體之中。待我處理完西境這邊的事，我隨你們上死生之界，魊靈不除，我可終生不出。至於另一半魊靈在哪裡，以及魔主是不是真的死了……」

花向晚抿了抿唇，實話實說：「我不知道，但我有個猜想。」

「什麼猜想？」

花向晚沒出聲，她想了想，才道：「方才從冰河中醒來的那位，有可能是魔主。」

昆虛子一愣，花向晚神色冷靜：「他是沈逸塵，昆長老當年見過。」

「他……」昆虛子回想著那張一模一樣的臉，覺得有些不可思議，「他怎麼會和長寂長得一模一樣？」

「他是鮫人，死的那天剛好成年，死之前變成了謝長寂的臉。」

花向晚言簡意賅，昆虛子下意識看了謝長寂一眼，他想問點什麼，又覺得自己的身分不合適，忍了忍，只能道：「所以呢？」

「他已經死了兩百年，心臟碧海珠還在我手裡，我什麼都沒做，但魔主死後，他便復活了。你說，」花向晚思索著，「他到底是復活，還是奪舍？」

昆虛子沒說話，他回憶著方才沈逸塵的樣子，一時有些不確定。

「如果他是魔主，那魊靈必然在他身上，沒有毒性壓制，我們暫時無一人是他的對手，但他沒有動手，必定是有所求，昆長老可以先聯繫蘇掌門，我先穩住他，之後再做打算。」

「那，」昆虛子還是不明白，「他做這些，到底是圖什麼？」

聽著昆虛子的詢問，花向晚回想著碧血神君做過的事和他在魔宮中最後和她說的話，緩慢道：「他覺得，修士為天道眷顧，掠奪太多靈氣，讓萬物生靈受難。」

「那他也不可能把修士都殺光……」

「他就是這個意思。」

這話出來，昆虛子滿臉震驚，花向晚抬眸看著對方，平靜道：「若我沒猜錯，謝長寂和魊靈就是他如今最大的目標，將謝長寂培養成最適合魊靈的容器，借助魊靈滅世，就是他最終目的。」

「從我去雲萊，到謝長寂下山，到如今，都是他給謝長寂布的局，謝長寂心智堅韌通透，不會輕易入魔，於是他一步一步誘他墮道，等到今日，他先誘謝長寂耗盡靈力，又讓秦雲衣以渡劫之軀獻祭，引邪氣入體，侵蝕他的心智，最後再暗示誘他來冰河，讓他看見沈逸塵的容貌，給了他們可乘之機。今日若他當真殺了沈逸塵，沈逸塵若是無辜，因果簿上，他便算是破了最後的底線，為一己之私濫殺無辜，再無回頭之路，也就成了魊靈最好的容器。」

昆虛子聽著，愣愣地說不出話來。

花向晚低下頭，只道：「事情差不多清楚，長老還是儘早聯繫蘇掌門商議謝長寂的情況，做好最壞打算，如果謝長寂當真墮魔，成了魊靈的容器……」

「他會死。」昆虛子開口。

花向晚動作一頓，她緩緩抬起頭，盯著昆虛子：「你說什麼？」

「他的體質鎮守死生之界，沒有人放心，」昆虛子說得有些艱難，「所以……在他五歲時，宗門便開壇設陣，為他設下九天玄雷劫。」

聽著這話，花向晚克制著情緒：「這是什麼？」

「是詛咒。」昆虛子轉過頭去，不敢看花向晚：「由他自行許下，給未來的自己的詛咒。他向天道立下契約，若日後為邪魔寄生毀道，便請九天雷劫，將他誅殺此世。」

這世上最強的詛咒，便是自己給予自己。

宗門設陣，自行與天道簽訂契約，那這九天雷劫，便是天道絕不會更改的約定。

「所以，這世上任何人入魔，都有生路，唯獨對於長寂，只有死。」

聽到這話，花向晚愣愣地坐著，說不出話。

只是一瞬間，她便明白了昆虛子的意思。

對於魔主而言，謝長寂是天生的容器。

可對於天劍宗而言，謝長寂，卻是邪魔的牢籠。

魔主想讓他入魔滅世，天劍宗想讓他以死殉世。

雲萊並不懼怕謝長寂墮魔，甚至於，若到關鍵時刻，讓謝長寂成為魊靈的容器，反而是澈底誅殺魊靈的辦法。

從一開始，他身邊所有人，都做好了隨時可能放棄他的打算。所以哪怕是虛空之體，他卻可以被安心放置在死生之界。

花向晚有些控制不住自己，她死死捏著扶手，只問：「他自己知道嗎？」

「他知道。」昆虛子實話回答：「他自己許下的誓言，他當然知道。」

「那你們，」花向晚一時竟不知該埋怨誰，她抬起頭，不敢置信地看著昆虛子，「你們還讓他下死生之界？染了七情六欲，便處處都是破綻，你們不怕他墮魔，不怕他毀道，不怕他有一天成為魃靈容器，不怕他……」

花向晚說不出下去，昆虛子低垂眼眸，只道：「花少主，人生來各有自己的命運。」

「可沒有人生來就活該是一把劍！」花向晚提高了聲。

昆虛子神色中帶著幾分悲憫：「那如果是少主，少主願意成為這把劍嗎？」

花向晚說不出話，昆虛子給了答案：「當年少主捨身祭鎖魂燈，若讓少主處在長寂的位置，想必少主也會願意當庇護蒼生的一把劍。既然少主做得，為何不能是長寂？」

為何不能是謝長寂？

她可以去死，為何謝長寂不可？

花向晚雙唇微顫，她腦海中劃過謝長寂攬著她在床上聽雨，少年謝長寂溫柔地看過麥田在風中如浪的時刻。

她張了張口，卻發不出聲。

「我等修士，生來錦衣玉食，為宗門供養，吃的每一粒米，喝的每一口粥，穿的每一件衣服，修煉時用的每一口靈氣，都源於這世上千萬人勞作供養。有人耕種，有人織衣，我等修道庇護眾人，這便是各司其職。天命選中謝長寂，他不能辭，若有一日，選中的是我，我亦不能辭。」昆虛子低下頭，似是有些難過：「更何況，他要下山，我們不是沒攔過。可他問心劍一道已盡，強行留在死生之界……那是在逼死他。去西境，或許還有一線生機。」

聽著這些，花向晚坐在原地，出不了聲。

兩人靜默了一會兒，見花向晚說不出話，昆虛子抬手，恭敬道：「老朽先回去與掌門商議此事處理結果，少主也受了傷，早些休息吧。」

說著，昆虛子行了個禮，便起身退開。

等昆虛子離開，房間澈底安靜下去。

花向晚轉過頭，看見不遠處的謝長寂，法陣上的靈力在他身上溫柔流轉，他身上的傷口慢慢癒合，看上去像是睡著了一般。

她在這一片安靜裡凝望著這個人，其實她知道，此刻她有許多事要做。

去確認沈逸塵到底是不是魔主。

去看魔宮和六宗現在的情況。

去看秦雲裳是否如期收復鳴鸞宮。

去把薛子丹叫回來……

可這一樁樁一件件壓下來，壓得她喘不過氣，這無聲的黑暗，彷彿是她唯一的避風港。

她在黑暗中看著光芒中的人，好久後，她站起身，走到他身邊，取了帕子，給他一一擦乾淨身上的血跡。

他模樣清俊，帶著些書生氣，閉著眼睛的時候，便顯出幾分溫柔。

其實血不適合他，他應該生在雲巔，如朗朗皓月，就算是一身血衣，長劍佩身，也不過是彰顯君子風度。

他應該可以立於萬人仰望的雲巔，開壇講道，他聲音好聽，應當有許多女弟子喜歡。他的生命遠比別人要緩慢，這世上萬事萬物他都會細細體會，他理應比常人有更長久、更安靜的歲月，讓他一一感知世間美好。

讓他安靜地聽夜間風雨，看晨曦朝露，花開花謝，雲捲雲舒。

想著這個場景，花向晚忍不住笑，一笑就壓了眼眶，眼淚落了下來。

似乎是感知到臉頰上冰涼的水意，面前的人慢慢張開眼睛。

眼中血色未褪，他似是有些茫然。

入魔之人活在自己的幻境裡，外界對於他們而言只與他們心境有關，只能看到心魔給他們看到的，只能聽到心魔想給他們聽到的。

花向晚看著他的眼睛，並不指望他看見自己，然而對方茫然地看著她，許久之後，卻是問：「怎麼哭了？」

花向晚一愣，她正想說話，就看謝長寂露出少年時那樣有些不知所措，又略帶遲疑的表情：「妳別哭了，我給妳買桂花糕。」

聽到這話，她才反應過來，他沒有看到她。

他還在幻境裡，還想著十八歲的花向晚，那時她會假哭騙他，他每次哄她，就會買她喜歡的東西。

她定定地看著他，眼淚控制不住往下落。

她不是十八歲那個姑娘，可是她清楚記得當年他買過的桂花糕、買過的小糖人、買過的髮簪、買過的布娃娃。

她記得那一刻歡喜的感覺，那是她後面半生，再也沒有擁有過的情緒。

她盯著面前的人，聽著他對著虛空，一句一句說著當年沒告訴她的話。

「晚晚，我先去死生之界，妳等我回來。」

「晚晚，我想重新再辦個婚禮，帶妳去見我師父、師叔，到時候，我們再喝合巹酒，好不好？」

「晚晚……」

她聽著這些話，控制不住眼前越來越模糊，好久後，她忍不住猛地撲上去，死死抱住他。

謝長寂的聲音戛然而止，有那麼一瞬間，他眼中帶了一絲清明。

然而很快，血色又充盈了他的眼睛，露出些許茫然。

兩人在黑暗裡，她顫抖著擁緊他，彷彿從他身上汲取力量。

過了好久，她的身體慢慢平息，內心逐漸冷靜。

「謝長寂，」她沙啞開口，「別怕。」

說著，她緩緩睜開眼，目光露出殺意：「我在這裡。」

她給不了謝長寂十八歲花向晚的愛情。

她再也有不起不計後果，有不起義無反顧。
歲月磨去她的少年熱血，還以獠牙與劍。
她的生命早被她鑄成靜默長城，安靜守護著她心中所愛於世。
她持劍於此，以戰死為耀。

第十八章 復生

在密室一直待到冷靜，花向晚終於起身。

她為謝長寂設下層層法陣，尋情護在他周邊後，這才離開。

花向晚稍稍整理情緒，找了侍從問路，便往沈逸塵住的地方趕過去。

他還住在當年住的房間，花向晚保留了他房間的東西，一進去，就看見他正背對著他，看著屋中事物，似乎有些茫然。

她站在門口，盯著那個背影，好久後，她調整一下情緒，假裝什麼都不知道一般，叫了一聲：「逸塵。」

沈逸塵聽到聲音，轉過頭來。

他似乎剛剛梳洗過，一身海藍色寬袍，長髮散披，和謝長寂一模一樣的臉上帶著三分笑意，溫和道：「阿晚。」

花向晚看著面前人的笑容，覺得心口微堵。

太像了。

像到她根本分不清，面前的人到底是沈逸塵，還是碧血魔主。

她不敢多看，低頭走進屋，邊走邊道：「方才嚇到你了，現下感覺如何？」

「無妨。」沈逸塵搖搖頭，轉頭看向屋外，露出幾分擔心：「方才……是謝長寂吧？」

花向晚應了一聲，走到桌邊，沈逸塵想了想，似是有些擔憂：「現下到底是什麼情況？」

「你問的是什麼？」花向晚垂眸倒茶。

沈逸塵似是有些失落，他嘆了口氣，只道：「阿晚，我方才問過，已經兩百年了。」

花向晚動作一頓，沈逸塵從她手中取走水壺，替她倒完剩下半杯茶：「這兩百年，妳怎麼過的？」

說著，沈逸塵放下水壺，抬眼看向面前的人：「我為何會死而復生？謝長寂為何會在合歡宮？他為何想殺我？還有妳……」

沈逸塵看著她，眼中帶著幾分疼惜，他似乎想說什麼，終究只笑了笑：「看上去長大了。」

花向晚聽著他的話，悄無聲息捏起拳頭。

她笑了笑，端起茶杯，離他遠了些，往旁邊坐下，低頭道：「畢竟過了這麼多年，總不可能一直像個小孩子。當年倒是多謝你，」花向晚抬起頭，看著他，目光中全是感激，「若不是你用鮫珠救了我，我大概早就被瑤光殺了。說好要給你過生辰，誰知道，那天瑤光竟然會來……」

花向晚聲音低下去，似是失落。

聽著這話，沈逸塵轉頭看向窗外，並不言語。

發現他迴避的態度，花向晚動作一頓。

他看出來了。

她清楚意識到，他看出她在試他。

當年瑤光並不是在沈逸塵生辰當日過來的，如果面前的人真的是沈逸塵，他會糾正她。

若他不是，自然不知道她說了謊。

可他知道她說謊，卻並不糾正，這意味著，他知道這件事，可他希望，她真的把他當成沈逸塵。

這樣的態度讓花向晚心中微冷，她盯著面前的人，疑惑出聲：「逸塵？」

「嗯？」沈逸塵聞言轉頭。

花向晚好奇地看了窗外一眼：「怎麼不說話？想什麼？」

「我在想，」沈逸塵唇邊帶著幾分笑，「少主既然懷疑我，為何還要假裝沒發現我？」

得話，花向晚沒有立刻出聲，她低頭抿茶，克制著微微加速的心跳，故作平靜：「既然是您回來了，以您的能力，為何要在這裡與我玩笑？」

這話逗笑了對方，對方往椅子上斜斜一靠，語氣異常溫柔：「因為，我喜歡看阿晚維護我的樣子。」

花向晚眼神驟冷，她抬眼看向對方，那張與謝長寂一模一樣的臉上，帶著謝長寂絕不會有的笑容，顯得一貫清俊端正的臉，竟是帶著幾分邪氣。

「方才那一掌打在謝長寂身上，我都為他心疼。」說著，對方站起身來，俯身到花向晚面前，盯著她的眼睛：「在妳心裡，終歸是沈逸塵更重要，對麼？」

「你錯了，」花向晚微笑開口，「我那一掌是為謝長寂打的。」

對方聽不明白，歪了歪頭，花向晚放軟了語氣，顯得格外柔和：「我怕他墮道殺人，被天道所記，碧海珠我取下很久了，您也好，沈逸塵也好，這世上沒人比他重要。」

對方沒有說話，他臉上笑容不變，周身卻瞬間冷了下來。

過了一會兒後，青年直起身來，輕聲一笑：「真是讓人傷心的說辭，妳是怎麼發現我的？」

「您在魔宮剛剛毀了一具身體，沈逸塵就活了，想不發現都難。」見對方承認，花向晚也沒了好臉，淡道：「更何況，逸塵的魂魄還在我這裡，我什麼都沒做，怎麼可能活過來？」

「這樣啊。」青年往後退開，嘆了口氣：「真是失策。」

「你到底想做什麼？」花向晚失去和他兜圈子的興致，冷聲道：「既然有能力回來，何不如直接找到謝長寂，把魃靈放在他身上？」

「唔，」碧血神君抬起手，輕輕撥弄起自己的頭髮，漫不經心地回著，「的確是這麼打算，等一會兒，我就去地宮找他。」

聞言，花向晚冷眼看他：「然後呢？」

「但妳來了，我便多陪妳聊聊。」碧血神君微微一笑，似是十分大方：「陪阿晚，畢竟是最重要的事。」

花向晚不說話，死死盯著他。

碧血神君往旁邊椅子一歪，姿態翩然，風情萬種，只道：「喜歡看我這個樣子？喜歡這具身體還是這張臉？」

「你這樣挺噁心的。」

「是麼？」碧血神君有些疑惑，「可這都是妳最喜歡的呀。」

說著，碧血神君嘆了口氣：「罷了，說些妳喜歡聽的吧，妳不想讓我找謝長寂？」

「自然。」

「怕我毀了這修真界？」

「不是。」

這話讓碧血神君有些詫異，他抬眼看向花向晚，頗為不解：「那妳攔我做什麼？」

「我身上的魊靈來之不易，我拿它有用，不想給謝長寂。」

花向晚冷靜地說著，碧血神君一愣，花向晚抬眼看他：「你要讓謝長寂幫你滅世，必然是要我這一半魊靈的，對麼？」

「不錯。」碧血神君覺得有意思起來，他看著花向晚，「妳捨不得給？」

「你知道我要做什麼。」花向晚看著碧血神君，神色冷淡，「天下蒼生早就和我沒什麼關係了，我在意的只有合歡宮。你要滅世，何必兜這麼大個彎子？直接把魑靈給我，」花向晚笑起來，「我復活合歡宮的人後，幫你就是。魑靈是以人身體所能發揮的最大潛能作為它的能力上限，這世上，謝長寂是虛空之體，是天才，可天才不只他一個。」

她也是。

十八歲的化神，世上絕無僅有的天才。

碧血神君笑意盈盈打量她，似是在思考她的話，花向晚淡定低頭，喝了口茶，神色平靜。

碧血神君想了一會兒，只道：「妳想要我這一半魑靈？」

「是。」花向晚承認，「我之所以要殺你，很大部分原因，就是因為這個。可若你我能合作互補，」花向晚抬眼盯著碧血神君的眼睛，「何必魚死網破？」

碧血神君不言，他輕敲著小桌，盯著花向晚的臉，似在思索。

花向晚和他對峙，沉默許久後，碧血神君笑了一聲：「倒也是個辦法，可若我沒記錯，妳給我下毒的時候，自己身上也帶了毒。此毒修為越高，毒發越快，越為致命，我把魑靈給了妳，妳若毒發了，魑靈沒有寄生之體便會十分虛弱，被這些正道修士斬殺怎麼辦？」

這話問在關鍵，花向晚心中揪起來，她冷聲道：「我既然給你下毒，自然有解藥，解藥在薛子丹那裡，我可以吃下解藥，確保魑靈無事。」

「那也行啊。」碧血神君點點頭，隨後又道：「但既然是合作，少主總得有點誠意吧？」

「你要什麼誠意？」花向晚冷聲開口。

碧血神君收起笑容，頗為鄭重：「嫁給我。」

花向晚一愣，碧血神君站起身，來到她面前，他伸手放在扶手上，微微彎腰，垂眸看著她空蕩蕩的脖頸，眸色微沉。

「同謝長寂睡了那麼多次，不如和我試試？」

話音剛落，花向晚揚手一巴掌搧向對方臉面，碧血神君一把抓住她的手，同時往下腹一擋，便攔住了她偷襲上來的匕首。

她動作太快，匕首已經捅到碧血神君腹間，血液順著匕首流下來，面前的人卻面色不改。

「最後一次。」強大的靈力朝著花向晚迎面襲來，將她猛地震飛開去，花向晚狠狠撞到牆面，劇痛沿著脊骨一寸寸蔓延上來，她趴在地上喘息著，看著面前的人慢條斯理抽出匕首，往旁邊一扔，傷口隨著他的動作癒合，只留下新鮮的血跡在衣服上。碧血神君走到她面前，半蹲下身垂眸看她，捏起她的下巴，逼著她看向自己，「要乖。」

花向晚沒有言語，碧血神君凝視著她的臉。

「給妳三天時間，要麼我去找謝長寂，要麼，三個月後，妳魔主繼位大典，我們成婚，屆時我給妳魊靈，妳復活合歡宮，普天同慶。」

說著，碧血神君放開她，從袖子裡抽出白色的絹帕，慢條斯理道：「三天後答覆我，走吧。」

花向晚沒有出聲，她咬著牙爬起來，往外走去。

等她離開房間，碧血神君垂眸看向自己腹間原本的傷口處，目光微冷。

花向晚撐著自己爬回房間，坐下來打坐調息。

沒過多久，就聽外面傳來急促的腳步聲，隨後房門被人一腳踹開，秦雲裳急道：「花向晚？」

「活著。」花向晚咽下嘴裡的血氣，沒好氣應聲。

秦雲裳後面跟著薛子丹，看見花向晚，兩人鬆了口氣，趕緊進屋來。

房間裡布下的隔音法陣自動開啟，薛子丹率先上來，給花向晚診脈，秦雲裳坐到她旁邊，急道：「我聽說沈逸塵活了？」

「不是沈逸塵，」花向晚冷靜開口，「是魔主。」

這話一出，秦雲裳、薛子丹臉色瞬間大變。

秦雲裳愣了愣，才罵出聲來：「他到底是什麼東西？他把沈逸塵奪舍了？那沈逸塵的魂魄呢？他想做什麼？」

「妳問題太多，」花向晚閉著眼，「我答哪個？」

「答重點，他想做什麼？」

「他讓我選，要麼他去找謝長寂，把魊靈放在謝長寂身體裡，謝長寂現下入魔，一旦魊靈入體，以他的資質，魊靈滅一個修真界無礙。」

「或者呢？」秦雲裳疑惑。

花向晚緩慢睜眼，似乎有些疲憊：「讓我和他成親，三個月後，魔主繼任大典，我們舉辦婚禮，他將魃靈給我，我復活合歡宮眾人，幫他滅世。」

聽到這話，薛子丹看過來，一時有些震驚：「連他都喜歡妳？妳這張臉好用啊。」

「閉嘴。」花向晚瞪他，「妳沒聽明白嗎，他根本志不在我。」

「那……那他想做什麼？」

「謝長寂現在並沒有完全入魔，被我們控制住了，還有掙扎餘地。」花向晚冷靜分析著，「他要和我成親，不過是想澈底逼垮謝長寂罷了。」

「那妳……」薛子丹猶豫著，「妳是怎麼打算？」

花向晚沒說話，秦雲裳也沉默著不作聲。

過了一會兒後，花向晚緩聲道：「薛子丹，給我準備一份假的解藥，讓我身體裡的毒素看上去清理乾淨。」

「哦，」薛子丹點頭，「這倒不難。」

「剩下的，」花向晚思索著，「如計畫執行就好。」

聽著這話，薛子丹垂下眼眸。

秦雲衣想了想，只道：「按照計畫，魔主現在應該已經死了，可他又活過來，他在，魃靈滅不了。」

「我能殺他一次，就能殺第二次。」

花向晚冷靜開口，秦雲裳皺起眉頭：「可他總這麼換身體，妳怎麼……」

「我剛才試過了。」花向晚轉眸看向秦雲裳：「我出手，他還手了。」

「所以呢？」

「以前他不會在意這種事，因為那些身體都是傀儡，他無所謂。可這具身體，他不允許我傷害他。」

「妳的意思是……」秦雲裳很快反應過來，不等秦雲裳說話，花向晚便提醒她：「定魂丹。」

薛子丹轉過頭來，突然反應過來：「對哦，妳把定魂丹放在沈逸塵的身體裡了！」

「我本來不確定定魂丹對他有沒有用，但現在確定了，這應該是他最後一具身體，只要能讓他不這麼重生下去，就有殺他的把握。」

花向晚神色鎮定，讓兩人放下心來，過了一會兒後，薛子丹突然意識到什麼：「妳當初上藥宗求定魂丹，不會就是知道……」

「我不知道。」花向晚垂下眼眸，「我只是想復活逸塵，他的魂魄在碧海珠裡，我以為我用定魂丹可以讓他的魂魄留在身體之中。」

「哦……」

「當然，」花向晚輕笑，「我也不是沒懷疑過，背叛合歡宮的人對合歡宮太熟悉了。所以，定魂丹一舉兩得，順帶而已。」

如果當年的叛徒是沈逸塵，當他回到這具身體，這具身體就是牢籠。

如果不是沈逸塵，那也是她為復活他所盡的心力。

只是這些話說起來太殘忍，大家都不想說下去。

三人沉默不言，過了一會兒後，花向晚見薛子丹還給她診著脈，不由得道：「你診脈診這麼久做什麼？是不是想占我便宜？」

一聽這話，薛子丹立刻跳起來，但手上還是沒鬆，只道：「妳可別給自己臉上貼金，我就是覺得妳這脈象奇怪。」

「怎麼了？」花向晚皺眉。

薛子丹換了隻手，左右診了一會兒了，有些不確定，最後終於道：「算了，看上去也沒事，以後再說。」

「到底怎麼了？」花向晚不滿這種說話只說半截。

薛子丹抓了抓頭，「這脈象我沒見過，等我再翻翻書吧。」

說著，薛子丹便收回手，正要說什麼，便聽外面傳來聲音：「少主。」

靈南急急走進屋中來，屋內三人抬頭，看著靈南頗為著急的神色，皺起眉頭。

「天機宗的人來了，」靈南急聲開口，「來得很急，還叫了昆長老，請少主雲浮塔一見。」

聽到這話，三人各自瞟了餘下兩人一眼，隨後秦雲裳皺起眉頭：「天機宗來做什麼？」

天機宗是合歡宮管轄之下三宗之一，擅於占星問卦，推演天機，久居深山，基本不會出世，這麼多年了，花向晚幾乎沒見過天機宗的人。

如今天機宗突然來訪，讓花向晚有些不安起來，她想了想，沉聲道：「去看看吧。」

三人一起出屋，趕到雲浮塔，剛上到塔頂，就看昆虛子和白竹悅已經等在殿中，旁邊站了一個青年，一身繡著星軌的黑袍籠身，手握碧綠色玉珠珠串，一張帶著幾分妖冶的臉上頗為鄭重。

花向晚看了白竹悅一眼，頗為詫異：「師父，妳怎麼……」

「魔宮那邊我留三姑處理了，」白竹悅直接道：「天機宗通知我回來，我便趕了回來。」

花向晚點點頭，轉頭看向黑袍青年，對方微微一笑，行了個禮道：「天機宗宗主神奉，見過花少主。」

「宗主多禮。」花向晚遲疑著行了個禮，隨後直起身來：「不知天機宗造訪，所為何事？」

「諸位先落座吧。」神奉倒也沒有多說，只檢查了周邊結界一圈。

眾人得話，散開坐在一旁蒲團之上，等著神奉。

雲浮塔是合歡宮最為機密之處，結界開啟之後，無人能窺伺。

安排在這裡，花向晚便知應當是要商討極為機密緊要之事，她隱約有了預感，不由得捏起拳頭。

神奉確認完結界無事，便轉頭對著虛空喚了一聲：「蘇掌門，道真掌門。」說著，兩個光柱從上方落下，落在空著的兩個蒲團之上，隨後便見光柱所籠罩的蒲團之上，分別出現兩個人影，一位藍衫白髮的老者，另一位則是天劍宗掌門蘇洛鳴。

眾人見禮寒暄後，神奉才轉過頭來，看向眾人：「此番請眾人前來，倒也不是神奉一人的意思。」

「哦，神奉宗主還與人打過商量？」秦雲裳聞言笑起來：「按理你在合歡宮之下，應該先和合歡宮說說情況吧？」

「之前未曾確定，故而特意聯繫雲萊確認了一次，如今稍有眉目，才敢稟報少主。」

神奉說著，轉身看向花向晚，平和道：「前些時日，星軌大亂，其中魔星大盛，預示滅世之劫。」

神奉一面說，背後出現著混亂的星軌，就看一紅一白兩顆星互相旋轉，其中紅色的星星突然大放光芒，另一顆黯淡下去，之後紅色星星不斷增長著體積，爆發出的光芒震開所有星軌，星軌失序，漫天星辰墜落，看上去美麗又可怖。

花向晚盯著星軌，只問：「那兩顆星是什麼？」

「是少主，和謝長寂。」神奉如實回答，解釋著：「此兩星前後出現在兩百多年前，我們核對過兩位出生時日，謝長寂被救於雪地，並不能確認時間，但，相距不大，二位應當是在差不多的時間一起降世。降世之後，此二星同出，一陰一陽，一明一暗，一正一邪，一神，」神奉抬頭，盯著花向晚，「一魔。」

「互為牽制，互相平衡。」

聽著這些話，花向晚不由自主握起拳頭：「那誰是正誰是邪，誰是神誰魔？」

「之前我等都以為，少主生於西境，謝長寂乃問心劍指定之人，應當少主為魔神，可，如今調查來看，謝長寂天生虛空之體，無感無情，雖生於天劍宗，受名門正派教導，最終卻仍難敵私欲，墮道入魔，他應為此魔星。」

「所以呢？」花向晚冷笑，「你什麼意思？」

「在下與星雲門、蘇掌門以及道宗都提前溝通過，如今根據星軌推演，魔星最終受魆靈之故，無法控制，將得滅世大劫，如今唯一的辦法，便是提前應劫。」

「怎麼應？」

「如今謝長寂應當尚未澈底入魔，」神奉低著頭，平靜道：「趁他還算清醒，讓他自行召喚魆靈，隨後少主與天劍宗齊力封鎖魆靈，以九天玄雷劫，誅滅。」

「九天玄雷劫……」花向晚笑起來，「你們是想讓謝長寂死？」

說著，她轉頭看向蘇洛鳴：「天劍宗，便是如此決定的？」

蘇洛鳴眼底帶著幾分愧色，卻還是低下頭：「是。」

花向晚沒說話，她轉頭看了周遭一圈，除了秦雲裳和薛子丹尚在遲疑，其他人似乎都已經做出決定，她想了想，克制著情緒，只道：「我不信什麼天命，謝長寂是問心劍主，只要問心劍在，或者魅靈消失，他就不會被魅靈操控，也不會有什麼滅世大劫。」

「可他已經沒有問心劍最後一劍……」蘇洛鳴說得艱難，「以他的體質，若是入魔，就算是問心劍……」

「那就讓他有。」花向晚打斷他，盯著蘇洛鳴，「他不會入魔，他也會修成最後一劍。就算沒有修成最後一劍，這世上也不會有魅靈。」

「可沒有最後一劍，」道宗宗主道真皺起眉頭，「誰又能斬殺魅靈？」

聽到這話，秦雲裳和薛子丹一起看向花向晚，花向晚定定地看著神奉，目光堅定：「我。」

「老朽知道，少主天縱奇才，」道真目光中滿是不贊同，「但，少主畢竟剛入渡劫，魅靈之事，我等皆無能為力，少主又怎麼……」

「有一半魅靈在我身體中。」花向晚打斷道真的話，道真一愣，其他人並不驚訝，花向晚掃了眾人一眼，平靜地說著計畫：「而我體內，又含劇毒，此毒會汲取力量轉化為毒素，故而修為越高，毒發越快。魔主就是在此毒影響之下纏綿病榻，最終為我所殺。」

聽到這話，白竹悅豁然起身，頗為震驚。

她愣愣地看著花向晚，喃喃出聲：「阿晚……」

「另一半魅靈在沈逸塵身上，他說了，魔主繼位大典，我們成婚，他會把另一半魅靈給我，屆時我放開魅靈，此毒會汲取魅靈之力，魅靈會讓我的修為瞬間提升至我資質所能到達頂峰，也就是我命喪之時。等我毒發之後，魃靈失去我這個寄生體，又被抽取力量，應當是最虛弱的時刻，到時候，若謝長寂修出最後一劍，可由他來斬魃靈。若他沒有，諸位傾盡全力，應當也能殺了它。沒有魃靈，謝長寂修得問心劍最後一劍，何來滅世之劫？」

聽著花向晚的計畫，眾人都在驚愕中，只有神奉略一思索，微微皺眉：「可，天命……」

話沒說完，花向晚抬手一揮，秦雲裳的劍脫鞘而出，抵在神奉的脖子上，花向晚冷眼看著他：「天命告訴過你，你今日來會死嗎？」

神奉沒說話，劍往神奉脖頸逼入幾分，血滴落而下，花向晚面色冷峻：「我不管神星、魔星，我只告訴你們，」說著，花向晚掃視周邊一圈，「我向來只管我在意的人，沒什麼菩薩心腸。今日你們若一定要謝長寂死，那我即刻放出魃靈。謝長寂可滅世，我做不到嗎？」

「花少主，」昆虛子得話，面上立刻帶著幾分鄭重，提醒道：「休說氣話。」

「氣話？」花向晚笑起來，「若你們當我是氣話，那大可試試！如今就兩條路，要麼聽我的，要麼，有本事我殺了。」

「花少主，」神奉看著她，目光平靜，「為一個無感無情，天生邪魔的人，值得嗎？」

花向晚沒說話，她盯著神奉。

過了一會兒後，她啞著聲，只問：「誰告訴你他無感無情？」

說著，她轉頭看向蘇洛鳴：「他記得他生日師父給他的糖，他會被師兄師弟染血之手拉住眼睜睜看我墮入魔海，他明明能雲遊四方無人可擋卻受天劍宗束縛守死生之界兩百年，他會凝望麥田海浪，會聽風看雨，會耐心照顧幼獸，會因害人愧疚，你們告訴我——這叫無感無情？」

昆虛子和蘇洛鳴聽著，垂眸不敢多言，花向晚眼眶微紅：「他不懂，你們也不懂嗎？」

眾人聽著，都不出聲，許久之後，昆虛子輕嘆出聲：「就如此吧。」

神奉和道真轉頭看過去，就見昆虛子看著蘇洛鳴：「師兄以為如何呢？」

「若，少主願意，」蘇洛鳴抬起手來，朝著花向晚行了個禮，「天劍宗，感激不盡。」

「可是，」道真反應過來，「謝長寂現在是什麼情況？神奉不是說他現在已經有了入魔之兆，那你們怎麼保證這中間不出事？」

「我會讓他回死生之界。」花向晚開口，看向道真：「在死生之界參悟最後一劍，若不能成，他就留在死生之界，等一切結束了，」花向晚聲音頓了頓，轉頭看向昆虛子，「若我還留了什麼，您幫我帶給他。」

「可這時候長寂不會離開，」昆虛子面帶愁色，看著花向晚，「妳知道他的脾氣……」

「我來勸。」花向晚開口，神色平靜：「放心吧。」

眾人聽著這話，都在思索，秦雲裳看看周邊，她起身走到花向晚和神奉身邊，笑著取下自己的佩劍：「說話就說話，取我的劍做什麼？」

說著，她轉頭看了周遭之人一圈：「若大家沒什麼異議，我們就這麼定下？」

「可……」白竹悅露出痛苦的神色，「可阿晚……」

「師父，」花向晚轉頭看向白竹悅，冷靜地打斷她，「一開始就是這樣的。」

白竹悅茫然抬頭，花向晚微微一笑：「師兄師姐會回來，總得付出代價。有沒有謝長寂，都一樣的。」

白竹悅說不出聲，她定定地盯著花向晚，花向晚有些疲憊：「若大家無事，那就退去吧，蘇掌門準備一下，三月後我接任大典，會放出魊靈，雲萊的人過來。道宗也一樣。」

說著，花向晚看向還在發愣的白竹悅：「師父身體虛弱，如今應當也累了，」花向晚抬手將一張紙片甩過去，紙片落地，化作一位少女，少女上前扶起白竹悅，花向晚聲音淡淡，「扶宮主回房休息吧。」

安排好了所有人，大家一一散去。

等大殿中只剩下花向晚、秦雲裳、薛子丹三人，花向晚轉頭看向薛子丹：「我記得你有一味藥。」

薛子丹愣愣地抬頭，就看花向晚神色平靜：「當年你送我離開藥宗時服下的，給我吧。」

第十九章　相思

聽到這話，薛子丹愣愣地看著花向晚。

花向晚平靜地看著他，強調：「把『相思』給我。」

薛子丹說不出話，片刻後，他反應過來，有些不知所措：「妳……妳確定要這個？」

「是。」花向晚冷靜出聲，薛子丹抿緊唇，就看花向晚抬眼看他：「最快最好的辦法莫過於此，不是麼？不然，我嫁給魔主也好、我死也好，不都正中魔主下懷？我做這一切又有什麼意義？」

薛子丹聽著花向晚的話，遲疑著，許久後，他還是從靈囊中取出一個藥瓶，放入花向晚手中，低聲道：「最後一顆，無藥可解。」

「多謝。」花向晚冷靜出聲，抬眼看了兩人一眼：「我先去看他，你們也累了一天，休息吧。」

說完，花向晚拿著藥，自行走遠，看著她的背影漸行漸遠，秦雲裳轉頭看過來，好奇地詢問：「你給她的是什麼藥？」

「一種能讓人忘記愛人的藥。」薛子丹聲音中帶著幾分苦。

秦雲裳皺起眉頭，不可思議：「這能對謝長寂有用？」

「尋常藥物自然不能，可這一味藥我尋了一株並蒂涅槃花，」薛子丹耐心解釋，「此花有轉化之效，一株我被我用來做成給魔主的毒藥，另一株我製成了這兩顆『相思』。『相思』汲取情愛化作藥效，對一個人感情越深，就忘得越快越徹底。」

秦雲裳聽到這話，便明白了花向晚的意思。

嫁給魔主也好，她身死也好，只要謝長寂還愛著她，那謝長寂入魔就成定局，她所做一切，便都是徒勞。

秦雲裳沉默不言，許久後，她有些不明白：「既然有這種藥，為什麼不一開始就拿出來？」

「那畢竟是謝長寂的記憶，不到萬不得已，她不會決定另一個人記憶的去留。」薛子丹解釋著，但想了想，他又道：「而且，也許她並不希望他忘了呢？」

就像這麼多年，她自己不也始終記得對方嗎？

說著，秦雲裳點點頭，兩人一起走出雲浮塔，秦雲裳突然想起來：「當年阿晚離開藥宗，你吃過這藥？」

薛子丹一頓，片刻後，他苦笑起來：「不錯。當年得知是我的極樂毀了合歡宮，我就知道我和她沒有可能，那時我痛苦萬分，又不得不放手。她勸我，說我沒有我想的那麼喜歡她，不過是絕境中抓住一根稻草，心中生了執念，我不信，直到服下此藥，我還能清楚記得我和她發生過什麼，只是沒有太多感覺，我才知道，」薛子丹回頭看了秦雲裳一眼，「我對她的喜歡，不過如此。」

兩人交談間，花向晚拿著藥，直奔地宮。

等進入地宮之後，就看謝長寂被鐵鍊束縛著，坐在法陣中央，法陣溫柔的光芒攀附在他身上，吞噬著他身上的黑氣。

他身上的黑氣幾乎被吞噬殆盡，血在白衣上結痂成暗紅色，猶如一朵朵梅花盛開，長髮凌亂散在清俊的臉頰旁邊，讓他看上去有種支離破碎的美感。

此刻他很安靜，也不知是在幻境中陷得太深，還是睡著了。

她遲疑片刻，猶豫著喚了一聲：「謝長寂？」

不見應答，便知他尚未清醒，這讓她鬆了一口氣。

她沉下肩，愣愣地站了一會兒，緩了片刻後，便從乾坤袋中掏出一壇酒來。

「倒也不急。」她喃喃安撫著自己，坐到他旁邊。

她轉頭看了謝長寂一眼，靜靜地坐在黑暗中，提著酒罈子，茫然地喝了一口。

地宮裡靜悄悄一片，和外面喧擾的世界截然不同，這讓她的腦子終於有了安靜的時候。

謝長寂入魔，沈逸塵復活，魔主逼著她成婚逼瘋謝長寂，天劍宗和天機宗逼著謝長寂去死……

一切發生得太快，她來不及有喘息的時間，此刻終於有了片刻安寧，她忍不住靠在謝長寂身上，就像平日一樣。

之前沒有察覺，如今才發現，他才來這麼些時日，她已經習慣靠著這個人。

他看上去很冷，但身體很暖，看著清瘦，但靠上去的時候，卻意外讓人覺得安心。

「喝完吧，」花向晚低聲說著，「喝完我就給你餵藥，咱們就兩清了。」

這些話謝長寂聽不見，他低著頭，彷彿睡著一般。

他在夢境裡浮浮沉沉，一會兒是他和花向晚的初遇，一會兒是他們成親，一會兒是沈逸塵和她走在前方，一會兒是他和花向晚兩百年後相見。

最後停在一個小酒館中，雨聲淅淅瀝瀝，花向晚端了一碗酒，斜依在長欄上，看著來往行人，似是有些不高興：「生日還這麼多雨，好想去逛街啊。」

說著，她抿了一口酒水，他從樓梯上走上來，看見少女喝酒，眉頭微皺，只喚：「晚晚。」

少女一聽他的聲音，嚇得一個哆嗦，趕緊把酒碗往桌上一放，站起來道：「你怎麼來了？你不是師門有事，回天劍宗了嗎？」

他沒說話，只將目光挪到她偷喝的酒上，淡道：「妳受了傷，不該喝酒。」

「一點點。」花向晚硬著頭皮，謝長寂目光平穩，花向晚在他凝視下敗下陣來，含糊道：「好吧，以後不喝了。」

謝長寂不說話，他走到她身邊，只叫她：「回客棧吧，妳不是說最近這個鎮子有點異事，打聽到消息了嗎？」

「你就找我說這個啊？」花向晚頗為失落，「我還以為你是來和我過生日的，想約你逛街呢。」

謝長寂不言，花向晚看了看外面的雨，拉著他：「雨這麼大，咱們在這酒館坐坐，小酌一杯，算是給我慶生怎麼樣？」

「我不喝酒。」謝長寂垂眸，聲音很淡。

花向晚「嘖」了一聲，似是有些不高興：「你不喝酒，日後咱們成親，我家裡人可是不喜歡的。」

「胡說八道。」謝長寂聽她說這話，便緊皺起眉。

花向晚撐著下巴，給他倒了一杯酒，笑咪咪道：「喝嘛，我每年生日，逸塵都會陪我喝的。今年他不在，你陪我好了。」

聽她說這話，謝長寂眼神微冷，他站起身來，只道：「回去了。」

「啊？那……那不喝酒，等會兒雨停陪我逛街？」

「不去。」

「謝長寂，」花向晚追上來，有些不高興，「我生日啊，你就不能遷就一下我？」

「自有人遷就，與我無關。」

他走下樓梯，花向晚追著他出了酒館，細雨撲面而來，少女伸出手挽住他。

謝長寂動作一僵，一時竟忘了避雨訣。

秋雨細細密密砸在臉上，少女仰頭看他，笑咪咪道：「可我就稀罕你遷就，你就遷就一下我嘛。」

「我……」

「你要是再拒絕，我就討厭你了。」

謝長寂聲音頓住，風有點冷，片刻後，他扭過頭，撚了避雨訣，為兩人擋住風雨。

「走吧。」

聽到他的默許，少女高高興興挽住他，他帶她走在雨裡，走過大街小巷。

他想，還好，他沒再拒絕，她應該……不討厭他。

他在夢境裡一路走進黑暗，在一片安寧中，慢慢有了幾許意識。

他身上的黑氣被法陣一點點吞噬，花向晚也管不了太多，她坐在他旁邊，一口一口將一壇酒喝完。

等喝完之後，她將酒罈放在一旁，撐著自己起身，借著酒勁，伸手去拿裝著藥的瓷瓶。

瓷瓶取出來，在她手心裡，彷彿一團火，灼得她手心有些疼。

她不敢多想，只顫著手將藥倒出來，不知是安撫他，還是安撫自己：「快了，吃了就忘了，什麼都不記得了。」

可說完這句，她又頓住，她恍惚意識到，他吃下這個藥，若她死了，那晚晚和謝長寂發生過的事，就像沒有存在過一樣，誰都不記得，誰都不知道。

她這輩子像飛蛾撲火一般這麼用力喜歡過的一個人，這麼認真付出過的一段感情，就煙消雲散，連個笑話都算不上了。

鑽心的疼湧上來，比當年謝長寂在新婚之夜離開、比當年聽到他說那聲「抱歉」從死生之界躍下時都要覺的疼。

但想到他入魔時的樣子，想著眾人口誅筆伐的模樣，想著當年她站在他身邊，和他一起在人群裡仰望著天劍宗長輩開壇布道時，他平靜中帶著幾分嚮往的目光，她眼眶微紅。

她克制住所有情緒，還是低下頭，將藥送到謝長寂唇邊，啞著的聲音裡故作輕鬆，不知是安慰他，還是安慰自己：「你一忘，你我都輕鬆高興，別怕。」

說著，藥丸觸碰在謝長寂乾裂的唇上，就在她打算用力時，沙啞的聲音從下方突然傳來：「這是什麼？」

聽到聲音，花向晚腦子一白，隨後她就看見謝長寂緩緩抬頭，露出一雙冰冷審視的眼，如蛇一般盯著她：「毒藥？」

「怎麼可能？」花向晚看著他的眼睛，終於回神，她勉強笑起來，儘量找回神智，騙著他：「這是給你療傷的藥。」

謝長寂不說話，他定定地看著她，他的眼睛彷彿能看透世上一切謊言，直逼人心深處。

花向晚被他審視著，心上微慌，她正想說什麼，就聽謝長寂開口：「為了沈逸塵？」

「別亂想，」花向晚垂下眼眸，安撫著他：「你被邪氣所侵，所思所想被刻意放大，你先吃藥吧，等我……」

「妳想甩開我。」謝長寂開口，花向晚動作微頓，就看他盯著她：「沈逸塵復活，我入魔傷了他，所以妳不要我了，是嗎？」

花向晚不說話，她一時竟然不知道，是不是該順著說下去，絕了他的心思，哄著他吃了藥。

理智上她該這麼做，可看著對方的眼睛，她張了張口，卻說不出聲。

「說話！」謝長寂觀察著她的神色，驟然提聲。

花向晚低下頭，她捏著藥，沙啞開口：「我……打算和沈逸塵成親。」

謝長寂一愣，花向晚垂眸：「這顆藥可以讓你忘記我，你把我忘了，自己回雲萊。你的道心並不在我，在於情，你雖忘了我，可你有情，便可以把這條道修下去。」

這話讓謝長寂顫了顫，他看著花向晚拿著藥的手，頭一次露出幾分驚慌。

花向晚說著話，半蹲下身，她勉力保持微笑，勸著他：「你別怕，沒事的，吃完就好了。」

「妳別過來。」謝長寂聽著她的話，警惕地看著她，慌忙後退。

可鐵鍊和法陣束縛了他，他能動作的幅度極小，花向晚隨著他上前，看著他的樣子，她紅著眼，伸手去捏他下顎：「沒事的，長寂，你之前不也吃過絕情丹嗎？你別怕，這藥……」

「妳別碰我！」

謝長寂身上靈力猛地爆開，她錯不及防，被突如其來的靈力震飛，狠狠摔到地上。

不等她反應，謝長寂便手足並用爬了過來，一把抓住她的袖子，急道：「我錯了。」

花向晚喘息著睜開眼，就看謝長寂伸手握住她的的手，緊握著將她的手放在胸口，彷彿發誓一般鄭重又急切，不斷保證：「我不會再傷他了，妳要留下他就留下，妳想和他成親就成親，我都不介意，花向晚，我還有用，妳別這樣，妳讓我留下，」他帶著血色的眼睛孕育著水汽，滿是惶恐，「妳別讓我忘了，我什麼都沒有了，我只有晚晚……」

「謝長寂！」花向晚猛地提聲，打斷他的話，死死盯著他，「你胡說什麼！」

謝長寂動作一僵，他愣愣地看著花向晚，似是有些不知所措，過去所有觀察、聰慧，都在這一刻失了用處，他茫然地看著她，好久後，才輕聲問：「妳還要我怎樣？」

「我知道是我不對……」他眼神失了焦：「當年沒有及時明白自己心意，是我不對；沒有回應妳，是我不對；山洞那天我落荒而逃，是我不對；新婚當夜沒有喝合巹酒離開，是我不對；沈逸塵死我不在，是我不對；死生之界沒有選妳，是我不對；妳一躍而下沒有追隨妳，是我不對；合歡宮受難，我不在妳身邊，是我不對；兩百年妳受辱，我沒有相陪，是我不對……可我千錯萬錯，」謝長寂喃喃抬頭，「我喜歡妳，總不是錯。」

花向晚沒說話，眼淚掉了下來。

謝長寂看著她，似是不明白：「既然不是錯，為何要讓我忘了？」

「這樣至少你不會痛苦……」

「我痛不痛苦是我自己決定！」謝長寂打斷她，頭一次帶著幾分激動低喝，「誰給妳的權力決定我的記憶？」

花向晚答不出話，她看著面前的人，他全然失了過往的風度從容，狼狽得像是一隻被逼到窮途末路的獸。

他腳下是法陣，手上是鐵鍊，仙道楷模，雲萊魁首，如今卻走到了這個境地。

她突然驚醒，她怎麼就把人逼到這個境地？

他要去哪裡，他想做什麼，輪不到她去做選擇。

她怎麼可以把他困在這裡，逼死在這裡？

她看著他，緩了好久，才沙啞出聲：「對不起。」

這話出來，謝長寂有些茫然。

花向晚走上前，謝長寂還沒想明白，就看她伸出手，替他解開手上的鐵鍊。

他愣愣地看著面前女子的動作，她將鐵鍊打開，低聲開口：「你沒錯，我說過很多次了，你當年沒做錯什麼，你喜歡我，更不是錯。」

「晚晚……」

「我沒有權力決定你的記憶，所以我讓你決定。我要你忘了我，不是因為沈逸塵，復活的那個人是魔主，不是逸塵，我要和他成親，是因為他告訴我，只要成親，就會把另一半魃靈給我，這樣我才能得到完整的魃靈，然後復活師兄師姐。可我放開魃靈，便無人能轄制它，而唯一能轄制魃靈的你，因為是虛空之體，如今沒有問心劍相護，根本做不到。所以我希望你，可以重新成為清衡道君。」

說著，花向晚笑起來：「我不需要謝長寂，我要清衡，我知道這對你不公平，可謝長寂，」花向晚聲音頓住，好久後，她才沙啞地開口，「這世上所有人期待的，都是問心劍最後一劍。」

這話像刀一樣剜過人心，謝長寂微微捏拳：「妳也如此？」

「我也如此。」

聽到這話，謝長寂笑起來，他盯著花向晚，只問：「憑什麼？憑什麼我生來就是一把劍，我做得還不夠多嗎？憑什麼……」

「夠多了。」花向晚打斷他，謝長寂一愣，就看她微微傾身，伸出手放在他臉上：「所以以前我也想過，清衡做得夠多了，日後你就只是我的謝長寂，我沒有騙你，渡劫時我看到的是你，我從來沒想過要活下去，可是我想到未來能和你在一起，就想活了。我想和你一起回雲萊，我也想和你一起有個家……」

謝長寂茫然地看著她，他薄唇輕蠕，還未出聲，就聽花向晚打斷他：「可我做不到。」

「為什麼？」

「你知道這是什麼嗎？」

她說著，拉開衣衫，露出胸口的刀疤。

看到刀疤的瞬間，謝長寂突然意識到什麼，瞳孔緊縮，在她開口之前，慌忙出聲：「不必說了！」

「是換血留下來的傷口。」花向晚沒有理會他，輕點在疤痕上，平靜的用暗啞的聲音陳述著：「刀入胸口三寸，自心頭交換周身血脈，十年一次，知道是為什麼嗎？」

「別……」

「因為我和你結契。」

這話出來，謝長寂的動作澈底僵住，花向晚看著他，眼淚撲簌而落：「因為我和你結契，我的血可以同時打開鎖魂燈和問心劍的封印，所以，當年魔主為魊靈所得之後，他策劃了針對合歡宮的屠殺。逼著我自願奉血。」

如預料的往事浮出，謝長寂愣愣地看著花向晚，一時失去了所有力氣。

花向晚笑起來：「而在合歡宮遭屠之時，你參悟問心劍最後一式，一劍滅宗，也正是因為如此，在魔主想要再度打開死生之界封印時，才沒有成功。你做得很好，你守住了雲萊和西境，你守住了天劍宗，而你能做到這一切，皆因你參悟最後一劍，是清衡道君。」

「晚晚……」

「我不是不愛你，」花向晚微微顫抖起來，「可是你我都付出太多了，如果我愛的謝長寂沒有最後一劍，那你我犧牲的一切又算什麼呢？問心劍一脈盡滅，你我分隔兩百年，合歡宮因此被毀，我自毀金丹自斷筋脈忍辱偷生，最後你告訴我，你不需要這天下蒼生，你為了我可以捨棄一切，那你我親友盡喪，淪落至今，又是為什麼呢？」

「我無數次想過……」花向晚呼吸急促起來，「如果我沒有喜歡你，沒有和你結契，是不是合歡宮就不會出事，是不是師兄師姐他們就不會死，我覺得都怪我，都怪我喜歡你。怪我和你在一起，不然逸塵不會死，師兄師姐不會遭難，所以每次想起你，每次看到你，我就想是我錯了。我怎麼可以在他們屍骨不見天日時，和你卿卿我我圓滿結局？」

「晚晚……」

謝長寂蒼白著唇，看著哭得根本撐不住自己，哽咽喘息著的女子。

其實他知道。

在知道魘靈在魔主那裡，看到她心頭刀疤、想到她一身血液盡換時，他就有過這種猜想。

可他不敢想，所以哪怕察覺，只要她不說，他都只作不知。

他以為能隱瞞一輩子，可如今卻知道，這世上沒什麼事，能永遠隱藏。

他不說，是為了自己。

她不說，卻是怕傷了他。

她的喜歡一直這樣熱烈又溫柔，看上去輕佻，可卻比誰都真摯，她愛一個人，便希望他過得好，喜他所喜，憂他所憂。

縱身躍下死生之界時，她說「還好你沒喜歡我」；如今她所有謊言隱瞞，亦只是因為那份在意喜歡。

這份溫柔澆在他心上，一層一層帶著疼，他看著她落下的眼淚，眼中血色慢慢退卻，他突然覺得，自己一切堅持，都沒有了意義。

她所求為他所求，她所想為他所想。

她想要什麼，他都願意給。

哪怕是遺忘。

他低下頭，伸手抹開她的眼淚。

「莫哭了。」

花向晚停不下來，她也不知道是對著誰，只低低說著：「對不起……對不起……」

「我答應妳。」謝長寂將她扶起來，溫柔地擁入懷中：「我會忘了妳，回死生之界，重悟最後一劍。」

花向晚聽著他的話，不知道為什麼，莫名哭得更厲害了些。

「但妳別怕，」謝長寂沙啞開口，「不管忘記多少次，我再見到妳，一定會再愛上妳。」

「謝長寂……」

「等到時候，妳復活合歡宮，記得找我，如果我不懂事，又亂說話，」謝長寂眼眶微澀，「妳別放棄我。」

「我知道。」花向晚哭出聲，她伸手死死抱住面前的人：「我不會，不管怎樣，不管你記不記得，只要我們再見面，我一定不會放手，我一定會纏著你，一定把你綁回合歡宮，我再也不會信你說的鬼話。我知道你喜歡我，我知道的。」

謝長寂不出聲，他聽著面前人的話，感覺面前人的擁抱，他突然覺得，內心格外溫柔。

他轉頭看了看空蕩蕩的長廊，想起最後那個夢境。

她說她要喝酒，他不允。

她說她想逛街，他和沈逸塵賭氣，也沒答應。

他想了想，回過頭來，低頭看懷中慢慢冷靜下來的姑娘，溫和道：「是不是入夜了？」

花向晚抽噎著，茫然抬頭：「啊？」

「我陪妳去逛街吧。」

聽到這話，花向晚有些緩不過神，直到謝長寂站起來，她才意識到他在說什麼。

「你……你身體……」

「我無礙。」謝長寂握住她的手，垂眸看她，「今夜我會服藥，明日啟程回雲萊，妳不用擔心。」

花向晚聞言，茫然地點了點頭，也不知道自己到底是高興還是不高興。

謝長寂扶著她起身，溫和道：「去換套衣服吧。」

花向晚哭得有些懵，聽著他的話走出地宮，兩人各自沐浴換了衣服，她被他拉著，走到街上，才後知後覺意識到他們在做什麼。

她有些茫然地回頭，看著走在旁邊的青年，疑惑出聲：「你帶我出來做什麼？」

「我在幻境裡想起妳第一個生日，」謝長寂語氣帶著幾分溫和，「妳讓我陪妳喝酒，我不喝，妳想讓我陪妳逛街，我也不逛，妳挽我的手，本來我想甩開，但妳說若我甩開，妳就討厭我，我便停下了。」

聽他說這些，花向晚便想起來，忍不住笑起來：「所以我就想，你肯定是喜歡我。」

「的確如此。」謝長寂轉眸，平和出聲。

花向晚一愣，就聽謝長寂道：「那一日，我是特意從師門提前趕回來的。」

「我……不曾聽你說過。」

「那時有許多話，我以為不必說。」

「還好沒說，」花向晚笑起來，「你若說了，我當時怕是捨不得。」

若是捨不得，他又怎麼修得最後一劍，怎麼救天劍宗，屠盡一界，無意救下蒼生？

只是這個話題明顯不適合在這樣的環境裡說出來，兩人默不作聲轉過頭去，花向晚由他牽著，走在合歡宮主城闌珊燈火間，她內心一點一點平定下來，她轉頭看了看旁邊的青年，猶豫片刻，忍不住伸出手，像少年時一樣挽住他的手臂。

謝長寂察覺她的動作，轉眸看她，花向晚頭一次覺得有些不好意思：「我……」

看她害羞，謝長寂突然淺淺勾了嘴角，他低下頭，在她額間輕輕一吻，只道：「挽著吧，我心裡歡喜。」

兩人行走在長街上，沒有目的隨意走著。

花向晚看過小攤，他就在一旁候著，彷彿一對尋常人間夫妻，再普通不過。

行至一家酒館，謝長寂主動拉著她上了樓，兩人一進店，店裡的掌櫃認出來，高興道：「呀，少主，您來了？」

花向晚一愣，她一時有些想不起來，她上下一打量，見掌櫃是個築基期的老者，對方笑咪咪道：「少主，兩百年前您經常來我這兒喝酒，那時候我還是個孩子，您忘了嗎？」

「哦。」經這麼提醒，花向晚猛地想起來，點頭道：「記得，不過時間太久了，一時有些想不起來。」

「您上座，」對方招呼著，高興道：「我給您上酒。」

花向晚點點頭，看著掌櫃親自去取酒，謝長寂靜靜地看著她，花向晚有些不好意思：「我……我以前經常在城裡喝酒。」

「後來怎麼不喝了？」

「合歡宮出事後，」花向晚神色淡了下來，「能不喝，就不喝了。」

說著，她有些奇怪：「你一說我倒想起來，你倒是學會喝酒了？」

「妳走後，便學會了。」謝長寂聲音平和：「想當一個討妳家人喜歡的人。」

花向晚一愣，隨後有些不好意思：「其實都是我唬你的，我娘最喜歡的還是你這樣的，小時候她和我爹總罵我不夠端莊。」

「那妳喜歡，總是好的。」說著，謝長寂抬眼看她，「日後妳想要人作陪，我便能陪到底了。」

花向晚看著對方不避不讓的眼睛，她想了想，低頭一笑：「你今晚話倒是多。」

「是過去太少。」

「倒也是，」花向晚想想，「那我們今夜當多說一些。我看從哪裡開始，你當年——」

花向晚挑眉，不懷好意：「你給我上藥的時候，說也給其他仙子上過，都有誰啊？」

「妳記錯了，」謝長寂糾正她，「我說的是，其他人，不是其他仙子。」

這話讓花向晚睜大眼，謝長寂神色平靜，解釋著：「我怕妳對我有非分之想。」

「那你沒給其他女仙上過藥？」

「沒有。」

「你沒抱過她們？」

「沒有？」

「那守夜呢？」花向晚盯著他：「總守過吧？」

聽著這話，謝長寂似是覺得好笑，溫和道：「守過許多，每次都很多人。」

花向晚聽著，莫名有些開心，嘀咕著：「不早說。」

「那沈逸塵呢？」謝長寂見她問了這麼多，反問，花向晚一僵，就聽他道：「他這張臉，到底怎麼來的？」

「你……不該猜到嗎？」花向晚嘀咕。

謝長寂垂眸：「我想聽妳說。」

花向晚緩了片刻，終於道：「他是鮫人，他走的那天，剛成年。」

「為什麼變成我的樣子？」

「他說，希望能成為我最喜歡的樣子。」

「所以，當年妳最喜歡的，是我。」謝長寂說了結語。

花向晚這才意識到，他等來等去，無非是為這一句。

她本想說他，可想了片刻，又忍不住笑：「我都不知道，你這麼計較。」

「我向來計較，只是妳不知道。」

「這麼計較，那我再告訴你一件事。」

酒端上來，謝長寂給花向晚倒酒，花向晚湊到他面前，笑咪咪道：「我如今最喜歡的，也是你。」

謝長寂聽著，笑著沒說話。

兩人喝了一會兒酒，半醉半醒，笑著離了酒館。

花向晚喝酒有些上頭，路上明顯情緒高昂許多，謝長寂一直是同個樣子，走在她身旁，任由她打鬧。

兩人跌跌撞撞來到河邊，人少了許多，花向晚仰起頭，看向不遠處懸在半空的一群明燈。

這些燈被綁在一個形狀奇怪的架子上，每個燈下懸著一根小管。

最外面的燈懸著的管子最粗，最裡面的燈下懸著的管子，似乎只有髮絲一般細。

「那是什麼？」謝長寂跟著她的目光，遙遙看著。

「長明燈。」花向晚看著在高空中似乎隨時都會飛走的燈籠，解釋給謝長寂聽：「民間的小玩意兒，如果能操縱靈氣穿過燈下懸掛的管子，就可放走一盞燈。你別小看這個，外面的管子還好，越到裡面好看的燈，它下面懸掛的管子越細，對靈力控制能精準到什麼程度，看他能放走哪一盞燈就知道了。我年少時試過，」花向晚比劃著，「最多也就到裡層第二圈，最裡面的燈，我也是沒辦法的。」

「放走那些燈能做什麼？」

謝長寂疑惑，花向晚笑了笑：「就是一些陳詞濫調，說一盞燈，可以實現一個願望。」

「真的能實現嗎？」謝長寂明顯不信，但還是問了一遭。

花向晚搖頭：「自然只是個寄託。」

謝長寂沒再說話，花向晚遙遙看著高空中的燈籠，感覺身旁人的溫度。

過了一會兒，花向晚緩聲開口：「謝長寂。」

「嗯？」

「你說，你喜歡的，到底是十八歲的晚晚，還是如今的我？」

謝長寂沒說話，在嘩啦啦的水聲裡，花向晚帶著少有的安寧：「謝長寂，其實，我也是會怕的。只是我沒有太多時間去害怕，去多想。但很多時候，我也會疑惑，」她轉過頭，看著身後的人，「你真的愛我嗎？」

「愛。」謝長寂開口，回答得沒有半點猶豫。

花向晚不解：「可我和當年已經不一樣了，我連全心全意喜歡你都做不到。」

謝長寂沒說話，他靜靜地看著她的面容，過了片刻後，他走上前，握住她的手。

「我不是因為妳喜歡我所以喜歡妳，是因為妳是那個人。」他看著她帶著傷痕的手，聲音溫和，「當年的晚晚很好，可如今的花向晚，在我心裡，更好。」

這話像是春雨，細密的澆灌在她心上。

她凝望著面前的青年，他像是從神壇上走下來的君子，在煙火氣滿滿的塵世中，溫柔而明亮地佇立著。

她不敢多看，扭過頭去，只笑著道：「不知道等你把一切忘了，再見我，還會不會喜歡。」

謝長寂沒應，花向晚轉過身，低聲道：「走吧。」

謝長寂靜靜站在原地，看著花向晚的背影。

花向晚走了幾步，身後的人卻沒跟來，她只聽見一聲喚：「晚晚。」

花向晚停步回頭，就是那一剎那，三千道被精準控制著的靈力朝著遠處明燈而去，每一道靈力精準穿過小管，明燈一瞬失去束縛，便往天上飛。

三千長明燈四散飛向天空，城中一片譁然，花向晚愣愣地看著那漫天燈火，聽他開口：「我以三千長明燈，僅許一願。」

她將目光移向他，聽他溫和地開口：「願妳我，平安再見。」

聽到這個願望，花向晚不由得笑起來。

「不再多許兩個嗎？若你我塵緣已盡，再見又怎樣？」

「只要再見，」謝長寂注視著她，「我便一定會喜歡妳。」

花向晚沒有出聲，她定定地凝望著面前的人，片刻後，漫天燈火下，她突然疾步上前，撲進他的懷裡。

「那我們說好了。」她低聲開口：「我等著你。」

謝長寂垂眸，他聽到這句話，突然覺得心臟被什麼溢滿。

天地萬物，都因這個人至美至善。

他輕柔地拂過她的髮，手中長劍，亦有了溫度。

燈火滿城，兩人牽著手回到合歡宮，等到了長廊，謝長寂抬手，溫和道：「把藥給我吧。」

花向晚聽著他的話，看著他平靜從容的模樣，握著手中瓷瓶，久久不動。

謝長寂的目光落到她手中瓷瓶上，遲疑片刻後，主動伸手，他握住瓷瓶剎那，花向晚動作一緊，謝長寂抬眼看她：「晚晚？」

「你，」花向晚聲音微啞，她看著面前的人，明知不可能，卻還是開口，「日後，一定要想起我。」

謝長寂靜靜地注視她，他的目光平靜溫和，過了片刻，他輕聲道：「會記得的。」

聽到這話，花向晚才緩緩放手。

謝長寂從她手中拿到瓷瓶，聽她低聲開口：「婚期確定後我會告訴昆虛子，你我時間不多，你修得最後一劍，」她抬眼看他，「再來尋我。」

「我會找師叔安排。」謝長寂神色平穩：「今夜我會同他說清楚，安置一切，妳不必擔心。」

花向晚點點頭。

兩人靜默著，過了片刻後，他伸出手，將人攬進懷裡。

他的衣袖遮住她半身，風雨俱遮於身外，他的肩與懷抱比少年時要厚實許多，看上去清瘦的身軀在緊貼那一刻能明顯感覺到如高山古樹一般堅定的力量感。

「晚晚，」他聲音溫和，「我會回來的。」

花向晚沒出聲，她愣愣地被他抱在懷裡，她生平頭一遭感覺，被人保護，與人同行於風雨的感覺。

兩人依偎片刻，謝長寂才提醒她：「我去找師叔了。」

花向晚應了一聲，謝長寂抬手蒙住她的眼睛，溫和道：「別睜眼，睜眼，我怕我回頭。」

「好。」

花向晚如約沒有睜眼，她感覺身邊的人慢慢放開她，轉身，走遠。

過了好久，她緩緩睜開眼睛，就見長廊上已經空無一人。

她看著謝長寂離開的方向，呆呆地站了一會兒，許久後，終於冷靜下來，扭頭走進屋中。

她推門而入，房間內一片黑暗，她直覺有人，但還沒動作，就被人猛地捏住脖子，狠狠撞到木門上！

花向晚幾乎同時出手祭出法印，然而對方動作更快，抓住他的手腕往門上一砸，人就湊了上來。

他的臉在夜色中帶著幾分陰鷙，和謝長寂一貫淡然的神情截然不同。

「去找謝長寂了？」他笑著開口，眼底卻不見半點笑意。

花向晚喘息著，說不出聲，碧血神君歪了歪頭：「放了三千長明燈，他的手筆吧？三天時間到了，我給妳最後一次機會都不要麼？」

「魔主，」花向晚手扣在他的手指上，給自己爭取著呼吸的餘地，她盯著他，沒有立刻出手，只道：「我是同他道別。」

聽到這話，碧血神君動作一頓，他的手指放鬆了些，眼中帶著幾分狐疑：「告別？」

「我答應你，」花向晚趕緊開口，「我和你合作，你給我魊靈，我們成婚，只要我師兄師姐復活，我就幫你滅世。」

碧血神君沒說話，他看著花向晚，似是審視。

花向晚笑起來：「魔主不信我？」

「妳為他碧海珠都肯取下來，現在捨得同他告別？」碧血神君勾起嘴角，全然不信。

花向晚注視著對方：「魔主心裡不清楚嗎？愛情固然重要，但能比得過責任和虧欠嗎？」

碧血神君得話，手指緩緩放開，似是終於相信了她。

他一離手，花向晚便跌倒在地上，大口喘息起來，魔主垂眸看她，面上恢復了平日的溫和：「我知道妳是個有擔當的，不會辜負那些被妳和謝長寂害死的人。那本座明日便同妳去尋妳師父，同她商定婚期。」

「那……不知魔主打算以何身分找我師父提親？」

這話讓碧血神君想了想，他半蹲下身，盯著花向晚：「妳希望我是什麼身分呢？」

「這取決於魔主。」

「本座畢竟已經被妳殺了，死而復生，還是太過驚世駭俗。」碧血神君笑起來，「沈逸塵吧。」他說著，語氣涼了幾分：「畢竟，他念著這事兒，也念了一輩子，不是麼？」

花向晚沒有看他，她垂下眼眸，暗中捏起拳頭：「好。」

碧血神君和花向晚商議著婚事時，謝長寂拿著藥，來到昆虛子的房間。

昆虛子正和蘇洛鳴商量著修建傳送通道一事，突然就聽門外傳來謝長寂的聲音：「師叔。」

昆虛子手上一顫，隨即反應過來，斷了同蘇洛鳴的聯繫後，趕忙起身到門口開了門，詫異道：「長寂？」

說著，他上下一打量，確認是謝長寂後，才道：「你……你怎麼從地宮出來了？」

「我身上邪氣暫時消除，此番前來，是來同師叔告別。」

聽著這話，昆虛子一時反應不過來，片刻後，他才驚醒，忙道：「你先進來。」

他迎著謝長寂進屋，抬手設下結界，看著謝長寂平靜的神態，一時不知道從何說起。

他遲疑片刻，才道：「花少主把你放出來的？」

「是。」

「你……你要回死生之界？」想起之前花向晚做的決定，昆虛子有些忐忑地詢問。

花向晚不可能和謝長寂說實話，若她說了實話，依照謝長寂的脾氣，不可能老老實實離開。

他不敢多說，怕說了什麼不該說的，只能不斷發問。

謝長寂知道他的顧慮，便率先解釋：「晚晚告訴我，魔主復生，答應會把另一半魆靈給她，她打算用魆靈復活她師兄師姐，但放出魆靈後，她無法控制，只能寄希望於問心劍最後一劍，所以她為我尋了一味藥，吃下之後，便可忘記她，讓我去參悟最後一劍。」

聽著這個理由，昆虛子一時說不出話來。

這是真的，但也是假的。

她要得到魃靈，要復活師兄師姐，但她並不寄希望於謝長寂，而是她體內的劇毒。

可昆虛子不能多說，他扭過頭，低聲道：「所以你如何打算？回死生之界？」

「不，」謝長寂搖頭，「我要去悟道。」

這話讓昆虛子一愣，謝長寂抬眼，神色平靜：「問心劍我修不了，以藥物相輔得來的一劍，終究不是最強一劍。多情劍亦有最後一劍，我要修自己的道。」

「可如果不是問心劍，那封印不了魃靈……」

「世上無不可斬殺之物，」謝長寂冷靜開口，「封印不了，我就殺了它。」

「那……」昆虛子想了想，「你打算去哪裡悟道？」

謝長寂沉默下來，他轉頭看向窗外，神色帶著幾分茫然：「人間。」

「我體會過情、體會過恨、體會過嫉妒、體會過怨、體會過傷、體會過痛……可這終究只是晚晚一人予我，我在死生之界待得太久了，」謝長寂轉頭看向昆虛子，「我年少時遊歷過世間，可我那時看不懂，如今，我想再看看。」

昆虛子不言，似是猶豫，謝長寂想了想，垂下眼眸：「體會世間善惡，有善有惡，卻終願守善，方為真善。懵懂於世，於戒律規勸之下，哪怕為天下蒼生赴死，亦只為稚子之心，非九死不悔。」

「我明白你的意思，」昆虛子面露擔心，「可你體質特殊，如今問心劍護不住你……」

「還有晚晚。」謝長寂提醒昆虛子，昆虛子一愣，就看謝長寂平靜道：「問心劍護不住我，但，我知晚晚愛我，便如劍護身，邪魅不得相近。」

昆虛子沒說話，他想了想，點了點頭：「你自己最清楚自己，既然已經做了決定，我也攔不住你。那你來找我，是想做什麼？」

「藥我不吃，」謝長寂說著，將瓷瓶放在桌面，平淡道：「但我想讓她安心，今夜我會離開，明日，勞煩師叔告訴她，藥已生效，我已經忘了，你安排我回死生之界，讓她放心。」

聽著這話，昆虛子遲疑著，將瓷瓶收起，低聲道：「還有其他嗎？」

「晚晚心思多，必然不會將所有事告知我，若她出任何事，還望師叔及時通知。」

「我知曉了。」昆虛子心虛應答：「你是打算現在就走嗎？」

「走之前還要做一件事。」謝長寂平靜地起身，轉眸看向昆虛子：「想和師叔借一個法寶。」

「什麼？」

「據聞師叔有師祖贈的三道分身符，長寂想向師叔求其中一道。」

「哦，」昆虛子得話，點了點頭，倒也大方，他將分身符取出來，交到謝長寂手中，「此符可讓你有一道撐半個小時的分身，靈力修為皆不亞於本體，你想拿這個做什麼？」

「了一樁私事。」謝長寂沒有直言，只將分身符收起，朝著昆虛子行禮：「師叔，長寂先告退了。」

說著，謝長寂便朝外走了出去。

昆虛子在屋內，緩了一會兒後，他拿著手中瓷瓶，想了想，嘆了口氣，將瓷瓶收入乾坤袋中。

這謊要怎麼撒，他得好好想想。

謝長寂出門不久，碧血神君也從花向晚房間離開，他的神情看上去頗為高興，走在長廊上，不斷轉動著手中紙扇。

沒走幾步，他便頓住步子，回頭看向牆邊角落。

角落裡不知何時出現了一個人影，白衣玉冠，手提長劍。

兩人生了一模一樣的臉，氣質卻截然不同。

碧血神君看著對方，許久後，他露出詫異的表情：「謝長寂？」

「沈逸塵。」

暗處青年走出來，到月光下，他神色冷淡，周身如雪。

碧血神君打量著他，想了想，面上露出幾分擔心：「我聽晚晚說你入魔了，你還好吧？」

謝長寂沒有出聲，碧血神君笑起來：「哦，我和晚晚婚期定了，你聽說了嗎？」

「這張臉用得高興嗎？」謝長寂開口。

碧血神君聞言，似是聽不明白：「謝道君說什麼？」

「知道她喜歡我，死前不惜變成我的樣子討她歡心，」謝長寂神色淡淡，碧血神君面上表情一點點冷下來，謝長寂漠然出聲，「如今既然都要成婚了，連自己的臉都有不起嗎？」

碧血神君聽著這話，緩了緩，輕笑起來：「謝道君是來興師問罪的？」

「不，」謝長寂抬眸看他，「我是來要回我的東西。」

音落剎那，謝長寂長劍疾出，冰雪鋪天蓋地而來，兩人的領域迅速對接在一起，周邊天地變色，冰原和海域相接。

冰雪化劍，海浪滔天，碧血神君馭海波而行，手上翻轉，一個個法印繞身，不讓謝長寂前進半步。

謝長寂每一劍都挾開天辟海之力，和碧血神君的海浪衝撞在一起，發出轟天巨響。

碧血神君神力似乎源源不斷，謝長寂垂眸往下，便見碧海之下，隱約可以看見泛紅的陸地。

是異界。

他的力量來源，根本不是定離海，是異界。

察覺謝長寂注意到這一點，碧血神君神色一冷，甩手一個巨大法陣迎著謝長寂猛地擴開，光亮懾得人疾退往後，隨即海水便從法陣中化作一道道利刃，朝著謝長寂直逼過去。

謝長寂一劍轟開法陣，整個人瞬間消失在原地，碧血神君臉色微變，他意識到什麼，猛地往後，抬手朝著後方一擊，就看謝長寂劍尖已至！

那一劍隱約可以看到逼人寒氣，碧血神君以攻為守，一掌直擊謝長寂心臟，謝長寂全然不退，在碧血神君法印轟入他心臟瞬間，劍尖從他臉上橫掃而過。

冰霜在碧血神君臉上蔓延開去，整張臉都被極冷的溫度凍傷，一點點腐爛。

碧血神君死死盯著面前被法印貫穿的青年，冷笑出聲：「為毀了這張臉，連命都不要了？」

謝長寂看著他的臉，神色平靜，只淡淡說了一聲：「好了。」

說完，他化作一張符咒，瞬間在空氣中燃燒。

碧血神君一愣，隨即神識大開，朝著四處搜尋而去。

而此刻謝長寂已經換上年少時一襲藍衫道袍，提著長劍，戴著斗笠，在千里之外的夜雨中，眺望著合歡宮的方向。

殺不了。

他確認了結果，平靜轉身，壓住所有修為，跟隨著人群，慢慢行遠。

碧血神君神識搜索一圈都找不到人，好久後，終於收回神識。

臉上凍傷一直持續擴散，神識收回瞬間，疼痛立刻傳來，他這才緩過神來，跌跌撞撞衝回房間，抬頭看向鏡子。

鏡子中的人面上覆蓋著冰霜，他狠狠擦掉冰雪，露出被劍傷劃破的臉，他抬手用法術停住凍傷擴散，將所有劍意封在那一道劍痕之中。

可無論他怎麼努力，謝長寂的劍意始終存在劍痕，凍傷可以抹去，那道劍痕卻一直在臉上，讓原本完美無瑕的面容露出幾分猙獰。

他死死盯著鏡子，知道這是謝長寂的警告和提醒。

他連擁有一張她喜歡的臉都不配。

不用這張臉又怎樣？

碧血神君內心平靜下來，他從容抬手拔出匕首，沿著謝長寂的劍痕，緩緩滑下。

他的靈力覆蓋了謝長寂的劍意，原本結痂的劍痕再次皮開肉綻，鮮血從臉上流下，他面上笑容溫和，眼神帶冷。

他又不是沈逸塵，還要她的垂憐？

一夜兵荒馬亂過去，等到第二日，花向晚早早等在庭院。

碧血神君說好和她一起去找白竹悅商議婚期，她便等著他。

沒等一會兒，她就聽到身後傳來侍從的招呼聲：「沈公子。」

花向晚聽見聲音，轉過頭去，便是一愣。

就看面前青年穿著一身玉色長衫，面上戴著黑色繪金色蓮花面具，氣質溫和，目光柔軟，整個人沐浴在晨光之下，像是與晨光融為一體。

花向晚愣愣地看著面前與記憶中幾乎一模一樣的人，直到對方彎起眼睛，眼中藏了笑意：「少主？」

聽到對方說話，花向晚這才回神，面前的人絕不可能是沈逸塵，再像都不是。

她逼著自己挪開目光，恭敬道：「魔……」

「妳叫我什麼？」碧血神君開口打斷她。

花向晚便知道他是在提醒她昨晚定下來的身分，平靜道：「逸塵。」

碧血神君走到她身側，自然而然抬手牽她，花向晚下意識一躲，碧血神君動作一頓，轉頭看她，彷彿真的沈逸塵一般，有些疑惑地問她：「怎麼，兩百年前不一直是這樣嗎？」

她由沈逸塵一手帶大，沐浴更衣，無不侍奉，早是親暱慣了的。

花向晚移開目光，只道：「那時逸塵尚未分化男女，我沒想過男女之防。如今既然你我要成親，那自當有些分別。」

「妳同謝長寂遵守男女之防了？」碧血神君帶著嘲諷。

花向晚抬眼看他：「我與謝長寂第一次成親前，他便告訴我成親之前不該見面，不吉利。」

碧血神君動作一頓，片刻後，他神色微淡，倒也沒強求，轉身道：「走吧。」

兩人一前一後走著，花向晚跟著碧血神君，低聲道：「之前你說過，見過我父親。」

「不只見過，還交過手，」碧血神君語氣微淡，「倒算個英雄，只是作孽太多，壽命太短。」

「他做什麼孽了？」花向晚聲音很低。

碧血神君輕笑：「妳父親好戰，如今西境修士過得如此安穩，妳父親當立一功，驅逐鮫人至定離海深海，逼著魔獸在西境之外荒蕪之地不得入境，不都是妳父親的功勞？好在大家的日子不好過，他也因殺孽太重受了重傷，死得早了些。」

「你與他有仇？」花向晚冷靜分析著他的話。

碧血神君輕嗤：「他也配與我有仇？」

「那你……」

「不過是，世人醜陋，他醜得分外鮮明了些。」

說著，兩人便到了白竹悅在的書房，剛到門口，就看昆虛子和狐眠走出來，昆虛子看見兩人都是一愣，花向晚心中微緊，正要說點什麼，就看碧血神君恭敬作揖，溫和道：「見過昆長老，狐眠師姐。」

兩人都知道對方的身分，不由得心裡發毛，但碧血神君要演，所有人便陪著他演下去，忙道：「沈公子。」

「阿晚，」碧血神君轉頭看向花向晚，見她似有話要問，笑道：「我先進去？」

「啊，好。」

花向晚點點頭，碧血神君便轉身先走進書房。

等他離開，花向晚這才看向昆虛子和狐眠。

花向晚不敢多問，心中又放心不下，遲疑了片刻，才道：「昨夜，長寂他……」

「他先走了。」昆虛子知道花向晚要問什麼，便按著謝長寂的意思，回道：「藥吃了。」

花向晚得話，點了點頭，想了想，還是問：「那他……還記得多少？」

昆虛子愣了片刻，他不明白花向晚這話的意思，不是吃了就忘嗎？還能記得多少？

可他也不敢多說，只答：「都不記得了。」

花向晚一愣，昆虛子安撫著：「他讓妳放心，妳安心做事就好，不用顧慮他了。」

「什麼……」花向晚語氣微澀，「都不記得了嗎？」

昆虛子看著花向晚的神色，遲疑著：「妳希望他記得什麼？」

聽到昆虛子說這話，花向晚突然清醒幾分，都忘了，倒也在意料之中。

相思這藥，用情越深，忘得越澈底。

只是驟然聽見，還是會有幾分難受。

好在她早已做好準備，很快平復下來，搖頭道：「倒也沒什麼希望記得的，如今便好。他是回死生之界了嗎？」

「嗯。」昆虛子心虛點頭。

花向晚鬆了口氣，想了想，轉頭看了房間一眼，遲疑片刻後，她道：「昆長老、狐眠師姐，你們隨我來一下。」

說著，她領著兩人走遠，昆虛子看她的樣子，便知她是有事吩咐，抬手設下結界，只道：「妳說吧。」

花向晚見結界設下，抬手從靈囊中取出碧海珠，當著兩人的面又設了一道屏障，將碧海珠與外界隔離開。

看著她做的事，狐眠有些疑惑：「阿晚，妳這是做什麼？」

花向晚沒說話，等確認碧海珠與周邊隔離後，她抬手將碧海珠遞給昆虛子：「昆長老，您見多識廣，您看看這珠子，有沒有什麼異樣？」

昆虛子沒說話，他盯著碧海珠，想了想，又轉頭看了看狐眠的左眼。

左右看了幾圈後，狐眠被他看得發毛，不由得小心翼翼道：「昆長老？」

「少主，」昆虛子想了想，遲疑著道：「何出此問？」

「我在懷疑一件事，想確認。」

花向晚盯著昆虛子，昆虛子立刻明白了花向晚想問什麼，他想了片刻，轉頭同狐眠道：「狐小友，妳若有事，不如先去忙？」

「我……」狐眠正想說自己沒事，但立刻意識到昆虛子是想支開自己，她便硬生生改了口風，只道：「我先走了。」

說著，狐眠擺擺手，轉身離開。

等狐眠走出結界，花向晚平靜地看著昆虛子，等著他的答案。昆虛子目送狐眠離去，等她走遠，才嘆了口氣。

「若老朽沒有看錯，方才狐小友的左眼，應是一縷愛魄所化。」

「是。」花向晚坦然承認。

昆虛子目光落到珠子上：「而這個珠子中，似乎封印著一個人的魂魄？」

「不錯。」

「可這是三魂七魄。」

昆虛子告訴她，花向晚靜靜地看著昆虛子，只問：「確定麼？」

「的確是三魂七魄，」昆虛子垂眸，抬手握住碧海珠，「但，這三魂七魄，並不屬於同一個人就是了。」

第二十章 愛魄

「不屬於一個人？」花向晚有些詫異。

昆虛子點頭，伸手取過碧海珠，認真地看了片刻後，確認道：「其中一魄與另外三魂六魄並不屬於同一個人，我猜，或許是此人本身就魂魄不全，尚在胎中時，有人將這一魄單獨放入了母體，融合之後，便成了新的三魂七魄。」

「那……」花向晚遲疑著，「那這三魂七魄，算是一個獨立的人嗎？」

「自然是獨立之人。」昆虛子笑了笑，「既然重新輪迴，成了新的三魂七魄，便是獨立的人。只是我看這一魄極為強盛，應當不是尋常人的魂魄，若他原本的主魂沒有消失，或許還會有所牽扯影響。只是，這一魄未必知道罷了。」

花向晚沒說話，昆虛子遲疑著將碧海珠還回去給她，小心翼翼道：「少主怎麼突然問這個？」

「哦，沒有。」花向晚反應過來，笑了笑：「就是隨便問問。」

說著，花向晚將碧海珠收起來，平和道：「那昆長老先去休息，注意安全，如果謝長寂有什麼異常，可以來找我。」

「好。」昆虛子有些心虛。

花向晚交代好，便回頭去了書房。剛到門口，就看碧血神君走出來，看見她，碧血神君笑了笑，轉頭看了書房一眼：「方才我已經同宮主定好了婚期，妳來得晚了些。」

「什麼時候？」花向晚冷靜開口。

碧血神君告訴她日期：「選了個好日，三月後，十二月初九，妳覺得如何？」

「挺好的。」花向晚應下，隨後道：「我會大概安排婚事和接任大典，之後想進祕境修煉，婚事很多細節需要你多費心。」

聽到這話，碧血神君看著她，眼睛裡帶著幾分懷疑：「妳讓我準備婚事？」

「你用著逸塵的身體，」花向晚轉頭看他，「能像他一樣活著嗎？」

碧血神君沒說話，他靜靜地看著花向晚。

花向晚凝視著他臉上的黑色繪金蓮面具，忍不住伸手放在蓮花之上，眼中帶著幾分懷念：「這個面具，是我十五歲那年，在他生辰時送他的，好多年了。」

「那妳能像對他一樣對我麼？」碧血神君平靜地開口。

花向晚動作一頓，兩人靜靜對視，碧血神君眼中露出一絲嘲諷的笑意，正想說什麼，就聽花向晚開口：「我能。」

碧血神君動作一僵，花向晚的手從他臉上面具滑下，抬手握住他的手，叫了他的名字：「逸塵。」

碧血神君不動，他僵著動作，花向晚看著他，語氣彷彿帶著蠱惑：「你準備婚禮吧，我荒廢太多時間，想好好修煉。」

碧血神君沒說話，花向晚繼續囑咐：「婚禮前不宜見血，你幫我看著。」

「妳怕我殺了薛子丹和昆虛子？」碧血神君終於明白她的意思，嘲諷開口。

花向晚面色不動，只道：「如果是逸塵，他不會讓他的婚禮有任何瑕疵。」

碧血神君沒說話，花向晚放開他的手，溫和道：「你先回去吧，我同師父商議一下婚事安排。」

說著，花向晚轉過頭，便往書房走去。

走了兩步，碧血神君突然叫住她：「妳還有其他要求嗎？」

花向晚頓住步子，片刻後，她轉過頭，朝他笑起來：「你自己掂量就是。」

碧血神君靜靜注視著她的笑，看著花向晚轉身進入書房，他目光中帶著幾分嘲弄，轉身離開。

花向晚進了房中，和白竹悅詢問了碧血神君提的要求，確認就只有婚期相關的事後，便簡單說明了之後的安排：「最近三個月，先將弟子送到祕境訓練，加快提升修為。三姑多同清樂宮、七宗聯繫走動，鳴鸞宮那邊我會讓雲裳處理安撫，我要進祕境修煉，婚禮一事交給靈北、狐眠打理，您平日多盯著些。尤其是靈南……」

花向晚說著，面上帶著幾分遺憾：「她是師兄師姐的孩子，如今我也沒子嗣，日後合歡宮……」

「妳別說這些。」聽著她的意思，白竹悅臉色瞬變，有些激動道：「如今什麼都沒做，妳要說，至少也要等妳當真……再說！」

花向晚沒有應聲，白竹悅呼吸有些急促，花向晚上前，給她送了一些靈力，安撫道：「師父，妳別著急，我就說個可能而已。」

「妳先好好休息，別多想了。」

白竹悅不說話，她捏著扶手，只問：「妳那毒，不是修為越高，毒發越快嗎？妳還去祕境修煉，這沒有影響？」

「我是去修煉劍意，不是修為，」花向晚解釋，白竹悅轉頭看她，花向晚低聲道：「師父，尋情還在，我還是個劍修呢。」

安撫好白竹悅，花向晚從書房走了出去，她將入祕境前的細節一一交代過，等到晚上，才將秦雲裳和薛子丹叫到雲浮塔來。

她早早等在雲浮塔，準備了幾罈酒和一些小菜，秦雲裳和薛子丹走進來，看著這個架勢，秦雲裳勾唇一笑：「喲，什麼時候了，還有閒情逸致請我們吃飯喝酒？」

「這時候剛好，」花向晚笑起來，給兩人開了兩罈子酒，「早一點晚一點，都沒這個空。」

「聽說婚期定下了？」秦雲裳說著，同薛子丹一起走到桌邊，提了一罈酒。

花向晚點頭：「嗯，定下了。十二月初九。」

「好久沒一起喝酒了，」秦雲裳嘆了口氣，突然想起什麼，「哦，別說，咱們這輩子，好像沒光明正大一起喝過酒。」

年少時怕被鳴鸞宮發現她與合歡宮交好，她每次來合歡宮都做賊一樣偷偷摸摸，更別提和花向晚交好。

等後來花向晚落魄，更是每天要裝得苦大仇深。

等到了如今，終於可以堂堂正正在一起喝酒，卻也沒了機會。

「可惜妳是和魔主成婚，」秦雲裳有些遺憾，「不然就能喝一杯喜酒了。」

「說得好像妳沒喝過一樣，」旁邊薛子丹輕嗤，「她成婚那天，秦雲衣不還大鬧了合歡宮一場嗎？妳在賓客席上坐著看戲呢吧？」

「那時哪兒有心情喝酒啊？」秦雲裳聽薛子丹說起這事兒，忙道：「我著急著呢，秦雲衣要下毒，這事兒我雖然早早通知了她，但她一個回信都沒有，我不擔心嗎？」

「妳還有這良心？」薛子丹露出意外的神色。

秦雲裳一哽，正想說點什麼，就聽花向晚笑起來道：「好了好了，少說兩句，你們能不能歇歇？我說薛子丹你這張嘴，怎麼見誰都閒不住？」

她轉頭看薛子丹，一臉正經：「你這樣下去，是要孤寡終老的。」

「說得好像修真界人人都得有個對象一樣。」薛子丹不滿：「我一個人不也過得好好的？」

「你一個藥修，如今也不製毒了，不找個人保護你，我放心不下。」花向晚嘆了口氣，滿臉為他好的樣子，「找個有能力的女劍修嫁了吧，免得天天逃命東奔西跑的，日後也有條出路。」

一聽這話，秦雲裳「噗嗤」笑出聲來，薛子丹扭過頭去，她趕忙用酒罈子擋住自己的臉：「別看我，我這種有錢有能力有地位的女劍修看不上你。」

三人說說笑笑，沒提正事，喝著酒隨便聊了一陣，聊著聊著就聊到以前，薛子丹的話開始多起來。

「妳不知道我有多聰明，」他抬著手，吹噓著自己的過往，「藥宗開宗以來，就沒有我這麼厲害的人物。我看病一般，但我製毒，古往今來，無人出我左右。」

「嗯，厲害了。」秦雲裳和花向晚撐著下巴，百無聊賴看著他發酒瘋，敷衍著他。

只是薛子丹剛說完，不知道想起什麼，「哇」就哭了，趴在桌子上敲桌子：「祖父說得對，製毒不得好死，怎麼個個都愛吃我製的毒啊？如果我不製毒，祖父怎麼可能被毒死？合歡宮怎麼會出事？我喜歡一個人多不容易啊，」薛子丹淚眼汪汪地爬起來，看著秦雲裳，抽噎著，「就這麼沒了，我只能自己給自己吃顆藥忘了，我的命真的好苦。」

「你也別難過，」秦雲裳勸著他，「說不定，不吃你的毒，吃其他人的毒，也一樣的呢？」

「不可能，」薛子丹聞言立刻搖頭，「除了我，沒人能毒死我祖父，也沒人能繞開琴吟雨。」

「你要這麼說，」秦雲裳被這話哽住，只能道：「我就沒法勸了。」

聽到這話，薛子丹又趴回桌子上，嚎啕大哭起來。

花向晚看著他哭，慢慢喝著酒，只訓他：「哭什麼呀？我還沒哭呢，你祖父很快就活了，合歡宮也很快就復生了，你除了命短一點，沒什麼遺憾了。」

「阿晚，」薛子丹抬起頭，紅著眼看花向晚，「我和妳同生共死，妳看我是不是比謝長寂、沈逸塵都好？」

「你是怎麼做到吃了相思還能這麼死纏爛打的？」秦雲裳有些好奇。

薛子丹抽了抽鼻子，滿臉認真：「因為我太優秀了，我不允許他們比我更好。」

「你還是再多哭一會兒吧，」花向晚抬手按著薛子丹腦袋往桌上一叩，「別說這些傷天害理的話。」

薛子丹腦袋往桌子上靠去，在桌上哭了一會兒，就安靜了，花向晚和秦雲裳喝著酒，秦雲裳想了想，站起身來：「走，吹吹風去。」

兩人提著酒罈子，走到雲浮塔邊緣，坐到邊上。

在這合歡宮最高處，可以看見合歡宮及其後方整個主城，在夜裡燈火璀璨，夜風吹拂著她們，秦雲裳慢慢道：「小時候總想上來看看，妳從來不帶我上來。」

「那時候我娘住在這兒，」花向晚喝了一口酒，慢慢悠悠，「我都上不來幾次。後來不是帶妳上來了嗎？」

這兩百年屈指可數的見面，幾乎都是在雲浮塔，畢竟這裡是合歡宮最難讓人窺伺之處。

秦雲裳笑了笑，只道：「長大就不稀罕了。」

「事兒多。」

「阿晚，」秦雲裳看著滿城燈火，「我有點記不清望秀的樣子了。」

花向晚聽著秦雲裳的話，沒有出聲，秦雲裳平靜地看著城市，緩聲道：「兩百年太久了，我都習慣他不在了，只是一開始定下了目標，半途停下，我不知道去哪裡。反倒是妳，」秦雲裳抬起手，轉頭看她，「有時候我會想，妳要是不在了，後面是什麼樣子？」

花向晚沒說話，兩人在夜裡靜靜對視，片刻後，花向晚笑起來：「師兄很快就回來了。」

秦雲裳凝視著她，花向晚平靜道：「別多想，妳記得咱們小時候射箭，老師教導要怎麼樣才能中靶嗎？」

說著，花向晚抬手，比劃了射箭的姿勢：「對準紅心，什麼都別想，開弓，放箭，沒有回頭路。」

秦雲裳垂下眼眸，看著手邊倒映著星空明月的酒水。

花向晚緩聲道：「雲裳，其實我一直覺得，我們這一輩人中，妳心智最堅定，日後也走得最長。看在姐妹一場的份上，妳幫我一個忙。」

「什麼？」

「我給妳一道符紙，這道符紙便是我的命。」花向晚遙望著遠處，神色平靜，「如果有任何意外，當我放開魊靈，復活合歡宮，殺了所有渡劫修士後未死，妳就做最後的執刀人。」

聽到這話，秦雲裳目光微冷，她定定地看著花向晚，花向晚轉頭看她：「我死之後，合歡宮眾人復生，望秀與妳成婚，妳執掌鳴鸞宮，至此，只要妳在一日，合歡宮與鳴鸞宮便是同盟，妳問鼎魔主，指日可待。」

「我殺了妳，還指望合歡宮與我成為同盟？」秦雲裳嘲諷出聲：「妳這是坑我呢？」

「不讓他們知道就好了。」花向晚笑起來，說得輕巧，「我會留信的，妳放心。」

「花向晚，」秦雲裳語氣憤憤，「妳把我當刀用起來，倒是沒半點心疼的。」

「朋友嘛，」花向晚開著玩笑，「不就是用來坑的？」

「妳……」

「而且，」花向晚打斷她，喝了口酒，「除了妳，其他人我信不過。要不下不了手，要不不敢將性命託付，只有妳，」花向晚滿眼認真，「我知道，妳會尊重我所有決定，包括死亡。」

就像這麼多年以來，無論做什麼，她們都互相允許著對方所有選擇，不惜餘力幫著對方奮力相赴。

她為滿足她的心願臥底鳴鸞宮兩百年，為她眾叛親離。

她也為救活她的愛人以命相贈，為她大好前程鋪路築橋。

秦雲裳盯著她，花向晚抬手將一張用心頭精血寫出的符紙交付在她手中，隨後繼續吩咐：「我暫時穩住了魔主，但難保他不會找薛子丹尋仇報復，妳找個地方安置好他，玩笑歸玩笑，他一個藥修，還是得多護著些。」

「他這隻泥鰍比我還滑，出不了事。」

秦雲裳手微微發顫，卻還是接過符紙，放入靈囊。

花向晚點點頭，只道：「我去祕境這三個月，妳儘量多給自己籌備一點人手，成婚那日妳別進魔宮，把當年鳴鸞宮參與過合歡宮之事的人都放進來，等一切結束，妳來救人，或者收屍。」

「好。」

「最後一件事，」花向晚想了想，她抿唇，抬手將碧海珠交給她，「碧海珠給妳，裡面放著沈逸塵的魂魄，妳找個地方滋養著，日後若有機會，幫我復活他，說一句對不起。」

「沈逸塵……」秦雲裳握著碧海珠，皺起眉頭，「到底是不是魔主？」

「妳也懷疑？」花向晚笑起來。

秦雲裳應聲：「當年合歡宮出事時，後面的人對合歡宮太熟了。現下魔主在沈逸塵身體裡復生，又要和妳成婚……」

秦雲裳抿了抿唇：「我想不通。」

「是啊，」花向晚淡道：「而且，他本來有許多辦法讓謝長寂入魔，可他偏生選了一個最牽強的理由，讓謝長寂看見逸塵的臉去產生心魔，如果不是因為嫉妒，是因為什麼呢？所以我想起了秦憫生——」

花向晚解釋著：「當年狐眠師姐的道侶，他被魔主抽取了一縷愛魄，之後他的愛魄單獨化成人形救走師姐，又變成了她的左眼。而他本人，好好當著巫蠱宗宗主，巫生。」

「妳懷疑……」

「我懷疑，沈逸塵是魔主的愛魄。」花向晚斬釘截鐵，「人失去愛魄，不僅僅是失去愛一個人的能力，而且失去愛這個世間，感受這世間所有美好的能力。巫生最後死的時候，反應很矛盾，他羨慕秦憫生，嫉妒秦憫生，看不上秦憫生，又珍愛秦憫生經歷的一切。妳說，這是不是很像如今的魔主？」

「所以呢？他到底是不是？」秦雲裳追問。

花向晚想了想，只道：「不是。」

「沈逸塵，的確是魔主一縷愛魄，可他已經進入輪迴，成了一個完整的人。」花向晚轉頭看著碧海珠，目光溫和，「他所作所為，都是沈逸塵，和魔主無關。」

照顧她的是沈逸塵，陪伴她長大的是沈逸塵，劈尾上岸的是沈逸塵，為她而死的是沈逸塵。

最後在磅礴大雨中，化作謝長寂的模樣，嘔著血問她：「我要是他的樣子，阿晚，會不會，高興一點？」的，也是沈逸塵。

聽著花向晚的話，秦雲裳將碧海珠握在手中：「既然是魔主的愛魄，他應該有所感應，妳把碧海珠給我，不會被他發現嗎？」

「我早已隔絕碧海珠和外界的感知，他今日既然沒問起，日後也不會問。畢竟，」花向晚嘲諷一笑，「他也不想讓我知道，他和沈逸塵的關係。」

就像巫生，至死不想承認自己和秦憫生的關係。

兩人在天臺喝過酒，等到半夜，終於累了，花向晚站起身，疲憊道：「走吧，回去了。」

秦雲裳跌跌撞撞走到薛子丹旁邊，踹薛子丹：「醒醒，走了。」

薛子丹迷茫地抬起頭來，秦雲裳一把抓著他的領子提起來：「跟我走，我給你找個地方躲著，免得被魔主殺了。」

「啊？」薛子丹酒半醒不醒，他隱約只聽到「走、躲著」之類的字眼，他恍惚想起什麼，含糊道：「等等，我還得，還得給阿晚診脈。」

「診脈？」秦雲裳聽不懂，就看薛子丹推開她，走上前去，一把把花向晚的手抓了起來，花向晚迷茫地看他，就看薛子丹皺起眉頭，不斷追問：「好奇怪啊，到底是什麼脈？」

「怎麼了？」花向晚有些頭疼。

薛子丹不說話，過了好久，秦雲裳過來拉他：「走了走了。」

三人互相攙扶著下了雲浮塔，秦雲裳拉扯著薛子丹離開，花向晚自己一個人回了屋，稍作梳洗，便直接倒在床上。

倒在床上之前，她迷迷糊糊想著，不知道謝長寂是不是已經到了死生之界，他一個人在死生之界，應當很冷吧。

而這時候，謝長寂坐在一間破廟裡，破廟中有一些人在烤火，這些人中有乞兒、有商人、有奔向另一個村子尋親的母子，也有被夜雨困住的獵人。

夜裡下了雨，他坐在門口，仰頭看著夜雨，聽著身後的人聊著天。

「我家娘子生得貌美，年輕的時候，許多人踏破了門檻，我也是無意之中在商鋪見了她一眼，從此就忘不了了……」

商人說著自己和自己妻子的過往。

「我沒有什麼多想的，就想能明天能多要個銅板，西街有個包子鋪，我聞著可香，想買個肉包子。」

乞兒說著和自己的夢想。

母子依偎在一起，孩子似乎病痛著，哇哇大哭。

母親將他抱在懷中，眼裡都是眼淚，低低念著驅邪的歌謠，想讓孩子別哭。

破廟吵吵鬧鬧，謝長寂靜靜聽著，過往他其實也聽過這些話，但聽了，也就聽了，可如今頭一次，他開始慢慢有些明白了。

商人說對妻子一見傾心，他想起了花向晚，想著少年第一次見到花向晚，那突如其來的一絲慌亂。

乞兒說自己想買個肉包子，他想起花向晚，想著自己剛得知花向晚死而復生後，與花向晚成婚，那時他求而不得，又帶著一絲希望，總寄託明日能與花向晚更親近一些，好似那乞兒想要個肉包。

母親眼中含淚，痛在孩子身上，苦在母親心中，他還是會想起花向晚，她所受每一份苦難，他便想以身相替……

花向晚像一面鏡子，倒映著這個世間，他從她身上去體會這世間所有感情，突然便隱約有些明白過往看不明白的事。

身後人聊著天，看著他坐在門外，忍不住開口：「道長，外面雨大，您要不進來坐吧？」

「不必。」謝長寂平淡回應。

獨戶笑起來：「道長，你一個人坐在門外心事重重，想什麼呢？」

謝長寂沒出聲，片刻後，他輕輕出聲：「我娘子。」

眾人一愣，商人趕緊起身，有些驚訝地走到謝長寂身邊：「道長，您成親啦？」

謝長寂點頭：「嗯。」

「您夫人什麼樣啊？您說說唄？」

這話把謝長寂問愣，他想了好久，只道：「很好。」

「道長，」小乞兒也圍到謝長寂身旁，好奇地詢問：「道士也能成婚嗎？您和您夫人怎麼認識的啊？她脾氣好嗎？您喜歡她什麼？」

聽見這個道士成婚，大家嘰嘰喳喳問起來，謝長寂看著外面的風雨，轉頭看向寺廟裡的母子，他突然想起這些都是凡人，屋外寒冷，想了想，他站起身，走到屋中。

大家高興迎著他進入破廟，謝長寂悄無聲息送了一道靈力給那個孩子，大家坐下來，開始同他聊天。

他話不多，但說起花向晚，他也願意多說幾句。

聊了大半夜，大家都累了，到處躺著歇下，他坐在火堆旁，轉頭看那對母子。

過了一會兒，他垂眸看向手上的入夢印，遲疑好久，終於還是進了花向晚的夢。

他有許多事，想同花向晚說說。

例如他想告訴花向晚，今夜他幫了一對母子，和當年為了天劍宗教導幫人不同，今夜他幫這對母子，與道義無關，只是他突然想，若花向晚是個凡人，她與孩子漂泊在外，當有多難。

這樣一想，他突然便覺得有幾分不忍，設身處地，便幫了母子。

但他進了花向晚夢境，遙遙看見她站在他們分別那夜的長河旁邊，看著滿天長明燈，似是在等著他。

他便不敢開口。

他怕花向晚認出他是入夢而來，便只能將自己化作一場夢境，隱藏在夢境之中，遙遙看著她。

花向晚做了一晚的夢，她夢見謝長寂，他就站在不遠處，但一言不發。

第二天醒來，花向晚在床上緩了緩才起身，洗漱過後，將靈北、狐眠等人叫來，安排好了所有事情，同秦雲裳確認了薛子丹的去處：「把人藏好了？」

「放心吧。」秦雲裳看了在滿是書籍的密室中正在查書的薛子丹一眼，漫不經心道：「藏好了，誰都找不到。不過他今天酒醒了，說昨晚有個事兒忘了和妳說。」

「什麼？」

「他說妳的脈象很奇怪，他沒見過這種脈象，讓妳小心一些。」

聽著這話，花向晚沉默片刻，秦雲裳怕她擔憂，趕緊又道：「不過他現在已經在查書，有眉目我通知妳。」

「好。」花向晚應聲，只道：「有事通知我。」

說完，她便去了試煉祕境。

每個大宗門都有針對弟子的試煉祕境，用來提升實力，祕境中的時間和外界並不一致，越是大宗門的祕境，時間差別越大，裡面靈獸的實力越強。

合歡宮的祕境，當年被清樂宮取走，霸占兩百年，如今終於歸還回來。

這個祕境一年等於外界一個時辰，最強的靈獸等級能到元嬰，花向晚進入祕境，便直奔最後一層。

她沒日沒夜在祕境廝殺，累了就出來休息，偶爾睡一覺，做做夢。

有時候會夢見謝長寂，他不說話就站在旁邊，她便將他拉過來，說著近日辛苦，有時她也會問他在做什麼，他基本不回答，唯一有一次，他慢慢道：「我遇見一對母子，她回娘家省親，回來遇上匪盜，僥倖活下來，我送他們回村，他們一家人感念於我，請我小住。」

她一聽這話，便知自己是做夢。

謝長寂如今在死生之界，怎麼會去什麼農家小住？

可她還是問：「然後呢？」

「我同他們學種地，他們人很好，經常招呼我吃飯，孩子很乖巧，會叫我叔叔。」

聽見有人叫謝長寂叔叔，她忍不住笑。

謝長寂攬著她，又同她說了許多，他說的都是一些很零碎、常人都難以察覺的事。如何種小麥，小麥如何成長，草木怎麼發芽，泥土如何肥沃……

天地間一切細節，都在他眼裡放大，生機勃勃。

她就聽他碎碎說著，靠在他肩頭，輕輕睡去。

謝長寂轉過頭，看著她的模樣，低頭輕輕吻在她的額頭。

三個月很快過去，十二月初九將至，花向晚從祕境中出來，靈北和狐眠便將婚禮和魔主繼任大典的流程一起送了過來。

「婚禮和繼任大典放在一起，七宗有意見嗎？」花向晚翻著流程，詢問著情況。

「不敢有。」靈北實話實說，「沈公子把有意見的人都找了一遍，七宗就太平了。」

花向晚點點頭，看了狐眠身後一排嫁衣飾品一眼：「這些東西好像是新訂的？」

「沈逸塵一手操辦的。」狐眠聳肩：「本來大家說用妳之前成親那套就行了，他不肯，自己親自去訂了婚服。」

花向晚動作一頓，轉頭看向靈北：「那，魔宮那邊現場也是他布置？」

「是，」靈北面上有些不安，「但，復活師兄師姐的法陣還是布下了。」

花向晚點點頭，碧血神君的目標是滅世，不是毀了合歡宮，她殺戮越重，對於碧血神君而言越好，他沒什麼理由阻止她。

她應聲，只道：「那就行。」

說著，她想起碧血神君：「沈公子呢？我出關了，他不來見我？」

「他說了，按照風俗，新人成婚前不見面，不吉利。」說完這句，狐眠輕笑了一聲：「妳和他，還有什麼吉利不吉利？」

花向晚沒說話，一瞬間，她竟然有些恍惚的覺得，這個人真的在辦一場婚禮。

她點點頭，沒有多說，只瞭解了一下天劍宗傳送陣修建的進度，確認明日傳送陣可以開啟之後，再將秦雲裳、昆虛子等人叫來，最後核對了一遍計畫。

「明日我和沈逸塵大婚之時，天劍宗這邊就可以開傳送陣，將雲萊的修士傳送到合歡宮，從合歡宮直接到魔宮。」花向晚指著地圖，劃給昆虛子看：「到了之後你們先不要去進去，我放開魊靈，應該和西境的修士有一番廝殺，等我殺了沈逸塵，毒發之後，在魊靈最虛弱的時候，你們再進來。」

說著，花向晚抬眼看昆虛子：「謝長寂情況如何？他參悟問心劍最後一劍了嗎？」

「呃……」昆虛子被問得頭皮發麻，強撐著道：「沒有。」

謝長寂已經三個月沒聯繫過他，出去就失蹤，想來是沒有。如果參悟了，早就回來了。

花向晚倒也沒有意外，只道：「那就不必通知他，以免來了成為魊靈的新容器。魊靈的力量取決於他宿主身體資質所能到達的最高水準，如果寄生在普通修士身上，不足為懼。」

「嗯……」昆虛子含糊著點頭。

花向晚轉頭看靈北：「你們就不必跟著我進去了，在外面等著天劍宗和秦雲裳過來。」

「可這樣給七宗看著，太明顯有問題了。」靈北不安地提醒。

花向晚遲疑片刻，抿唇道：「那你選幾個弟子，同我進去，能少一點人就少一點。」

「是。」

安排好所有人，花向晚有些疲憊，她讓所有人去準備，自己一個人坐在屋中。

房間裡空空蕩蕩的，她轉頭看向窗外。

十二月的庭院光禿禿的，她看著這了無生機的一切，突然很想謝長寂。

「謝長寂，」她低聲喃喃，「明日，一切就結束了。」

十二月初九，大吉。

天還沒亮，整個合歡宮就忙碌起來，花向晚澈底封住自己身上謝長寂留下的雙生符後，便看靈南捧著婚服到花向晚面前。

這件婚服相比正常的婚服要素雅許多，珍珠緞面，紅色鑲邊，裙角繡鸞鳳和鳴，兩袖是陰陽合歡神神像對稱交錯。

狐眠給花向晚上妝，她看著她的眼睛，目光溫和：「上次妳和謝長寂成婚，我沒給妳上妝，這次鬧著玩兒，倒是彌補了遺憾。」

「這算什麼遺憾？」花向晚不解。

狐眠笑了笑：「妳小時候總同我說，等妳長大了，成婚一定要我上妝，妳忘了？」

「太多年了，妳還記得。」花向晚聽著這話，覺得有些好笑。

狐眠目光微黯，替她畫好眉，神色有些黯淡：「可惜惘生不在，當初我還同他說過，如果妳實在追不到謝長寂，我和他去雲萊幫妳把謝長寂綁回來。」

花向晚聽著狐眠的話，靜靜注視著她的左眼，只問：「如果秦憫生還在，妳會更高興嗎？」

狐眠替她梳著髮髻，認真想了想，隨後搖頭：「未必，他若活著，合歡宮的事情或許與他有關，那還不如死了。其實現在也好，」狐眠為花向晚選了髮簪，「至少他死得乾乾淨淨的，我也算對得起大家。」

花向晚沒說話，她看著銅鏡裡的自己，等狐眠為她上好妝，打理好，她站起身來，走到門外。

天邊微亮，合歡宮的弟子已經準備好站在門外，靈北走上前，恭敬道：「少主，師兄師姐的身體都已經安排好在廣場法陣之下，沈公子也提前等在魔宮，我們從傳送陣直接過去，一切準備就緒。」

魔主繼位大典和婚禮同時舉行，這是過去從未有過之事，所以流程也由沈逸塵統一重新安排。

花向晚點點頭，應聲道：「到時你選一些弟子，同師父、三姑等人同我一起進去，靈南、狐眠待在外面。」

「是。」聽到這話，靈南趕緊出聲：「少主，帶我一起吧。」

花向晚轉頭看她，就看靈南抿唇，有些不好意思道：「我……我想第一時間看看他們。」

「看什麼？」花向晚有些不明白。

靈南抬起頭，一雙酷似蕭聞風的眼帶著幾分祈求地看著花向晚：「想看爹娘。」

花向晚一愣，她靜靜注視著靈南那張將蕭聞風和琴吟雨五官結合下來的面容，想要拒絕，卻有些發不出聲。

靈南有些委屈，正要說什麼，就看靈北趕緊道：「少主，我護著靈南，您放心。」

花向晚想了想，終於還是應聲：「好吧。」

說著，花向晚提步：「走吧。」

從合歡宮傳送陣出發，花了半個時辰，便來到魔宮宮城外，此刻宮城已經全由合歡宮、鳴鸞宮以及天劍宗送來那一百位弟子掌控。

看見花向晚穿著婚服走在前方，在宮門口的歲文緊抿著唇，旁邊的長生拉了拉他，小聲道：「昆長老不是說過了嗎，聽少主的。」

聽到這話，歲文才垂下眼眸，勉強移開目光，靈北看著這個場景，解釋道：「秦少主正在鳴鸞宮清點人手，很快就過來。」

「嗯。」花向晚點點頭，轉頭看向狐眠：「師姐，妳留在這裡接應雲裳。」

「好。」狐眠點頭，遲疑片刻，她走上前去，握住花向晚：「阿晚，天道大吉，」她緩緩抬眼，目光堅定，聲音艱澀，「合歡宮，萬世永昌。」

聽著這話，花向晚目光平穩，她握了握狐眠的手，只道：「合歡宮，萬世永昌。」

說完，她緩緩放開狐眠，轉過身，面對著魔宮萬年鮮血傾灌的朱紅宮門。

她抬手揮了揮，周邊的人各自就位，宮內傳來號角鳴響之聲，遠處高樓鐘聲響起。

三下之後，花向晚抬手執劍，仰頭看著宮門高處垂眸凝視著人的陰陽合歡神像，揚聲開口：「承爾天命，諸神在上，合歡宮花向晚，前來受封！」

宮門不動，陰陽合歡神兩雙無悲無喜的眼靜靜注視著她，片刻後，花向晚靈力瞬間暴漲，朝著大門轟去，合歡神象大亮，似是在阻止她。

這是每一任魔主的考驗，也是最基本的考驗。

兩邊靈力對抗，狂風大作，花向晚盯著前方大門，直到最後，她的靈力如海浪一般高捲而起，將大門猛地震開！

合歡神象終於黯淡，男女交織的聲音在從神相中響起：「爾得天命，可入此宮。」

說完，一道光從宮門前一路往祭壇高處照去，在光芒之中，紅毯一路鋪就，三宮七宗的人分列紅毯兩邊。

紅毯盡頭，祭壇之上，一塊半人高的長方體黑色石柱佇立，碧血神君就站在石柱旁邊，穿著和花向晚同樣的珍珠綴面、紅色鑲邊的華服，戴著黑色繪金色蓮花面具，溫和地看著宮門前的花向晚。

他朝著花向晚伸手，聲音在廣場迴盪：「來。」

花向晚沒說話，她扶劍往前，靈南、靈北領著弟子跟在她身後，於晨光之中，踏上紅毯，萬眾矚目之下，一路前行。

白竹悅領著雲姑、夢姑、玉姑等人站在最前方，看著花向晚慢慢走來。

她踏上白玉石臺階，走上僅有魔主能踏的御道。

她的眉目早已退去少年的青澀，澈底張開的豔麗眉眼中帶著沉穩威嚴，眾人跟隨著她的身影，看她站到祭神壇高處，將手交到碧血神君手中。

「魃靈什麼時候給我？」花向晚傳音給他。

碧血神君看著她面上妝容，只道：「妳的打扮，好像沒有和謝長寂成親那天細緻。」

「是狐眠師姐給我化的。」花向晚冷淡解釋：「之前是專門負責妝容的弟子。」

狐眠的份量自然是比其他人重，碧血神君聽著，頗為滿意地點頭，終於給了她答案：「先成親，妳將血令重鑄之時，同時打開封印，我將魃靈給妳，讓它們合二為一。」

魔主血令重鑄時，血令中會包含上一任魔主所有心法傳承，繼任者會在瞬間實力有極大的提升，這也是西境魔主一代比一代強的要訣。

碧血神君的心法，她母親花染顏的修為，再加上她自己本身的資質，放開魃靈的一瞬間，她即刻便會到達此生巔峰狀態。

「打開魃靈後，妳開啟復活合歡宮的陣法，將自己的血滴落陣法之中，等合歡宮眾人復活，魃靈察覺他們身上帶著妳的氣息，不會傷害他們。」

碧血神君安撫著她：「妳大可放心。」

「好。」花向晚看著廣場上等著行禮的眾人，冷靜道：「行禮吧。」

成婚之前，碧血神君已經將七宗找了一遍，所有人都知道今日是成婚和接任大典同時進行。

沒有人敢問謝長寂去了哪裡，花向晚和謝長寂的婚事如何處置，如今各宗都是泥菩薩過河，能安安穩穩過度這場魔主之爭就好。

於是在眾人沉默之中，禮官拿出一份卷軸，將祝福之詞唱誦了一遍，隨後終於引著兩人開始拜堂。

謝長寂入主合歡宮，所以按著合歡宮的流程成婚。

而如今碧血神君與她則是按著正常的禮制，朝拜天地。

「一拜天地。」

兩人朝著東方齊齊彎腰。

「二拜諸神。」

兩人轉過身來，朝著宮門前陰陽合歡神的方向拜下。

「夫妻對拜——」

兩人轉過身來，碧血神君看著她，忍不住笑了笑：「我倒沒想過，有一日，我會和一個人拜堂。」

「你若不想拜，我也無所謂，」花向晚平淡道：「把魊靈給我就是。」

「妳這麼說，我覺得還是拜了好。」

說著，碧血神君率先低頭，認認真真鞠躬，花向晚靜靜地看著他，好久後，才跟著緩緩彎腰。

等兩人拜完，禮官終於道：「上祭神臺——重鑄血令，傳承心法，得先輩賜福！」

聽著這話，兩人牽著手走向前方半人高的神臺。

神臺上是一個權杖模樣的凹陷形狀，花向晚端詳片刻，就聽碧血神君解釋：「將魔主血令放進去，再用妳的血將血令浸滿。血令浸滿之時，妳澈底打開魊靈封印，」碧血神君說著，轉眸告訴她，「我這裡一半魊靈會自動進入妳的識海，與另一半魊靈合體，只有血令重鑄，妳會繼承我所有心法，妳把這裡的人都殺了，法陣會自己啟動，吞噬他們的軀體，復活妳的師兄師姐。」

花向晚低頭看著神臺，沒有出聲。

碧血神君見她不動，忍不住笑起來：「猶豫什麼？莫不是後悔了？不忍心以這世間換合歡宮一條活路？」

「沒什麼後悔，」花向晚聽著他的話，將血令碎片取出來，一塊一塊放在凹陷中，淡道：「當年，世間也沒給合歡宮一條活路。」

花向晚說著，劃破手掌，她捏起拳頭，血落在血令之上，神色平靜：「只要合歡宮能好好的，其他人，我不在意。」

花向晚到達魔宮時，薛子丹被號角聲驚醒。

他打了個激靈，從一堆書上爬起來，甩了甩腦袋，不甚清醒。

他抬手捂住自己額頭，覺得有些頭疼。

他腦海中全是花向晚的脈象，近些時日，他總是掛念這件事，尤其是隨著花向晚接任魔主之位時間臨近，這個脈象越發讓他寢食難安。

修士任何直覺都不可忽視，他總覺得自己遺漏了什麼。

花向晚的脈象十分平穩，乍一感覺只是有些氣虛，並無大礙，可仔細再診，便十分混亂，有些像有孕——甚至是臨產的婦人，又像是體內一片混亂走火入魔的情況。

可如果是有孕，那花向晚至少有將近九個月的身孕，這不可能，九個月的身孕，再小的肚子也該看出來，也該有些孕期的樣子了。

如果是走火入魔，花向晚又好好的……

薛子丹撐著頭，痛苦地翻著古書，這本書是昆虛子從雲萊帶來的，秦雲裳給他找過來，他倒也不指望這本書裡有什麼，隨意翻了片刻，突然發現有一頁被人撕走。

薛子丹本來打算換下一本，突然看見殘留的紙頁上，留著兩個字「隱子」。

電光火石間，他猛地想起花向晚的脈象，他突然意識到一件事。

誰說懷孕就必須大肚子？誰說懷孕就一定會有症狀徵兆？一定能讓人看見胎兒？

如果有人刻意隱藏，將胎兒封印挪移在母體其他位置，那不就是走火入魔的脈象？

可是誰，為什麼要隱藏胎兒……胎兒？

薛子丹想到這個詞，臉色瞬間煞白。

胎兒存在於母體，吸收母體中的一切，如果花向晚身體中有一個胎兒，如果有人刻意將她身體中的毒素全部逼入胎兒體內，花向晚身體中的劇毒，就澈澈底底由胎兒承擔。胎兒月份越大，他能吸收的毒素越多，如果這個胎兒如今真的已到臨盆，他就是一個完整的人，可以完全吸食掉花向晚身體中的毒素，隨著臨產排出。

那麼，花向晚就算放出魊靈，就算修為到達最高點，也不會毒發身亡，屆時，她被魊靈控制，以她的資質，魊靈駕馭她的軀體，世間便無人可抗衡。

想明白這一點，那隱藏胎兒之人是誰，也就不言而喻。

「不能這樣。」他慌忙出聲，讓自己趕緊冷靜下來。

當務之急，是要將此事儘快告知花向晚，她不能解開魊靈封印，一旦解開魊靈封印，誰都攔不住魊靈。

他想了一圈此刻可能在花向晚身邊的人，趕緊先聯繫靈北。

然而靈北沒有回應，明顯是被結界遮蔽了。

他又聯繫狐眠、靈南等人，聯繫了一圈都沒回聲，他立刻起身，正要去找人，就看門被人一腳踹開：「我去喝喜酒了。」

秦雲裳站在門口，給自己綁著手上帶子，漫不經心道：「你在這裡好好待著，我……」

「妳趕緊去攔住阿晚！」薛子丹急聲開口，秦雲裳一愣，就聽薛子丹道：「她不能解開魊靈封印，她肚子裡有個孩子吸收了她所有毒素，解開魊靈封印她不會死，到時候誰都控制不住她！」

秦雲裳愣愣地看著薛子丹，薛子丹看著呆在原地的秦雲裳，急道：「我聯繫不上人，妳快去啊！」

聽到這一聲吼，秦雲裳才回過神。

她握著手上皮扣，想著薛子丹的話，緩聲道：「若她不放出魊靈，望秀和你祖父，是不是都活不了？」

這話出來，薛子丹一愣，秦雲裳抬眼看他：「那我們奮鬥這兩百年，還有什麼意義？」

薛子丹是被她問住。

秦雲裳轉過頭，神色平淡：「你別擔心，阿晚早就有準備了。如果出現任何意外，我便殺了她。」

「妳怎麼殺？」薛子丹急問。

秦雲裳語氣微冷：「她給了我一道心頭精血寫成的符咒，用之即死。我現在過去，你好好待著。」

說著，秦雲裳提步，薛子丹看著秦雲裳的背影，滿腦子是花向晚渡劫之後，和他在庭院裡說那一句「我想活」。

那時她的笑容，她眼中的光彩，讓他清晰感知到，如果她可以活下來，她或許會有很好的人生。

她有愛的人，如今她腹中，還有一個孩子……

如果不放出魊靈，這個孩子便可以保住她的性命，一個孩子根本沒什麼修為，他吸收了花向晚所有毒素，只要不修行，他就可以有足夠漫長的生命。

他可以救下這個孩子。

這個念頭閃出，花向晚笑著說那句「我想活」的模樣和年幼時祖父教導著他的神態交織在一起，他忍不住出聲：「可他們死了。」

秦雲裳腳步一頓，薛子丹紅了眼眶，他顫著聲：「他們已經死了兩百多年，可如今花向晚活著，她的孩子也可以活著。」

「讓望秀活過來，也是阿晚的願望。」

「可她也想活！」

薛子丹急喝，他衝到秦雲裳面前，一把抓過她，急道：「她求過我，她說她想活下去，她想爭一線生機。如今她有機會了，為什麼要為了死去的人讓活著的人去死？」

「望秀沒死！」

「他死了！」薛子丹大喝，他盯著秦雲裳：「妳還記得他的樣子嗎？妳還記得他的聲音嗎？妳說妳愛他，妳還記得為他心動為他歡喜為他高興的感覺嗎？妳一定要他活過來，到底是愛他，還是執著？」

秦雲裳不說話，她紅著眼，看著薛子丹。

薛子丹抬手指著門外，急急出聲：「她有一個孩子，她嫁給了她喜歡的人，她喜歡的人如今還活著還在想辦法救她，秦雲裳，程望秀是妳愛的人，可妳和她姐妹兩百年，她難道不是妳愛的人？妳這一生只有一個男人嗎？」

「你懂什麼？」秦雲裳聽到這話，笑了起來，她一把抓過他，死死盯著他，「就是因為她是我的姐妹，我才知道，她要什麼。」

「你以為我是為了程望秀？對，你說得對，」秦雲裳的眼淚掉下來，「我不記得他的樣子了，我也記不清他的聲音了，我甚至連我們第一次見面到底是在哪裡都想不起來了。可我知道一件事，阿晚要他活過來。哪怕是死，她也心甘情願想讓合歡宮的人活過來！」

「而我，」秦雲裳語帶哽咽，「就算現在沒有喜歡他了，可他也是我這輩子，唯一、最喜歡那個人。我願意為當年他對我的好赴湯蹈火，我要給我這兩百年一個結束，你明白嗎！」

薛子丹愣愣地看著秦雲裳，秦雲裳將他一把推開：「你想救她你自己救，我只做她交代給我的事。昆虛子在合歡宮，要找謝長寂，滾過去找！」

說完，秦雲裳轉身就走。

薛子丹愣在原地，片刻後，他趕緊爬起來。

鳴鸞宮如今有直接去合歡宮的傳送陣，他連滾帶爬趕到合歡宮。

昆虛子正在招呼著一個個從傳送陣中趕過來的雲萊修士，薛子丹瘋了一般衝到昆虛子面前，激動道：「昆長老，謝長寂呢？」

昆虛子一愣，薛子丹抓著昆虛子，只問：「你能找到謝長寂嗎？」

昆虛子呆呆地取過自己的傳音玉牌，聯繫了謝長寂，疑惑道：「怎麼了？」

薛子丹抓過玉牌，往旁邊衝去。

謝長寂正站在村頭小路上，為一隻正在生產的母貓遮雨。

母貓大著肚子，奄奄一息，謝長寂凝望著地上的母貓，為牠灌了一道靈力。

不遠處近來同他交好的農夫正罵著孩子路過，一瘸一拐的樣子，似乎受了傷。

看見謝長寂，農夫還是停下步子，好奇問了句：「謝道長，在做什麼呢？」

「此狸奴產子，我護牠一程。」謝長寂聲音平穩。

他的目光落到農夫的孩子身上，兩人都像是從泥裡打滾過來，臉上還掛了彩。

這孩子和他母親是他從破廟一路護送過來的，也算熟悉，他不由得多問了一句：「怎麼了？」

「在學堂裡和人打架，」農夫嘆了口氣，「我便想去給他出個頭，結果……唉，」農夫擺手，「不說也罷。」

農夫不用多說，謝長寂便明白他經歷了什麼。

他家貧，去學堂本就是省吃儉用過去，學堂裡的學生多是稍稍富貴人家，起了衝突，這對農家父子自然是要吃虧。

謝長寂垂下眼眸，有些不明不了：「明知護不住，又去做什麼？」

「為人父親，有什麼明知不明知的？」農夫嘆了口氣，「就算讓人打死了，我也得出這個頭。」

謝長寂不說話，他感覺到傳音玉牌亮起來，轉眸看向樹下狸貓，只道：「先回去吧。」

農夫知道謝長寂的脾氣，點了個頭，看了看天色道：「道長，天冷，早點回去，我讓我婆娘熱了湯，您回去一起喝。」

「多謝。」謝長寂開口，農夫便拉扯著孩子離開。

狸貓喘息著產下第一個孩子，謝長寂掏出傳音玉牌，平靜道：「師……」

「清衡道君，」薛子丹的聲音從玉牌中傳來，他努力解釋著，「我知道您可能不記得花向晚，但……」

「我沒吃相思。」謝長寂打斷薛子丹，薛子丹一愣，就聽謝長寂克制著情緒，只道：「出什麼事了？」

薛子丹一時接不上話，他呆呆地想著此刻的狀況。

謝長寂沒吃相思，他道心依舊不穩，那如今叫他過來……

「說話。」謝長寂催促。

薛子丹反應過來，抿緊唇，終於道：「阿晚有身孕了，如果我沒算錯，九個月了。」

結局

薛子丹趕著去找謝長寂時，秦雲裳先他許多趕到魔宮宮門前。

狐眠帶人守在宮門口，正靠著宮牆聽著裡面禮官唱誦的聲音，看見秦雲裳，她直起身笑起來：「妳終於過來了？」

秦雲裳沒說話，她執劍面對著宮門，聽著裡面的聲音，仰頭看著高處的陰陽合歡神，狐眠見她嚴肅，笑著道：「別太緊張，很快就結束了。到時候師兄師姐都活了，咱們去喝酒。」

說著，狐眠突然想起來一件事：「哦，妳等了兩百年，終於要和望秀成婚了，高興不？」

秦雲裳沒說話，她聽著裡面禮官唱喝之聲「一拜天地——」

她捏緊劍柄，滿腦子都是薛子丹和花向晚的話。

——「計畫不變吧？」

——「變了。我打算活下去。」

——「可她也想活！」

——「她求過我，她說她想活下去，她想爭一線生機。如今她有機會了，為什麼要為了死去的人讓活著的人去死？」

「二拜諸神——」

她想起她們一起坐在雲浮塔飲酒，想起她們年少時偷偷在被子裡說悄悄話。

想起少年時花向晚意氣風發一劍渡海；想起她從雲萊爬回來時死死抓著她嚎啕大哭；想起合歡宮滅宮之後，她在靈堂拿劍抵著她，看她清瘦冷寂的眼神，說那一句「師兄我還妳，日後妳我便是盟友」；想起她一路學會長袖善舞卑躬屈膝，想起她去雲萊求親帶著謝長寂回來，偶爾眼中露出的歡喜和靈動……

她的面容如此清晰，和遙遠褪色的過去在一起，她突然意識到。

她希望她活著。

當她聽花向晚想活下去時，她慌亂過，可隱約的，她並不抗拒

可如果她必須選擇，故去的戀人，活著的好友——

秦雲裳閉上眼睛，壓著心中的惶恐，不得不承認。

她選擇花向晚。

哪怕這證明了這兩百年她是徒勞，她兩百年的犧牲沒有結果，沒有意義，可她還是希望，花向晚好好的。

畢竟，雖然不願意承認，當年她聽從她的話在鳴鸞宮臥底，並不僅僅只是為了程望秀和宮主之位。

「夫妻對拜——」

「狐眠師姐，」秦雲裳終於開口，狐眠疑惑地轉頭看她，就聽秦雲裳平靜詢問，「若有人拜託妳一件事，中間發生變故，是當執行到底，還是為她著想？」

「拜託妳做事的人死了嗎？」狐眠有些奇怪。

秦雲裳平靜開口：「活著。」

「那不就是了？這種決定，還是要她自己做吧？」

狐眠漫不經心，秦雲裳眼神逐漸堅定下來。

「妳說得是。」

狐眠正打算說什麼，話還沒開口，就看秦雲裳突然拔劍，朝著宮門猛地揮砍而去！

祭神壇上，花向晚的鮮血流入凹槽，碧血神君抬手抵在她的額間，吩咐道：「閉眼，解開封印。」

花向晚閉上眼睛，先解開鎖魂燈的封印，一道黑氣猛地鑽入她的識海，瘋了一般竄到花向晚識海深處另一半魊靈周邊。

魊靈周邊是問心劍結成的劍陣，黑氣如同一條長蛇，盤繞在劍陣之外。

血一點一點在凹槽中溢滿，就在花向晚即將解開問心劍封印剎那，宮門被人猛地轟響！

隨後一聲高喝從宮門外傳來：「阿晚，等一下！」

花向晚驚詫地睜眼回頭，碧血神君一道法印朝著門口疾馳而去，法印和秦雲裳的劍光衝撞在一起，秦雲裳疾呼：「妳肚子裡有個孩子，解開魃靈封印也不會死！」

說罷，秦雲裳便被碧血神君法印吞沒，猛地撞飛到宮牆結界之上。

花向晚瞬間反應過來，一把抽回還在放血的手，碧血神君動作更快，立刻握住她的手，往凹槽處拉。

花向晚和他僵持著，周邊突然湧出很多黑衣修士，朝著秦雲裳和狐眠等人的方向衝去，結界慢慢升騰而起，廣場上騷亂起來，碧血神君捏緊了她的手，面帶微笑：「就差最後一步了，謀劃兩百年走到這裡，戛然而止，不遺憾嗎？」

「秦雲裳什麼意思？」花向晚盯著碧血神君。

碧血神君笑笑：「她什麼意思我怎麼知道？」

「花向晚，妳肚子裡那個孩子會吸收所有毒素，」黑衣修士集體殺向秦雲裳，狐眠衝去一把拉起秦雲裳，下方頓時亂了起來，秦雲裳一劍狠狠劈開周遭修士，鮮血落在她臉上，她握劍抬眼，死死盯著花向晚，「妳想死，還是想活？」

花向晚不說話，她聽著秦雲裳的話，瞬間明白過來。

她肚子裡有一個孩子，這個孩子會吸收所有毒素，若是如此，那她放出魃靈之時，她的本體不可能死亡。

這些時日薛子丹一直在給她診脈，他不可能連她有孕都診斷不出來，唯一的可能，便是有人想辦法隱藏了這個孩子的存在。

而唯一有理由，又有能力隱藏這個孩子存在的人，只有面前這個——作為沈逸塵愛魄之主的人。

他要讓她的身體成為魊靈的寄生，而沈逸塵作為西境最頂尖的醫者，也是唯一能夠欺騙薛子丹的人。

若這一切都是碧血神君謀劃，他最終目的就是要讓她解開封印成為魊靈寄主，那她留給秦雲裳用來殺自己的符咒，未必有用。

「還猶豫什麼？」碧血神君笑起來：「妳總不會為了個孩子，就想放棄合歡宮這麼多人吧？」

「這是自然。」

聽著碧血神君的話，花向晚便知如今都是在他計畫之中。

她不能放開魊靈，若是此時放開，便正中他下懷，她穩住自己情緒，微微一笑：「不過，解開問心劍封印之前，我有個要求。」

「嗯？」碧血神君歪了歪頭。

花向晚看了下方被黑衣修士團團圍住的秦雲裳等人一眼，平靜道：「我擔心魊靈出世我大開殺戒之時會傷及無辜，我想讓合歡宮的人先退下。」

碧血神君不說話，他靜靜地注視著花向晚，花向晚有些疑惑：「怎麼，我這話有什麼不妥？」

「那當然是，大大的不妥。」碧血神君搖了搖頭，隨後他突然抬手，花向晚同時出手，兩道法光一起衝向宮門，花向晚縱身往前，朝著所有人大吼：「跑！」

說著，她擋在碧血神君的法光前，一劍轟開他的結界，指揮著合歡宮的人：「快跑！」

法光將她整個人轟在地面，所有人瞬間反應過來，朝著四面八方蜂擁而出。

碧血神君站在高處，漠然地看著這一切，就看眾人像亂了方向的蒼蠅，瘋狂往他的結界上衝撞過去。

「各位，」碧血神君站在祭神臺上，好似觀望一場大戲，笑著道：「別做無用功了，你們出不去的，這裡有兩層結界，合歡宮早就準備好了法陣，要你們命喪於此，以換取他合歡宮眾人復生。」

聽到這話，眾人愣愣回頭，花向晚半跪在地，冷冷抬眼。

法陣在地面亮起，碧血神君拍了拍手，地面轟隆作響，眾人驚覺不對，連連後退，就看青石板廣場前方地面每隔半丈裂開，一具具棺材破開青石板破土而出，等地面顫動停止，上百具棺木停放在地面，一具具棺木無聲控訴著當年的冤仇。

「這是當年合歡宮死去的內門弟子的屍體，由花少主屠滅巫蠱宗後帶回，你們腳下的陣法，是可以召喚魂魄，起死回生的法陣。可天道有序，死而復生哪裡這麼容易？」

碧血神君說著，所有人看向廣場合歡宮弟子，眼神都變了。

今日參加接任大典的，都是各宗各宮高層——參與過當年合歡宮之事的高層，諸如道宗宗主道真之流，並不在此。

原本大家還有些疑惑，如今碧血神君一說，眾人便立刻明白了此次挑選參加祭典的人的標準。

合歡宮弟子不由得捏緊武器，向自己宗門靠近，花向晚提劍站在廣場中央，看著碧血神君站在高處，微微一笑：「今日這個法陣，肯定是要死夠人的。只是死的是誰，本座就不得而知了。」

「你到底是誰？」聽著碧血神君說了半天，趙南終於忍不住，大喝：「裝神弄鬼，你……」

話沒說完，一巴掌隔空狠狠甩在趙南臉上，高處的人恢復成碧血神君戴著黃金面具高高在上的模樣，獨屬於碧血神君的聲音迴盪在廣場之上：「你說本座是誰？」

這話出來，合歡宮的人，都露出震驚之色，片刻後，趙南最先反應過來，滿臉激動跪下來：「魔主！」

這一聲大呼，眾人立刻反應過來，趕緊跟著跪下，急道：「魔主歸來！魔主歸來！」

合歡宮和天劍宗的弟子站在廣場中央，在一群跪拜的人中顯得異常突出，碧血神君站在高處，和花向晚遙遙相望。

狐眠湊到花向晚旁邊，傳音：「消息傳不出去，這狗雜種用結界攔了。」

花向晚不說話，碧血神君微微一笑：「本座今日既與花少主成婚，自然以花少主心願為重。少主今日想要死夠人，那今日，不管死的是你們還是合歡宮，總得死足那麼多，讓我夫人的師兄師姐復活才是。本座給你們半個時辰——」

眾人聽著這話，心中便明白了碧血神君的意思。

不管是合歡宮的人殺了他們，還是他們殺了合歡宮，只要死的人數足夠讓合歡宮的人復活，他們就能活下來。

這位魔主實力出眾喜怒無常，但有一點卻是極好。

他言而守信，給他們指了路，便是路。

所有人看向合歡宮弟子，目光帶著殺意。

花向晚捏緊劍，暗中傳音給合歡宮弟子：「三姑、狐眠去攔魔主，我劈開結界，靈南、靈北護住弟子出去。」

合歡宮弟子聽著花向晚的聲音，頓時鎮定下來，所有人捏緊武器，回看向旁邊如豺狼一般盯著他們的修士。

兩方一觸即發，碧血神君看著這個場景，緩緩抬手，目光冷下來：「殺。」

音落剎那，周邊法光如雨而下，秦雲裳抬手張開結界擋住第一波進攻，狐眠、三姑同時向著碧血神君襲去，花向晚一劍蓄力，朝著結界狠狠撞開！

結界一瞬被劈出裂縫，距離結界最近的弟子立刻往外撲去，旁邊的修士也想往外，靈南、靈北一劍橫劈而過，擋在修士面前。

不過瞬間，合歡宮弟子逃出大半，只聽「轟」的一聲巨響，花向晚便覺身後一道強大靈力襲來，她縱身一躍，結界瞬間恢復如初。

結界修復瞬間，秦雲裳便支撐不住，她的結界被趙南一掌轟開，隨後渡劫期靈力朝著合歡宮弟子迎面而下，花向晚毫不猶豫一劍朝著趙南劈去，同時一道法陣在天空亮起。

眾人急急抬眼，就看金色法陣金劍如雨而下，花向晚足尖點落，直刺碧血神君眼前，朝著被碧血神君擊飛的三姑和狐眠厲喝：「去幫雲裳！」

碧血神君笑著看著花向晚的劍尖過來，面色不動，直到劍尖到他面前，他平靜抬手，看上去極慢的速度，卻在花向晚劍尖到達身前瞬間，輕而易舉夾住劍刃。

「若妳不用魊靈，」他提醒她，「是殺不了我的。」

話音剛落，龐大的靈力從他身上急襲而出，花向晚手上法陣同時開啟，她再不刻意壓制，將她母親留給她的靈力瞬間釋放出來提到頂峰。

花染顏的靈力瞬間灌滿她的筋脈，疼得她渾身筋脈幾乎要炸開，她手上法陣大亮，和碧血神君對轟而去。

光芒中間，碧血神君神色平穩：「何必掙扎呢？反正妳我目的相同，世人負妳，妳殺世人，有何不對？」

花向晚不說話，她被碧血神君的靈力一寸一寸往後壓去。

魊靈在她識海中瘋狂躁動，裡應外合試圖突破問心劍的封印，黑氣瀰漫在她周身，碧血神君看著她，溫和地開口：「妳殺不了我，除妳之外，合歡宮的人，還有誰能和七宗這些老妖怪有一戰之力。妳繼續爭下去，不僅是讓妳自己送死，還是帶著他們一起送死。」

碧血神君說著，一步一步往前。

下方廣場已經砍殺成一片，花向晚隱約聽到身後傳來驚呼之聲：「夢姑！」

她不敢回頭，只有身上黑氣越發濃烈，她識海中的問心劍苦苦支撐，她抬頭看著走到她身前的碧血神君，咬牙出聲：「你一開始，目標就是我？」

「那是當然。」碧血神君坦然承認。

花向晚顫抖著：「為什麼？」

「陰陽合歡神，一體雙神，」碧血神君靠近她，微微彎腰，注視著她的眼睛，「一神為光，一神為暗，創世力竭之後，轉世於人間，一人為救世之主，一人為禍世魔星。而妳——」

碧血神君抬手點在她額間：「便是救世之主，都是神體，自然是魃靈最好的容器，可妳與謝長寂不同，謝長寂不需要我動手，他早晚自己會墮道，我不過就是推波助瀾一下而已。若毀了妳，便是毀了最大的威脅。何樂而不為？只是妳不聽話，居然想毀了自己這具軀體，給自己下這種劇毒，我本來都放棄了，可誰曾想，」碧血神君笑起來，「妳會有孩子。」

「你怎麼知道我有孩子？」花向晚喘息起來。

碧血神君目光微冷，「碧海珠。」

他提醒她：「我能感知到妳的身體狀態，妳每一次靈力轉變，每一次神魂交融，血脈交換……」他語氣越說越冷，「我都知道。所以妳在溯光鏡中懷孕，我第一時間知曉，我高興得不得了，趕緊把這個孩子藏了起來。現在他已經九個月了，妳想看看他嗎？」

說著，他半蹲下身來，兩人靈力相扛，他抬手放在她腹間：「只要妳打開問心劍的封印，就能馬上把他生下來。我可以不計較他的來歷，把他養大。到時候，世間就剩下妳我、孩子，還有妳在意的人，不好麼？」

「你什麼時候動的手？」花向晚盯著他。

碧血神君笑起來：「我既然進了溯光鏡，妳不會以為，我只給了秦憫生一瓶極樂吧？」

她在溯光鏡中有孕，碧血神君便在給秦憫生的藥中放了隱匿她懷孕之事的藥。

溯光鏡中的碧血神君不是記憶，那——

「溯光鏡裡的沈逸塵，是不是你？」

碧血神君不說話。

花向晚笑起來，給他答案：「你不是他。」

溯光鏡的沈逸塵，會在明知必死還是奔赴雲萊去給她過生日。

溯光鏡中的沈逸塵，會希望她和謝長寂在一起，只為她開心。

她看著面前的人，肯定又冰冷地開口：「你只是能透過他看到我，可你不是他。他和你不一樣，他比你好，比你……」

「閉嘴！」碧血神君一把捏緊她的下顎：「把問心劍封印解開！」

花向晚不動，碧血神君的神識一點一點侵入她的識海，就在他抵達她識海屏障瞬間，十幾隻巨獸朝著碧血神君猛地撲了過來！

碧血神君轉頭揮手將這十幾隻巨獸轟開，巨獸瞬間化作一灘墨汁，就是這片刻間隙，花向晚一腳狠狠踹到他身上，提劍就砍！

她的劍毫無章法，每一劍都傾貫靈力全力以赴。

碧血神君快速躲閃著她的劍，與此同時，狐眠一張一張卷軸甩出來，無數筆墨繪出的惡鬼撲向碧血神君，碧血神君尋了個機會，彎腰一掌轟開花向晚，花向晚狠狠撞飛在地，碧血神君抬手往她識海點去，也就是這一瞬之間，狐眠從他身後猛地撲了上去，一把抱住他，急道：「殺了他！」

花向晚提劍而起，碧血神君目光微冷，大喝了一聲：「趙南、鬼燦！」

音落，趙南領著傀儡宗鬼燦等人一躍而起，同許多黑衣修士一起撲向花向晚，碧血神君抬手一把將狐眠吸到面前，用靈力綁住她的四肢。

花向晚瞳孔猛地收緊，急喝出聲：「放開她！」

說著，花向晚朝著前方撲去，趙南足尖一點攔在她身前，同許多人將她團團圍住。

碧血神君看著狐眠瘋狂掙扎，玩味地盯著她的左眼，讓靈力將她緩緩舉到半空。

狐眠在半空拳打腳踢，碧血神君慢慢笑起來：「妳還記得秦憫生嗎？」

「雜種……」

「哦，妳是不是，不知道他是巫生啊？」

聽到這話，狐眠一愣，花向晚瘋了一般朝著前方衝去，黑氣瀰漫在她周邊，她狠狠揮砍著劍。

碧血神君看著狐眠的神情，高興道：「哎呀，花向晚沒告訴妳，巫生就是秦憫生，只是被我把愛魄抽走了，當年合歡宮就是他下的毒，合歡宮的人就是被妳害死的。當然，秦憫生還是愛妳的，所以他化作了妳的左眼——」

碧血神君說著，抬起手，挖入狐眠眼中。

劇痛瞬間傳來，狐眠驚叫出聲，秦雲裳等人在下方聽見，趕忙撲上來，卻被人攔住了去路。

廣場亂成一片，花向晚瘋狂砍殺著面前的人，可她越瘋狂，面前的人就越多，她和狐眠相隔不遠，卻始終到不了她面前。

「你放開她！放開她！」

「晚晚。」隱約間，謝長寂的聲音響起來。

可她聽不到，她只看著狐眠的眼睛流出血來，看著碧血神君試圖將狐眠眼珠剜下，而後那一顆眼珠突然爆發出巨大的靈力，一個青年虛影忽然出現，擋在狐眠面前，拔劍而出，朝著碧血神君揮砍而去！

狐眠睜大眼，劍鋒砍在碧血神君身前剎那，碧血神君身上黑氣暴漲，彷彿無數隻手抓住那一縷魂魄，在狐眠面前一瞬將魂魄撕成碎片！

「不要——！」意識到這是什麼，狐眠終於反應過來，她驚叫出聲，然而那一魄已經徹底裂開。

她踉蹌著撲上前去，卻是撲了個空，狠狠摔在碧血神君面前，眼前只有他紅色繡著祥獸的鞋面。

「對不起啊，」碧血神君語氣中帶著幾分惋惜，「我動手快了些，沒讓妳和他多說幾句話。要不這樣，妳自己動手，趕緊去陪他吧。」

「我殺了你……」

狐眠一時什麼都想不了，什麼都忘了，她顫抖著，拔出腰刀起身，朝著碧血神君瘋狂砍去。

「我殺了你！我殺了你！」

她一刀一刀砍在地面，靈力澈底暴走，花向晚急急出聲：「師姐！」

「我殺了你——」

狐眠舉刀躍到半空狠狠落下，碧血神君站在原地，抬手一掌貫穿了她的胸膛。

所有人愣住，血從高處滴落下來，片刻後，花向晚再顧不得其他，靈力暴漲，一寸寸擠開筋脈，一劍「轟」一下劈向前方。

趙南下意識阻擋，可那一道靈力來得太猛太快，瞬間擊碎他的靈力屏障，直奔向碧血神君，碧血神君將人一甩，一躍開去，狐眠被他甩飛在地，順著臺階一路滾落。

花向晚朝著狐眠撲過去，一把扯住狐眠，秦雲裳衝到兩人旁邊護著兩人，花向晚把靈力按在狐眠胸口，顫抖著聲：「師姐……沒事的師姐……」

「殺了他……」狐眠滿手是血，她抓著花向晚的手祈求，「阿晚……幫我殺了他，求你殺了他……」

花向晚說不出話，她看著狐眠眼中的絕望和她胸口彌補不起的窟窿，感覺識海內的魊靈越發激動起來。

「是不是覺得很無力？」碧血神君站在不遠處，看著花向晚的樣子，帶著幾分惋惜：「兩百年了，妳還是這麼弱。過去妳救不了合歡宮，如今也救不了。妳抬眼看看。」

聽著碧血神君的話，花向晚抬起頭，就看見整個廣場之上，眾人廝殺成一片，合歡宮的棺木還列在前方，弟子倒了一地。

靈北已經不是當年還需要保護第一時間逃離的弟子，他是眾人的大師兄，他滿身是傷，明顯已經力竭；帶著蕭聞風、琴吟雨影子的靈南宛若兩人當年，她被許多人圍著，卻沒有半點退路。

白竹悅滿身是血，明顯大限將至；夢姑倒在她身邊，已經沒了氣息……

陰霾漫天，路無可退，她好像又回到兩百年前那一日。

「他們皆因妳而死，兩百年前如是，如今，亦如是。」

碧血神君說著，花向晚忍不住喘息起來。

她抱著狐眠的屍體，旁邊的秦雲裳察覺不對，急喝出聲：「阿晚！」

「有什麼比他們活著更重要？」

碧血神君看著她，細雨落下來，她看著不遠處的靈南，無數光刃朝她衝去，她明顯躲避不及。

一瞬間，她母親、蕭聞風、琴吟雨、程望秀等人面容一一浮現。

活著。

活下來。

他們不能死，不該死。

這個念頭浮現剎那，她再也忍耐不住，一直環繞在她識海中的問心劍猛地碎裂，黑氣從她身上驟然爆開！

靈力捲席而過，周邊地動山搖。

黑氣從地面升騰而起，伴隨著邪魔歡呼之聲。

秦雲裳在狂風之中震驚地看著花向晚緊緊抱著她狐眠的身體，慢慢抬頭。

一雙血眸無悲無喜，邪氣殺孽纏繞周身。

天上烏雲密布，似是天道感知什麼不該出現的東西出現。

秦雲裳看著面前的人慢慢起身，她忍不住退了一步，喃喃出聲：「阿晚……」

花向晚沒說話，她滿腦子都被殺戮占據。

讓他們活下來。

讓合歡宮的萬世永昌。

殺。

欺合歡宮者，殺！

辱合歡宮者，殺！

害合歡宮者，殺！

不屬歡宮者，殺！殺！殺！

殺心大起，她拔劍而出，一劍驚天動地揮砍而下，朝著廣場上的修士砍殺而去！

見到這一劍氣魄，根本無人敢接，所有修士慌忙逃竄。

秦雲裳立刻反應過來，看向靈南、靈北，急道：「跑——靈北，快跑！」

花向晚提劍從高處一躍而下，看著逃竄的眾人，目光中全是冷意：「今日，誰都跑不了。」

說罷，她身如鬼魅，劍無虛招，廣場上幾乎是一場單方面的屠殺，無論金丹、渡劫，皆如螻蟻。

血水混著雨水而下，花向晚一身白衣被浸成血紅，隨著她每一次揮劍，每一次殺人，周邊黑氣越發濃厚，朝著四面八方逃散而去。

秦雲裳在一片混亂中衝到由靈南攙扶著的靈北面前，咽下喉間血水，只道：「你帶著弟子去後殿躲著。她應該還沒瘋澈底，你們先走。」

「那妳呢？」靈北滿是擔心。

秦雲裳搖頭：「我得在這裡阻她。」

「秦……」

「她說了，」秦雲裳喘息著，「如果她有任何意外，那麼，」秦雲裳目光堅定，「我就是她的執劍人。」

就算拼死，也要殺了她。

靈北聽著秦雲裳的話，有些震驚，秦雲裳推了他一把，急道：「走啊！」

靈北回神，趕緊點頭，招呼著合歡宮的弟子，往後殿撤去。

花向晚沒有管合歡宮弟子，她彷彿在享樂，她突然覺得，殺人是一件這麼快樂的事。

滿手的血讓人喜悅，無拘無束的自由感讓人沉迷。

原來這就是強者的感覺。

她閉上眼，一劍捅入面前鬼燦的身體，輕笑了一聲：「真弱。」

說著，她將人一把推開，血濺在她臉上，又被雨水沖散。

她看著面前的人睜著眼倒在地上，砸起水花，這時她才發現，整個廣場除了碧血神君，已經空無一人。

她回過頭，看向碧血神君，目光帶冷：「你不怕死？」

「我怕。」碧血神君神色帶笑，「但是，有您來到這世間，我就什麼都不怕了。」

話音剛落，花向晚便到他面前，手掌貫穿他的胸口。

「我記得剛才，」她聲音很輕，「你就是這麼殺狐眠的。」

「是啊。」碧血神君抬眸，目光溫柔：「妳看，我給妳的東西，妳都可以記一輩子。妳說，我是不是比謝長寂、沈逸塵，都重要？」

花向晚冷眼看她，就看碧血神君伸出手，輕輕將她擁進懷中。

「花向晚，」他的語氣帶著一種病態的滿足，「日後，我們就永遠在一起了。」

花向晚沒說話，片刻後，她感覺磅礴的靈力一路灌入她的身體，碧血神君額頭抵在她額頭，彷彿要與她融為一體。

「你到底是什麼東西？」花向晚冷聲開口，碧血神君低低笑開。

「我？」他慢慢出聲：「我就是——魃靈啊。」

音落那一瞬，有什麼東西猛地鑽入花向晚識海，花向晚睜大眼，識海之中，一團黑氣緩慢睜開眼睛，彷彿有了人臉一般露出溫和笑意。

「魃靈才是我的身體，阿晚，我可以給妳力量，給妳一切，妳和我才是天造地設的一對。」

「什麼陰陽合歡神，」黑氣纏上識海中花向晚的魂魄，帶著桀桀笑意，「日後，妳我才是創世之神。」

「來，我們帶著妳的合歡宮，」花向晚轉過身，一步一步朝著高臺走去，碧血神君聲音中帶著克制不住的激動，「一起創造一個，屬於我們的世界！」

說著，花向晚走到祭神壇前。

她抬手捏開自己手上傷口，鮮血灌入凹槽，完成她的儀式。

隨著她的血浸滿凹槽，廣場之上棺木震動起來，秦雲裳咬咬牙，正要出去，突然感覺有誰在召喚她。

「秦雲裳。」

有些熟悉的聲音隱約傳來，秦雲裳一頓，片刻後，她突然想起這個聲音屬於誰。

沈逸塵？

秦雲裳立刻將碧海珠從乾坤袋中翻找出來，碧海珠閃爍，秦雲裳不可思議地開口：「沈逸塵？」

「帶我去找謝長寂。」珠子中傳來沈逸塵的聲音：「我的靈力和魊靈同源，我給妳設下結界，妳可以暢通無阻離開此處。謝長寂，馬上就到了。」

「你說什麼？」謝長寂聽著薛子丹的話，一時有些反應不過來：「怎麼可能有九個月身孕……」

可話沒說完，他突然意識到，他和花向晚在溯光鏡中待了一年，有半年時間，他們都……

但溯光鏡中的身體也能受孕嗎？

謝長寂一時有些想不明白，可現下不是計較這些細節的時候。

他閉上眼，緩了片刻，只道：「我即刻回來，她在哪裡？」

「魔宮。」

薛子丹剛說完，魔宮方向一聲轟隆之聲炸響，隨後整個修真界都覺地面顫動。

無數黑氣從地面迸發而出，凝成實體，看著兩百年前曾經差點滅掉天劍宗的東西，昆虛子大驚失色，手上法印急出，疾呼出聲：「弟子結陣！快通知掌門，魊靈出世了！」

聽見傳音玉牌中昆虛子的嘶吼，謝長寂轉眸看向周邊。

這些東西他很熟悉，全是異界的邪物。

異界的邪魔都是由邪氣凝結而成，此刻他們四處奔竄，追著人撕咬而去，謝長寂抬手一劍轟散這些邪氣，手上快速結印，抬手砸下一個結界在村中，喚村民進入法陣，冷聲道：「在法陣之中不要出去。」

說著，他回頭看了還在產子的貓一眼，給貓也套上了一個結界，隨後破開空間，直接來到魔宮宮門前。

他一到宮門，就看見邪氣橫生，屬於花向晚的靈力混合和邪氣震盪在周遭。

結界就在不遠處，他正要抬手一劍劈去，就聽周邊傳來秦雲裳的聲音：「謝長寂！」

謝長寂回頭，看見似乎等候了一會兒的秦雲裳，他微微皺眉：「秦雲裳？」

「沈逸塵找你。」秦雲裳開口，謝長寂一愣，就看秦雲裳翻出碧海珠，遞給謝長寂。

謝長寂握住碧海珠，灌入靈力，隨後一個虛影緩緩出現在謝長寂面前。

對方還是謝長寂記憶中的模樣，黑底繪金色蓮花面具，一襲水色的長衫，神色平和地看著他。

「阿晚被魃靈操控了，」沈逸塵開口，「你按照我說的，將我的愛魄直接分離出來，帶著我進去。」

「你說什麼？」謝長寂微微皺眉。

沈逸塵聲音平靜：「碧血神君原本是異界天生出來的靈物，在異界中修得人身，有了三魂七魄。他遊蕩在世間多年，看盡了世人廝殺，修士掠奪資源，以至萬物罹難，他極為痛苦，便決心滅世以救世。可是，以他的資質，做不到滅世，後來他推算出陰陽合歡神神格轉世，於是他捨棄人身，創造魃靈這種邪魔，想等待神格轉世之後，占有神的軀體。」

「與你有什麼關係？」謝長寂冷聲開口。

沈逸塵苦笑：「我是他的愛魄。於世間有愛，便會有不捨，他厭惡我，又覺得我有用，便將我分離開去，放入鮫人皇族母體之中，於是我在我母親身體中成型，並有了另外三魂六魄，取名沈逸塵。不過那時候我並不知道我只是一縷愛魄所生，我以為我就是我，只是我從出生開始，冥冥中有一種執念，我要找一個人。所以我幾次上岸，被人類抓捕，輾轉於人世間，最後我終於見到了阿晚，見到她的時候，我就知道，這是我要找的人。」

「這是碧血神君給你的執念。」

「是，」沈逸塵點頭，「這是他計畫的一部分，他早就準備好，要讓我去接近阿晚，我的誕生，就是為了等待阿晚的出現。她出生，我尋找她，陪伴她，可慢慢地，這種執念便消失了。我只是想陪著她。但我漸漸發現不對，我有時候會忘記自己做過什麼，一開始我沒注意，但我越來越頻繁發現，我的確會有空白的記憶。」

「是碧血神君在用你的身體？」秦雲裳詢問。

沈逸塵應聲：「是。後來我才知道，他可以用我的眼睛看到一切，他也能操控我的身體，他利用我，暗算花宮主。花宮主其實本來早就可以飛升，但她牽掛阿晚，自覺心境不夠，所以一直抑制靈力。可他讓我在花宮主飲用的藥中加入了一味特殊藥材，只要他願意，隨時可以讓花宮主陷入幻覺，放開對靈力的壓制，步入天劫。但我並不知道自己做了這件事，隨後我便去雲萊給阿晚慶生，遇上你和她成親。」

沈逸塵苦笑：「我的記憶只到你和她成親，我本來想走，但後來身體被他接管，他在你走後挑撥阿晚，又暗中將你們成婚之事告訴瑤光，並在阿晚受傷時，將藏身地點告訴瑤光。借助瑤光對你的愛慕，讓瑤光殺了我。等我清醒時，我已經死了，死後我終於想起一切，但被封印在碧海珠中，什麼都說不了。我努力修煉，慢慢發現，我開始能看到他看到的，感受到他所感受的，當我察覺他的計畫後，我便開始有意識修煉魂魄的強度，我想或許有一天，我能重新和他的三魂六魄合體，搶奪魆靈的操控權，這是我最後能為晚晚所做的事。如今他回到魆靈身體，對我的管制削弱，阿晚用法陣復活眾人，也給了我力量，我終於能從碧海珠中出來。」

謝長寂不說話，好久，他終於問：「你要我做什麼？」

「帶我一起去找阿晚，」沈逸塵說著自己的計畫，「想辦法讓阿晚識海有弱點，給我進入她識海的機會，我便能試著和碧血神君合為一體，一旦我成功，我操控魆靈之時，你就儘快將它封印。阿晚身體中有一個孩子，她身上所有毒素都已經在孩子身體中，這個孩子活不了，你將魆靈逼入孩子身體，在他出生之時，」沈逸塵頓了頓，乾澀道：「殺了他。」

謝長寂沒出聲，他不由自主捏緊了劍，一瞬之間，他莫名想起那隻在雨中產子的貓。

「那我呢？」謝長寂開口，「我是虛空之體，如今又道心有瑕，現下我出現，魆靈不會優先選擇我嗎？」

「你道心將成，並非有瑕，」沈逸塵開口，謝長寂一愣，沈逸塵注視著他，「而且，碧血神君已經回歸魆靈身體，哪怕你是虛空之體，在我搶奪回操控權之前，他也不會選擇進入你的身體。畢竟相比你，花向晚才是最適合的存在。」

「如此。」謝長寂聲音極淡：「我明白。」

「還有，她復活的那些人，」沈逸塵想起什麼，垂下眼眸，「一併殺了。」

「你說什麼？」秦雲裳聞言，立刻出聲，「為什麼要殺了？」

「人死不能復生，」沈逸塵轉頭看向秦雲裳，「死而復生的，不是人，只是將魂魄強留在屍體中的邪物。」

「不可能。」聽到這話，秦雲裳勉強笑起來：「不是說好了，只要付出得足夠就能交換嗎？怎麼就不能死而復生了呢？」

「輪迴才是天道，」沈逸塵勸著秦雲裳，「妳得讓他們去輪迴。」

「我不信。」秦雲裳紅了眼眶，她搖頭退開：「不可能，肯定可以的，人肯定可以死而復生。」

沈逸塵不說話，他和謝長寂站在一起，帶著幾分悲憫地看著秦雲裳。

秦雲裳退了幾步，捏起拳頭，她彷彿下了什麼決定，轉身就朝著魔宮跑。

謝長寂抬手一個法訣飛出，定住了她的身形，隨後在她身邊落下結界。

而後他轉頭看向沈逸塵，沈逸塵平靜出聲：「走吧。」

謝長寂點頭，他捏起碧海珠，沈逸塵消失在原地，隨後轉身看向宮門。

察覺到他的靈氣變動，魔宮中的邪氣也震盪起來，黑氣進入宮門前的屍體當中，一具具屍體起身，擋在宮門前。

謝長寂平靜拔劍，提劍往前，屍體看見他疾步而來，頓時張牙舞爪嘶吼出聲，隨後最前排屍體猛地躍起，朝著謝長寂揮劍而下！

謝長寂眼神帶冷，問心劍轟然而去，華光猛地撞在結界之上，震得地動山搖。

花向晚站在祭神臺上，聽著法咒吟誦之聲，看著屬於師兄師姐魂魄的金粒從四面八方而來，感知著結界被人轟擊，她不由得抬眼，看向結界的方向。

「呀，謝長寂來了。」碧血神君聲音在她腦中響起來：「他大概是來殺妳的吧？」

花向晚眼神微冷，碧血神君帶著幾分惋惜：「或許還要殺了妳的師兄師姐，畢竟，起死回生，那可是逆了天道輪迴的。」

「他敢。」

花向晚捏緊手掌，血滴落而下，金粉快速飛入那一百多具棺材。

就在最後一刻，結界終於被人猛烈撞開，隨後狂風捲席劍意而入，將所有棺材蓋狠狠掀飛。

花向晚抬眼，就看站在門口的青年，白衣提劍，一如當年。

兩人隔著滿地屍體遙遙相望，花向晚歪了歪頭：「謝長寂？」

「晚晚，」看著面前雙眼通紅的人，謝長寂克制住情緒，「我回來了。」

「你回來做什麼？」聽到這話，花向晚笑起來：「他們死的時候不在，如今我已經把人都殺了，」她說著，提步從高處走下，穿過前方棺材，隨著她的腳步，一個個「人」從棺材中僵硬坐起，花向晚走到棺材最前方，看著宮門前的謝長寂，帶著幾分不解，「你回來，除了殺我，還能殺誰？」

「魃靈。」謝長寂開口。

花向晚聽到這話，似是聽到了巨大的玩笑。

「魃靈？你想取走我的魃靈？」

「那是邪魔。」

「不！」花向晚神色微冷，「這是力量。」

說著，她抬起手，黑氣在她手中凝結，她傲然看著謝長寂：「我有了魃靈，便有了舉世無雙的力量。你看，這些，都是想害我的人，他們都被我殺了，沒有一個人能反抗我。謝長寂，我給你一次選擇的機會，」花向晚歪著頭，勾起嘴角，「兩百年前你選了蒼生，這一次，我，還是你的蒼生，你來選。」

謝長寂平靜地看著她，面前的人沒有半點過往的樣子，他腦海中響起離別之時，那漫天明燈之下的女子。

他面上帶著幾分淺笑，目光溫和。

「我的晚晚，就是蒼生。」

聽到這話，花向晚瞬間暴怒，黑氣朝著謝長寂猛地砸去，怒喝：「你又要放棄我！」

謝長寂一躍而起，花向晚抬手一把抓上謝長寂，法陣朝著他狠狠衝撞，謝長寂手中長劍光芒炸開，兩道華光撞在一起，將兩人一起震飛開去。

兩人將將落地，便毫不猶豫疾馳向前，花向晚抬手拔劍，尋情、問心狠狠衝撞在一起，一次次撞出華光。

花向晚動作越來越快，謝長寂被動接著她的劍招。她彷彿有用不完的力氣，每一招都竭盡全力，又快又狠，謝長寂抬手接住她一劍，目光微冷，隨後便消失在原地。

花向晚毫不猶豫往後一拽，在謝長寂落地時直接卡在他脖子上，朝著地面狠狠一摔，眼看就要將他砸入地板，謝長寂腳上猛地踢向花向晚胸前，花向晚被迫放手，右手橫劍而去，黑氣猶如海浪橫掃而過，逼得謝長寂遠遠避開。

兩人你來我往，所有高階法術在絕對的速度面前都已無法施展，只能憑藉最原始的修為和劍意抗衡。

一次又一次轟砍而過，周邊宮牆坍塌，除了被結界保護著的宮殿，周邊所有建築都被破壞。

「每一次——每一次——」花向晚一劍一劍砍在謝長寂劍刃上，她死死盯著對方：「你都放棄我。」

「每一次你都不在，每一次你都不曾及時趕來，每一次都是我一個人苦苦掙扎於地獄，你再來高高在上出現在我面前——」

花向晚猛地一劍將謝長寂轟飛開去，她緊追而上，直接把人逼到牆上。

兩人的劍對峙在一起，花向晚靠近他：「裝什麼正道高潔？」

「我沒有。」謝長寂開口，這澈底激怒了她。

她揚劍一砍，狠劈入牆，她就著牆壁一路追著謝長寂脖頸砍去，帶出火花，質問：「我殺我母親時你在嗎？」

然而這話問完，她腦海中隱約出現雲浮塔上，青年滿身是血，逆光而站的畫面。

她手上動作不停，拔劍猛地揮砍向謝長寂，隨著她抽劍，宮牆轟然坍塌，她於塵囂之中一劍劈下，謝長寂抬劍抵住，聽她問第二句：「我需要你時你在嗎？」

她一問，腦海中就浮現出渡劫時心魔劫中破開黑暗而出的那隻手。

她的劍氣越發浮躁，她覺得有什麼不對，忍不住喘息起來。

不對，什麼不對。

謝長寂……

「殺了他。」

她腦海中驀地出現一個冰冷的聲音，她感覺自己被什麼命令，裹挾。

謝長寂喘息著躍到不遠處，她提著劍，喘息著，緩慢抬眼。

合歡宮的人一個個從棺材中爬出來，他們朝著謝長寂圍來，花向晚眸色漸紅。

她不想動，她覺得有什麼不對，可她的手還是忍不住抬起，聽著腦海中那個聲音：「殺了他。」

「殺了他！」

驚叫聲響起，所有人一起衝向謝長寂，謝長寂周邊風雪驟急，雪在半空化作無數飛劍，朝著周邊直襲而去。

也就是這個空隙，花向晚身形突然出現在謝長寂面前，謝長寂長劍急急揮砍而下，然而他的劍身只來得及觸碰到花向晚，身後一把利刃驟然貫穿了他。

謝長寂動作一頓，隨即花向晚第二劍便刺入他的胸口。

謝長寂不可思議地看著花向晚，花向晚握著劍的手不知道為什麼，竟顫抖起來。

她腦海中不斷翻滾著有關於面前人的記憶，她有些茫然。

為什麼要殺他？為什麼？

他是誰？

他是……

「在下謝長寂，」初次相見時，少年神色平穩行禮，「多謝道友出手相助，敢問道友姓名？」

「你……你就叫我晚晚好了。」

「晚晚……」謝長寂乾澀出聲。

花向晚不知道為什麼，她突然害怕起來。她忍不住想退，然而對方卻主動伸手，迎著劍走來，輕輕抱住她。

花向晚喘息起來，她感覺這個人的血沾在自己身上，他輕輕開口，只說：「別怕。」

「我沒事……」他安撫著她，「我不疼。」

「謝……」她喃喃出聲，「長寂……」

就是這一瞬，碧海珠猛地亮起，一道華光衝入花向晚識海，花向晚瞬間覺得頭痛欲裂，她一把推開謝長寂，聽見腦海中碧血神君的聲音尖叫起來：「滾出去！沈逸塵你滾出去！」

她識海中魃靈橫衝直撞，周邊所有人一起撲向謝長寂，她踉踉蹌蹌想搖頭逃開。

謝長寂被眾人攔著，緊追不放，沒了片刻，就聽沈逸塵的聲音響起來：「就是現在！」

他的魂魄和碧血神君結合在一起，魃靈突然停止動作，花向晚眼睛化作黑白之色，她不假思索，立刻催動鎖魂燈開啟，謝長寂也在同時傾貫所有靈力在劍尖，一劍朝著花向晚劈去！

花向晚閉上眼睛，劍尖法陣直接進入花向晚額頭，問心劍、鎖魂燈同時撲向她識海中僵住的魃靈，鎖魂燈呀嚓呀嚓扭轉將魃靈困入燈內，問心劍環繞周遭。

一切安穩，花向晚整個人失去力氣，跌倒在地，謝長寂踉蹌走來，將她抱在懷中，抬手將靈力灌入她的識海，逼著魃靈一路往她腹間嬰孩的方向過去。

花向晚在他懷中，喘息著：「你……你做什麼？」

「把魃靈放在孩子身體裡。」謝長寂沙啞開口。

花向晚茫然：「為……為什麼放在孩子身體裡？」

謝長寂沒說話，他說不出口。

他死死握著她的手，不敢告訴她，魃靈放入孩子身體之中，他只要出生，就是必死。

花向晚隱約察覺什麼，她顫抖著身子，只問：「你是不是要帶他回死生之界？」

「嗯。」謝長寂聲音沙啞：「我帶他回死生之界，他會活著。」

花向晚聞言，勉強笑起來：「好……去死生之界。」

她的肚子一點點大起來，魊靈一寸一寸沉向嬰孩身體，它彷彿是感知到什麼，瘋狂掙扎起來。

「不！」魊靈猛地掙扎著，「休想！你們休想殺了我！」

他猛烈掙扎，周邊合歡宮的人彷彿突然驚醒，朝著謝長寂兩人就撲了過來！

謝長寂抱著花向晚不動，拼命想要將魊靈壓入嬰孩身體，他周身浮起劍陣，朝著周邊絞殺而去，花向晚肚子越來越大，可以明顯看見有什麼在她肚子裡掙扎蠕動。

她感覺劇痛瀰漫全身，所有骨骼都被撐開，彷彿被人用千斤重的馬車來來回回碾過。

她死死抓著謝長寂，毫無意識激烈喘息著：「長寂……長寂我好疼，我好疼。」

謝長寂不說話，雙生符又落在花向晚身上，她感覺疼痛慢慢減輕，謝長寂低頭靠著她的額頭，冷汗大顆大顆落下：「不疼了。」他低頭吻了吻她的額頭，「別怕，不疼。」

合歡宮的人一個又一個撲上來，兩人被團團圍在中央。秦雲裳站在宮門外，她被謝長寂的法陣保護著，聽著裡面動靜，死死捏著拳頭。

薛子丹從不遠處傳送陣突然出現，他一衝出來，周邊黑氣便朝他湧去，他面上瞬間變苦，急道：「怎麼這裡更多！」

說著，他一把符咒扔出去，轉頭就看見不遠處的秦雲裳，頓時亮了眼睛，朝著秦雲裳一路狂奔而去。

謝長寂似乎早知他會過來，結界沒有對他設防，他衝進結界，趕緊給秦雲裳解了定身術，忙道：「雲萊的人被那些邪魔纏上了，我等不了他們，妳……」

話沒說完，秦雲裳定身咒一解，轉身就朝著魔宮內衝去。

薛子丹一愣，隨後跟著她一起疾跑而入，忙道：「妳趕著投胎啊？我救妳妳得管管我！」

話音未落，他就頓住腳步，看著合歡宮的人彷彿瘋了一般往一個方向湧。

他直覺不對，震驚地看著面前場景，就看秦雲裳直接衝入人群，一把拽住一個熟悉的人，激動道：「望秀！」

聽到這個名字，被她拉著的人頓了頓，秦雲裳期待看著面前的人，他臉上沒有什麼表情，看著秦雲裳的神色似是有些疑惑。

秦雲裳心上一跳，立刻道：「望秀，是我……」

話沒說完，刀鋒便貫穿了她的腹部，程望秀靜靜地看著她，彷彿一個什麼都不知道的怪物，含糊不清喃喃出聲：「殺……」

說著，他拔出刀，似又要再捅，好在一道華光從秦雲裳身後猛地飛出，將人狠狠擊飛，薛子丹一把拽開她，急喝出聲：「被捅了都不知道躲，妳是傻子啊！」

聽到薛子丹的聲音，謝長寂劍光大綻，「轟」的一下就將人群震飛開去，立刻喚聲：「薛子丹！」

薛子丹看了秦雲裳一眼，扔了一瓶藥給她，忙道：「我去看阿晚。」說著，他便衝到謝長寂和花向晚身前，花向晚肚子一直在滾動，薛子丹抓起花向晚的手，診脈片刻後，他震驚出聲：「她要生了。」

謝長寂並不意外，他冷靜地看著薛子丹，將人一把抱起，只道：「走。」

他說著，長劍開路，直接躍向高處唯一倖存著的主殿。

薛子丹趕過去扶起秦雲裳，跟著謝長寂一起衝進主殿，謝長寂合上殿門，設下結界，便抱著花向晚上前，放在高臺之上。

秦雲裳坐在一邊，愣愣地沒有說話，薛子丹有條不紊準備著東西，只看了一眼，便知道謝長寂在做什麼，冷靜道：「你將魃靈逼入孩子體內，阿晚聽我的用力。」

謝長寂點了點頭，握著花向晚的手沒放手。

薛子丹將銀針扎入花向晚穴位，花向晚覺得肚子一陣陣緊縮。她沒有覺得疼，可仍舊有些難受，她輕輕喘息著，只問：「你是不是用雙生咒了？」

「沒事，」謝長寂用靈力壓著魃靈，低啞開口，「不疼。」

「你……」花向晚轉頭看他，額上都是冷汗，「你怎麼……回來了？」

「我沒吃相思，」謝長寂溫和看著她，「薛子丹告訴我妳懷孕，我便回來了。」

「回來做什麼？」

「我來著守著妳，」謝長寂面色蒼白，「免得妳總說，我不在。」

花向晚沒說話，她靜靜地看著他，好久，才解釋：「是碧血神君說的。」

「他說得沒錯。」

外面是無數人拍打著房門的聲音，花向晚茫然抬頭：「他們，是師兄師姐嗎？」

「不是，」謝長寂否認，「他們是邪物。」

花向晚說不出話，她愣愣地看著門外，只問：「邪物嗎？」

若是邪物，她這兩百年，又有什麼意義呢？

「但妳把他們的魂魄找回來了。」謝長寂明白她在想什麼，寬慰她：「修士本不入輪迴，他們魂魄還在，就可以送他們入輪迴了。」

花向晚沒說話，她看著謝長寂，不知道為什麼，有些眼酸。

「你以前，」她沙啞開口，「不會懂這些的。」

一個眼神，一句話，他便能知道她在想什麼。

謝長寂為她撩開遮擋住視線的頭髮：「我去了好多地方，學了好多東西。」

「你去……」花向晚笑起來，「你去哪裡了？」

「就是人間，我先在路上，看見好多流民，我跟著他們進了一間寺廟避雨……」

他細細說著，說他遇到的母子，他遇到的農夫，他所在的村子……

他學會種植小麥，分辨五穀。

他在雨天看見一隻貓生產，他為牠遮雨。

「那……」花向晚有些虛弱，她感覺孩子一點點往下滑下去，她死死抓著謝長寂，只問：「小貓，活了嗎？」

貓活了嗎？

謝長寂聽著她詢問，一瞬知道，她問的不是貓。

她這麼聰明，怎麼會不知道，毒在孩子身上，魊靈同時出現在孩子身上，是什麼結果。

可她還是忍不住問。

而她也沒有多求一句，因為她知道，這裡唯一能救這個孩子的，只有謝長寂。

虛空之體，身懷九天玄雷劫的謝長寂。

他靜靜地看著面前女子，他突然很想聽她說一聲：「晚晚。」

花向晚抬眼，謝長寂看著她：「妳愛我嗎？」

聽到這話，花向晚忍不住笑了，她眼裡帶著水汽，看這個人都有些模糊。

「愛。」

這個字開口，薛子丹手上帶著靈力往她腹間一按，她呼吸急促起來，謝長寂死死握著她的手。

沒一會兒，她感覺孩子從身體中滑出來。

靈力瞬間散開，疲憊升騰而起，她緩緩閉上眼睛。

「睡吧。」

謝長寂開口，他的聲音彷彿帶著某種魔力，花向晚感覺周邊開始變得混沌。

說著，謝長寂放開她，走到孩子面前。

這個孩子呈現一種特殊的烏紫色，是個女孩。

他靜靜注視著她，過了一會兒後，他取出一件衣服，包裹著孩子，將孩子輕輕抱了起來。

在他抱著孩子起身那一刻，孩子緩緩睜開眼睛，一雙酷似花向晚的眼睛呆呆地看著他，那雙眼睛很乾淨，不染塵世半點汙濁。

謝長寂動作一僵，片刻後，就看嬰孩緩緩笑開，她伸出稚嫩的手，似乎想抓住什麼。

那一刻，他從她眼中看到勃勃生機，看到盎然春日，看到希望和光明，看到浩瀚宙宇。

「這個孩子……保不住了。」薛子丹看著謝長寂的神色，艱澀開口：「你……不用太傷心，總會有下個的。」

聽這話，謝長寂緩緩抬頭，只問：「下一個，還是她嗎？」

薛子丹一僵，過了片刻，他道：「謝長寂，你……還有晚晚。」

謝長寂說不出話，他回頭看了床上的花向晚一眼。

他突然想起雨中那隻貓，想起農夫帶著兒子走在阡陌上。

他突然有些明白。

他垂眸看著懷中嬰兒，好久，只道：「我會回來。」

「什麼?」

薛子丹詫異,還沒反應過來,就看謝長寂的手點在孩子額頭。感受到他的召喚,魃靈毫不猶豫,順著他指尖奔入他的身體。

薛子丹意識到他在做什麼,慌忙:「你……」

話沒說完,靈力在謝長寂身上暴漲,轟向周邊,除了花向晚之外,屋裡屋外所有人都被謝長寂的靈力轟開。

薛子丹狠狠撞在柱子上,隨後趕緊起身,就看見謝長寂的眼睛變成紅色,他驚得往後縮了縮,又看謝長寂神色清明下來。

他似乎在竭力克制自己,顫抖著彎下腰,將孩子放在花向晚身側。

花向晚隱約感知到周邊在做什麼,她想過來,可做不到,她只能聽見謝長寂的聲音:「晚晚。」

他低低開口:「我本來……想自己陪妳。可以陪妳很長,很久,可是……我看見她,我做不到。」

「我,是妳丈夫,亦是,她父親,」謝長寂勉強笑起來,「對不起……晚晚。」

他俯身到她額間,輕輕落吻。

「我先走了。妳說愛我,我無遺憾。」

花向晚說不出話,她努力掙扎著,眼淚滑落下來。

謝長寂顫抖著身子，撐著自己起身，嬰孩似乎感知到什麼，開始哇哇大哭。

秦雲裳抬頭，看著謝長寂捂著胸口的傷口，似乎竭力控制著什麼，往門口走去。

他走到門口，艱難地打開大門。

門開一瞬，風雪夾雜而入，合歡宮眾人橫七豎八倒在地上，正掙扎想要起身。

他聽見遠處人聲，應當是雲萊的人快到了。

雲萊的人到了，他的時間也差不多了。

他忍不住仰頭看向天地，見冬雪飄然而下，聽著身後嬰孩啼哭，看周邊邪氣橫生，隱約可聞遠處百姓哀嚎。

片刻後，他終於提步，緩緩走了出去。

他踩著鮮血，踩著落在地面的雪粒，踩著翻爛的青石板磚，一步一步往外。

他想著花向晚，想著他身後的孩子，想著那些流離失所之人，想著痛失至親之人。

他不由得握緊手中長劍。

天道感知到什麼，烏雲密布上空，隱約有悶雷之聲傳來。

他在怨氣橫生的人間，腦海中浮現出當年死生之界，謝雲亭以身祭劍、花向晚縱身一躍。

他曾於人生無數次問——為什麼？

為何選擇善而非惡；為何選蒼生而非我？

所有人只告訴過他應該，他聽過無數道理，卻都未曾在這一刻——在嬰兒啼哭，在妻子無聲落淚之時，如此清晰地感知。

因我有所愛，故而有所憐。

被人愛著，便會共情於他人，會忍不住想起那樹下的貓，寺廟思妻商賈，阡陌父子相扶，人間芸芸眾生。

於是心存不忍。

哪裡來這麼多大道理，選擇一事，無非心繫於情，擇於愛。

他曾經遊走於善惡邊緣，曾經一念墮道，他已知惡是惡是何種模樣，終究選擇善。

攜劍尋過千山萬水，他終於明白，當年的選擇，緣何而來，因何而選，他不後悔。

想明白這一刻，他終於走到盡頭。宮門緩緩打開，他看見門口站著的雲萊修士。

雲萊各大宗門齊聚於此，為首的是天劍宗掌門蘇洛鳴。

他呆呆地看著謝長寂，感知到他身上魃靈的存在，不由得慌亂出聲：「長寂，你……」

「是我。」謝長寂平靜出聲，眾人看著他，便見他笑起來：「私放魃靈者、殺人者、禍世者，皆我——謝長寂。」

「你……」

「故而，長寂願自請九天玄雷劫，」謝長寂抬起頭來，平靜道：「以消孽障。」

烏雲盤踞於頂，有悶雷湧動，似在蓄力。

這一道懸於他頭頂兩百多年的利刃，終於展露鋒芒。

所有人靜靜地看著面前青年，青年白衣染血，黑白分明的眼平穩從容，昆虛子紅著眼，只問：「長寂，你想好了？」

「魆靈禍世，生靈塗炭，」謝長寂聲音平穩，「天道因果相循，總有人要為此承擔結果。」

沒有人該白白死去，也沒有人能滿身罪孽好好活著。

放出魆靈是她被逼走到絕路，可因此無辜受害之人，卻總需要有人償還。

天道會將因果降在花向晚身上，總要有人，去為她消除這份孽障，她才能一身清白，飛升渡劫。

聽著謝長寂的話，昆虛子便知道他的決定，他說不出話，過了片刻後，蘇洛鳴顫顫抬手，啞聲開口：「退。」

聽著蘇洛鳴的話，眾人便知道天劍宗的決定。

以一人保全蒼生，這似乎是任何一個正道宗門都該做出的決定，可這樣的決定，卻從不是理所應當。

所有人看著謝長寂，片刻後，眾人集體退開。

三位當年幫著謝長寂應下九天玄雷劫的長輩走上前來，昆虛子、蘇洛鳴、白英梅，三人站在一邊，白英梅眼睛裡全是水汽，只問：「長寂，還有什麼，是我們能做的嗎？」

謝長寂不說話，他閉上眼睛，聽見遠處孩子嚎哭，女子尖叫，男人嘶吼，老者痛呼。

而後由遠到近，他聽見嬰孩啼哭，他輕輕笑開，慢慢張開眼睛，他看著白英梅，溫和道：

「師叔，我有了一個女兒。日後，若有一日她去雲萊——」

他說著，眼前浮現出少年時的花向晚雙手負在身後，一劍渡海，肆意張狂的模樣，他眼裡帶著幾分水汽：「勞煩諸位師叔，幫忙照看。」

「自然。」白英梅忍著眼淚，連忙點頭：「她們去不去雲萊，我們都會照看。」

「那就好。」謝長寂說著，還想說點什麼，但想了想，終究作罷，只道：「結陣吧。」

聽到這話，三人深吸一口氣，隨後盤腿坐下，三人手中結印，開始準備法陣。

察覺到他們做什麼，謝長寂體內的魃靈瘋狂躁動起來。

「謝長寂，你瘋了？管什麼天道，管什麼蒼生啊？他們比花向晚重要嗎？」魃靈男女不辨的聲音在他腦海中響起來，一時之間，過往那些藏於心底的惡意蜂擁而來：「死生之界的教訓還不夠嗎？兩百年在異界殺不舒服嗎？非要來這天雷中找死，你死了，你的孩子、花向晚，可都不屬於你了！」

「你以為你死了她們就能活？花向晚活不了！你想想你不在那兩百年，花向晚是怎麼過的日子？你不說好日後要陪她一輩子的嗎？」

「這些道貌岸然的偽君子，花向晚放出魃靈，他們會放過她？他們會把她活活逼死！你不清楚他們的德行嗎？」

魃靈在他識海中瘋狂掙扎，所有人都看見一張人臉從謝長寂額間衝出來，朝著謝長寂嘶吼。

邪氣流竄在謝長寂周遭，所有人警惕地看著謝長寂，謝長寂閉著眼睛，握著問心劍，默不作聲。

「別說了。」沈逸塵的聲音響起來，那張小小人臉變得異常冷靜，「一起去死吧。」

「滾！」人臉又激動起來，「滾開！」

兩人瘋狂爭吵間，謝長寂只靜靜聽著這世間的聲音，他一瞬間像是回到了很小很小的時候，茫然漫步在這天地。

可和以前不一樣的是，這一次，有一個紅衣少女，負手在身後，走在他前方。

「謝長寂，」少女側臉回頭，揚起笑容，「你聽，雪落的聲音。」

天上雷雲湧動，這時房間內的嬰孩哇哇大哭，薛子丹給孩子餵了藥，抱著孩子在房間搖晃，慌慌張張看向旁邊給自己上好藥的秦雲裳：「她一直哭怎麼辦？」

「阿晚她怎樣了？」秦雲裳沒有理會孩子，只問病床上的花向晚。

「魊靈透支了她的靈力，」薛子丹抬眼看了花向晚一眼，又給孩子餵了一些液體的藥，面帶憂色，「她又臨時產子，現下靈力枯竭，怕是要休養好久。」

秦雲裳不說話，她站起身，走到花向晚身邊。

花向晚明顯還有意識，她的眼珠一直在動，眼淚不停從眼角落下，秦雲裳看著這個場景，慢慢蹲下來，將手放到花向晚手背上，靈力源源不斷灌入花向晚身上。

「花向晚，」秦雲裳看著床上的人，神色平靜，「妳以前不是說，誰敢碰妳喜歡的人一根汗毛，妳就和她拼命。就算是天道，妳也要撕了這天道。」

花向晚眼珠顫動，秦雲裳笑起來：「怎麼，妳不管謝長寂啦？還是這兩百年被嚇破了膽子，囂張不起來了？」

她說著，靈力填入花向晚身體之中。

花向晚筋脈異於常人，比尋常人更加寬廣，她的靈力如水滴入海，可她還是堅持。

薛子丹看著秦雲裳的動作，抿了抿唇：「何必呢？反正她醒過來……」

謝長寂已經將魊靈封印在身體之中，哪怕是花向晚也無法扭轉。

也阻止不了什麼。

秦雲裳靈力接近枯竭，她臉色越發慘白，她緊握著花向晚的手，只道：「那也得是她來選。」

說著，花向晚慢慢睜開眼睛，她轉頭看向秦雲裳，只是一眼秦雲裳便明白了她的意思。

「孩子我幫妳照看，」她冷靜道：「只要我活著，她就是我的孩子。」

聽著這話，花向晚睫毛微顫，她猛地起身，一把將秦雲裳抱在懷中：「雲裳……」

「趕緊去。」秦雲裳催促她：「要死也快點。」

花向晚沒有耽擱，她慌忙起身，拖著踉蹌的身體，一路往外狂奔而去。

秦雲裳跪在地上，薛子丹愣愣地抱著孩子，好久後，才道：「妳……還好吧？」

秦雲裳抬起頭，目光落在那個孩子身上，孩子一直在哭，她平靜道：「把孩子給我，我抱抱吧。」

說著，她站起身，從薛子丹手中抱過孩子，在嬰孩啼哭中，看著花向晚一身血衣，狂奔在廣場之上。

那一路都是合歡宮的人，他們僵在原地。

這時，謝長寂站在法陣中央。

他在滾滾雷聲中，聽見雪落的聲音，聽見萬物生長，聽見雲捲雲舒。

魊靈不斷描繪和展現著他心底深處最害怕、最陰暗的一面。

他對花向晚愛慕者的嫉妒，他對殺戮暗暗的迷戀，他對花向晚死亡的恐懼，他對世間萬物存在意義的不解……

魊靈放大了一切情緒，然而在這極致的情緒中，他唯一能夠抗衡的，便是花向晚。

他想起年少時和他一起仰望仙人講經的花向晚，想起死生之界縱身一躍的花向晚，想起一人獨行兩百年的花向晚，想起在幻境中一字一句教他「我喜歡你」的花向晚……

最後他想起那一夜，他擁抱著花向晚，靜靜聽著夜雨。

那是他第一次，那麼清晰又安穩地感覺到所謂「幸福」的存在。

他記得花向晚的話。

「喜歡這個世界？」
「喜歡。」
「那就好好記住這種感覺。」
「凡天道認可之道，無一不以愛為始，以善為終。心有所喜，心有所憫，心有所悲，才會有善有德。」
心有所喜。
心有所憫。
心有所悲。
他腦海中是漫天明燈，花向晚站在潺潺河水旁邊，燈火映照著她的面容。
「我以三千明燈，僅許一願。」
謝長寂抬手一甩，問心劍懸到半空，在半空中緩緩轉動。
天地顫動，金色光芒從四面八方湧來，帶著令人溫和動容的氣息，湧入問心劍身。
以情為劍，為世間最溫和之劍，亦為最堅韌之劍。
強大到令人忍不住跪俯的劍意充斥在每一個空間，魊靈尖叫起來：「不！謝長寂——不要！我可以給你力量，我可以給你一切——」
謝長寂沒有回聲，隱約有一個青年的光影和謝長寂的身影重合在一起。
沈逸塵的聲音響起來：「動手。」

「願你我，」謝長寂閉上眼睛，他和花向晚的聲音同時響起，「平安再見。」

說著，長劍朝著他疾飛而來，貫穿了他的身體，劍風如春風橫掃而去，魃靈在他身體中尖叫出聲：「謝長寂——」

隨後天雷同時落下，魃靈在劍氣和天雷之中嘶吼著散開，尖叫著化作飛灰。

劍風未止，如海浪一般朝四面八方席捲天地，所過之處，邪魔消散，鬼魅潰逃。

浩蕩掃過天地，拂萬里山河，蕩四海九州。

花向晚在劍風中戛然止步，她愣愣地看著前方，遠處青年血花飛濺而出，天雷轟然落下。

他和沈逸塵的虛影一起回頭，在天雷白光中詫異地看著她。

兩人隔著宮門對視，片刻後，謝長寂在天雷中揚起笑容，他開口，只說：「晚晚，回頭。」

花向晚僵著身子，她臉色蒼白，雙唇打顫，茫然回頭。

而後她就看見天地彷彿被這一劍洗禮，露出柔軟又清明的光輝，合歡宮弟子的身體在劍氣中一點點吹散，露出一個個金色魂魄，站在她身後廣場上。

而廣場高處，薛子丹和秦雲裳抱著孩子站在那裡。

所有人溫柔地注視著她，好似當年盛景。

魃靈召喚出的邪魔在這一劍中消滅殆盡，世間眾人都得了喘息，帶著劫後餘生的喜悅，在這人間不同地方揚起頭來，看著一劍驅散烏雲後，露出的光芒。

問心劍一劍滅宗，多情劍一劍護山河。

一切好似再圓滿不過，是最好的結局。

可她身後是驚雷轟隆之聲，這世間諸苦皆加於那一人一身。

她的眼淚落下，只覺一切模糊。

她知道他為什麼叫她回頭，因為他想告訴她，世上所有美好結局都已經有了，只要她不看謝長寂，只要她回頭，那就是另一個世界。

可是她怎麼能做到不看他？怎麼能做到不找他？怎麼能做到，看他獨身一人祭於天地，卻只望滿眼繁華？

她整顆心像是被人攥緊，疼得她蜷縮起來，她抓著胸口的衣襟，大口大口喘息著，一步一步艱難往他前行而去。

她眼前被眼淚模糊，看著倒在天雷中的人，在眾人目光中來到雷劫外圈。

昆虛子沙啞開口：「花少主，妳就站在……」

話沒說完，就看花向晚義無反顧撲入天雷之中。

眾人睜大了眼，白英梅驚叫出聲：「花少主！」

花向晚什麼都聽不到，她將謝長寂一把抱在懷中，用所有靈力為他撐起屏障。

天雷一道一道轟下來，擊打在結界之上，她抱著懷裡的人，終於感覺一切安定下來。

這才是她該在地方。

她內心平靜，像是跋山涉水，終於走到了終點。

謝長寂在她懷中緩緩睜開眼睛，他艱難地看著她，沙啞開口：「晚晚……回去。」

「我陪你。」花向晚笑起來。

天雷擊碎了她的屏障，順著她的身體一路灌入，劇痛瞬間瀰漫在她周身，她護在他身上，不讓天雷傷他分毫。

她低下頭，額頭點在他額頭中間：「我年少時就說，誰傷了我的人，我就同他拼命。人是如此，天道，亦如此。」

謝長寂說不出話，他神智逐漸渙散，他只是反反覆覆呢喃著：「晚晚……走吧。」

她聽他一遍又一遍讓她離開，感覺比雷劫加身都讓人覺得痛苦，她眼裡蓄著眼淚，聽著他的話，猛地爆發出聲：「我不走！你也不許走！我們都得活著，」她喘息著，「我還沒有和你好好在一起過，我們還有一個孩子，你為人夫，為人父，怎麼可以這麼輕易就說自己要走？」

「你怎麼能這樣呢……」她抽噎出聲，「你怎麼能，給了我最好的一切，又和我說你要走？」

「是你說你要陪我，是你說再也不讓我一個人，我信了，你怎麼能食言！」

「晚晚，」謝長寂靠著她，「會有下一個人的。」

像過去一樣，沒有謝長寂，總會有下一個，陪伴你，走過後面半生。

沒有人一生僅止於愛情，更何況，是他的晚晚。

「走吧。」他輕聲嘆息。

花向晚不說話，天雷一道一道而下，兩人的血肉被雷劫一點一點劈開，露出鮮血淋漓的骨肉。

「若我說，不會呢？」她啞聲開口，謝長寂指尖微顫。

「若我說，」花向晚喃喃，「不會再有下一個謝長寂，也不會再有下一個人，我偏生就要陪你，生死黃泉，灰飛煙滅，我都和你一起走呢？」

「謝長寂，」花向晚靠在他額間，聲音疲憊，「我一個人，走不動了。」

「我想活，可我一個人，我怕了。」

謝長寂沒出聲，他氣息微弱，但他仍舊艱難地伸出手，緩緩向上，似乎是想抱住她。

天雷一道道落下，花向晚不斷將靈力渡入謝長寂身體，她知道硬抗天雷不可能扛到最後，乾脆將天雷引入自己筋脈，轉化成靈力，一路流淌過去。

她異於常人寬闊的筋脈成了這些天雷最佳的收容之所，只是每一次都必須忍受折淬骨削肉般的疼痛。

可她必須忍，這是她和謝長寂，唯一的生機。

她不是來陪他送死的，她是來救他的。

疼痛讓她一點一點清醒，她懷抱著懷裡的人，神智越來越清晰。

天雷逐漸加大，而隨著天雷越大，她靈脈中的靈力儲蓄越多。

天道似乎也察覺不對，冥冥之中，花向晚感覺有什麼在召喚她。

「花向晚，讓開。」虛無縹緲的聲音環繞在她耳邊，彷彿將她拖入宇宙一般的虛空之中：「九天玄雷劫，是他應下的，他是必死之人，妳讓開。」

「為什麼？」她知道了這聲音的來處，不由得將謝長寂抱得更緊了些：「他做錯了什麼？」

「他是禍世魔星。」

「所以呢？」花向晚猛地睜眼，怒喝：「他做錯了什麼？魃靈是我放的，人是我殺的，就因為他與你許下九天玄雷劫，你就要取他性命，是什麼道理？」

「他是自願為妳承擔因果業障。」

「業障？」花向晚笑起來，「碧血神君害我合歡宮時你不出現，我喪母喪友被人欺凌時你不出現，我自己為自己報仇，這時候你就來同我談孽障？既然你是天道，你睜眼看著，那為什麼你不幫我？天道是只幫惡人的嗎？」

對方沒有說話，沉默許久後，祂緩聲道：「天命不可違。」

「可我偏生要違！」她握緊劍，只道：「我修至剛至強之道，我不信天命，我只信我自己。只要夠強，我便是天。」

「好吧。」對方似是無奈，虛空從周邊退去：「那，就看妳這一劍，有多強。」

說著，雷霆突然停止，眾人愣愣地看著這一切發生，驚疑不定地看著天空。

然而天劫停下，雷雲卻沒有散開，反而越發密集，彷彿是在蓄力最後一擊。

花向晚握緊劍，她仰頭看著天上雷雲，明白天道的意思。

唯有強者，能越過天命。

謝長寂有他的最後一劍，花向晚，亦有她的最後一劍。

她仰頭看著天空，內心異常平靜，她清晰地知道，這一道雷劫，非生即死。

天空中烏雲翻滾，越來越黑，濃如潑墨的天色，看得周遭的人心中發顫。

風捲殘葉，烏鴉呱呱落在不遠處。

花向晚慢慢起身，攔在謝長寂身前，天雷積在她筋脈中的靈力蓄勢待發，她握著劍柄，腦海中是從小到大，學過的所有心法招式。

她師承父母和白竹悅，都是西境一等一的高手，又在雲萊採集仙宗百家，得謝長寂如此頂尖劍修點撥，西境兩百年，起起伏伏，暗學百家，最後又得魔主血令，傳承魔主所有心法。

這一切都在此刻彙聚，融會貫通於她的劍尖。

而最後一劍，是她對世間一切之領悟。

為何執劍，為何出劍。

她不像謝長寂，她很少追根究底，很少關注細節，她只有一個信念，而後奮力前行。

為守所愛之人，執此破天之劍。

雷聲轟隆,蓄勢待發,花向晚察覺天道之意,慢慢拔劍。

「我以三千明燈,僅許一願。」

謝長寂在漫天燈火下的模樣映入腦海,她看著劍身上自己的目光,忍不住喃喃出聲。

「願你我——」

說著,雷霆如龍,轟然而下!

她抬起眼眸,看著那巨龍一般咆哮而來的雷霆,毫不猶豫,將所有靈力蓄於一劍,朝著雷霆轟砍而去!

「平安相見!」

劍光和雷霆在半空狠狠衝撞在一起,朝著遠處一路轟去,山摧地裂,百獸奔逃,所有修士都打開結界,扛著這天道與人相扛所帶來的巨大衝擊。

渡劫期修士,常斃於天劫。

這天道致命一擊,又哪裡是人所能抗衡?

花向晚虎口震出血滴落而下,她死咬著牙,半步不退。

她不能退。

她的道,退,即為死。

雷電所化的巨龍狂嘯,她的手顫抖著,開始從周邊源源不斷吸取靈力。

然而巨龍還是一點一點壓近,眼看著逼近她身前半丈,她的劍身出現裂痕,她喘息起來,覺得周身都在疼。

劍一點點裂開，她的手忍不住發顫，她忍不住想要屈肘緩解一下疼痛，然而也就是這一剎，她身後孩子哭啼之聲突然響了起來。

這哭聲有如一聲驚雷，讓她猛地驚醒。

她不能低頭，不能軟弱，不能後退，她不能被迷惑半分，必須站在最前方。

她的身後，是她的孩子，她的丈夫，她除了一腔孤勇，再無其他與天道抗衡。

靈力再次灌入，她劍光大綻，同天劫僵持在一起。

孩子啼哭之聲就在耳側，謝長寂艱難抬眼，就看見高處始終不退半步的女子。

她一貫如此。

比他決絕，比他剛強，哪怕是天道，她也從不讓它半分。

她永遠在尋求一線生機，始終不曾放棄。

她像這世間一株野草，一滴水滴，用蓬勃的生命，不斷締造奇跡。

他看著這個人，不知道哪裡來的力氣，艱難地動了一下手指。

他身上只剩下一半血肉，他喘息著，掙扎著，在眾人未曾看到之處，緩慢地站了起來。

他衣衫襤褸，鮮血滿身，逼著自己緩緩提劍。

花向晚聽著身後的聲音，她知道她身後站著一個人，那一刻，她突然感覺到莫大的勇氣。

她不是一個人在這裡，不是孤軍奮戰。

謝長寂在她身後，無論是要護著他，亦或是被他相護，她都可以放心往前，一路前行。

似乎察覺到兩人的轉變，天劫所化的巨龍突然狂躁起來，它咆哮出聲，就見天光巨亮，周邊突然化作一片白光，被雷劫吞沒。

所有人都被這從未見過的浩蕩雷劫擊飛，唯有花向晚一人，拔劍朝著前方一躍而起，蓄力而下！

血肉在白光中碎裂成片，只剩她白骨提劍，卻不墮氣勢半分，斬天而行！

劍光直指蒼天，而這一刹，另一道黑色劍光從她身後而來，同她的劍光纏繞在一起，一起往天上擊去。

兩道劍光和雷劫衝撞在一起，陰陽合歡神相在天空突然大亮，梵音瀰漫天際，片刻之後，劍光大漲，瞬間吞噬雷劫，朝著天空擊去。

一瞬之間，巨大的力道反撲而來，花向晚被擊飛出去，有人一把抱住她，和她翻滾在狂風之中，等到餘力消散，風停雲止，花向晚喘息著，緩慢抬眼，就看見面前是同她一樣血肉模糊的一具骨架。

只是他還剩半張臉，看上去鮮血淋漓，異常可怖。

兩個人躺在地上，天上烏雲消散，花向晚聽到天道的聲音再次響起。

「妳贏了。」

說著，金光從破開的雲霧中落下，籠罩在兩人身上，兩人靜靜看著對方，感覺到天道的饋贈，雨落而下，滋潤著他們周身，血肉一點點長出來，兩人貪婪地看著對方慢慢恢復。

花向晚笑起來，只道：「我贏了。」

「我知道。」謝長寂暗啞出聲：「晚晚，很強。」

花向晚有些疲憊，可她還記得周邊，她撐著自己起身，轉頭看過去，就看無數魂魄站在旁邊，他們溫和地看著她，似是告別。

「師兄……師姐……」

花向晚看著他們，她突然感覺到一種從未有過的平靜。

蕭聞風和琴吟雨走到她面前，蕭聞風目光溫和，垂眸看她：「阿晚，謝謝妳把我們找回來，可我們得走了。」

「死亡不是結束，」琴吟雨笑起來，「而是新生。不要執著於生死，沒有人能永生。」

如果放在以前，聽著這話，她會很難過。

可不知道為什麼，此時此刻，看著他們，看著他們如此溫柔又從容地出現在她面前，她握著謝長寂的手，突然覺得，這似乎並不是一個難以接受的結果。

人死不能復生，從一開始，她便該知道。

她仰頭看著他們，好久後，才道：「你們見過靈南了嗎？」

兩人一愣，片刻後，就聽不遠處傳來急促的腳步聲，所有人一起看去，就看靈北被人攙扶著，帶著合歡宮剩下的人從宮門慢慢走出來。

靈南跑在最前面，她急切地尋找著誰，而後只是一眼，她的目光就停留在蕭聞風和琴吟雨身上。

三人靜靜對望，片刻後，靈南突然激動起來，她說話都在打顫：「我……我叫蕭靈南，是，是合歡宮右使，我的父親叫蕭聞風，母親叫琴吟雨，你們……」

她說不下去，蕭聞風和琴吟雨看著她，好久後，他們笑起來。

「我是妳父親。」蕭聞風開口。

「我是妳母親。」琴吟雨出聲。

靈南說不出話，她只是盯著他們，彷彿要將他們的樣子刻進自己的眼睛。

過了好久，她才顫抖出聲。

「爹……」說著，她將目光看向琴吟雨，「娘。」

說著，靈南紅了眼眶，隨後，她突然嚎哭出聲，衝向兩人。

蕭聞風和琴吟雨勸著靈南時，程望秀走到秦雲裳面前。

他靜靜看著面前的女子，好久後，才笑起來：「長大了。」

「那當然。」秦雲裳沙啞開口，「都兩百年了。」

「這兩百年……」程望秀遲疑著，「妳過得好嗎？」

「不好。」秦雲裳眼淚落下來，她看著面前的人：「都沒人幫我出頭了，我和阿晚老受欺負。」

程望秀不說話，他靜靜凝視著她，過了片刻後，他輕聲道：「我當初的話，是騙妳的。」

秦雲裳有些不解，程望秀笑起來：「我喜歡妳。」

當年他讓花向晚傳話，他從未喜歡過她，讓她不要等他，隨後手提雙刀，從容赴死。

如今兩百年以魂魄之身歸來，他終於認認真真，說出這句告白。

秦雲裳眼淚撲簌而落，她看著面前的青年：「兩百年了，我都把你忘了。」

「那正好，」程望秀笑起來，「等我輪迴歸來，好好追求妳，免得妳一直記掛著程望秀。」

「誰記掛你了？」秦雲裳一面哭，一面笑，她埋怨著，「你一點都不好，我都不記得你的樣子，這算什麼記掛。」

「那今天看好了。」程望秀看著她：「等我來找妳，別又忘了。」

說著，程望秀抬起手，替她擦了眼淚。

薛子丹抱著孩子，愣愣地看著他們，片刻後，一個老者高興的聲音響起來：「子丹，這是我孫子嗎？」

聽到這話，薛子丹僵在原地，過了許久，他不敢置信回頭，就看一個老者笑著站在不遠處，他和記憶裡一樣，像個老頑童一般，笑咪咪盯著他：「怎麼，不認識祖父了？」

「祖父……」薛子丹顫抖出聲。

對方看著他，嘆息道：「你怎麼這麼傻，好好的，學人家搞什麼禁術呢？我活這麼多年，夠本了，別搭上自己。不過我也不是罵你，」老者想想，又樂觀道：「能和你說說話，我也高興。現在還製毒嗎？」

「不製毒了。」薛子丹搖頭，紅著眼眶：「我當大夫了。」

「這也不成，」老者有些憂慮，「你那三腳貓功夫，別被人砸了招牌。還是再多學幾年，不然我怕你喜脈都診不出。」

「不可能的，」薛子丹抱著孩子，哭出聲來，「我都會接生了。這孩子……這孩子就是我剛接生出來的……產婦……產婦特別健康，孩子有病，我也會醫好的。」

所有人都在絮叨。

花向晚和謝長寂握著手，坐在地面，看著眾人。

過了好久，一個身影出現在花向晚面前。

「阿晚。」

看著面前黑色繪金蓮花的面具，花向晚一愣，她呆呆地看著沈逸塵，似是不敢置信。

「我殺魊靈時，把他這一魄單獨分開了。」看著花向晚的樣子，謝長寂開口解釋。

說著，他扶著她起身，花向晚看著沈逸塵，她顫抖著唇：「逸塵……」

「我也要入輪迴了，」沈逸塵聲音溫和，「如今有人陪著妳，我想回定離海。」

「對不起……」花向晚艱澀出聲。

沈逸塵輕笑：「瑤光的事，是碧血神君想要離間妳和謝長寂的陰謀，且不說此事本就與妳無關，就算與妳有關，妳也是受害者，和我說什麼對不起？我要回定離海裡了，我好久沒見過海上花了。」

沈逸塵說著，停下聲，目光溫和了許多。

他遲疑著，好久好久，才開口：「來生，應該不會再見了。」

他這一生為她所累，為她死在雲萊，為她在碧海珠封印兩百年。

雖然無錯，但緣分也並不讓人歡喜，他們似乎，的確不必再見。

「祝好。」酸澀瀰漫在心裡，花向晚沙啞開口。

沈逸塵看著她，過了片刻後，他抬起手，緩緩解開自己的面具。

一張清俊溫和的面容出現在她面前，比謝長寂多了幾分鄰家哥哥的親近，少了幾分冰冷，恰恰是她年少時最喜歡的模樣。

「當年我想過，等我成年，我就變成這個樣子。」沈逸塵看著她：「可惜沒有機會了。這張臉，姑且給妳看看吧。」

「好看的。」花向晚忍著眼淚，開著玩笑：「要是當年看見，我一定很喜歡。」

「那就太好了。」沈逸塵說完，慢慢抬頭。

「時候到了。」他低喃出聲，所有人都感覺到召喚，大家仰起頭，看向西邊。

一道光門緩緩出現，是指引亡魂進入陰間的陰陽交界之門。

大家各自看向珍視的人，好久後，終於只說：「再會。」

說著，大家慢慢往光門走去，他們路過花向晚，朝她招手：「師妹，下輩子再見了，我來合歡宮，可別把我趕出去。」

「知道了。」花向晚笑著看著他們一一走進光門。

等所有人都離開，蕭聞風和琴吟雨走在最後。

兩人停住步子，看著花向晚旁邊的謝長寂，他們看了許久，琴吟雨才問：「這就是妳喜歡那個小道長？」

「是。」花向晚笑起來：「師姐還記得。」

「挺好的。」蕭聞風開口，他看著謝長寂，好久，終於道：「你叫……謝長寂是麼？」

「是。」謝長寂出聲。

蕭聞風點點頭，猶豫片刻後，他輕聲道：「以後，阿晚就拜託你了。」

「師兄放心。」

聽這這話，蕭聞風應聲，他和琴吟雨回頭看了不遠處的靈南一眼，靈南憋著眼淚，大聲道：「你們放心，我會照顧好自己的！」

兩人笑了笑，點點頭，轉身手拉手往光門走去。

等他們澈底隱入光門，光門慢慢合上，靈南的眼淚終於落了下來。

做完這一切，謝長寂才走到薛子丹身邊，他低頭看薛子丹抱在懷中的孩子，薛子丹哭得一把鼻涕一把淚，他見謝長寂過來，抽噎著將孩子交給他。

「你……你先給她弄點吃的，我給她吃了點辟穀的東西，但是……但還是吃點普通人吃的東西比較好。」

謝長寂抱著孩子，聽著薛子丹的話，沉默不言。

薛子丹沉浸在剛見完祖父的悲痛中，繼續道：「她……她的毒，不要修煉就沒事兒，我會再想辦法。」

「多謝。」謝長寂點頭，想了想，又多加了一句：「勞您費心。」

薛子丹不想在這時候說話，自己往旁邊走去。

花向晚看著謝長寂抱著孩子走回來，她這時才得了機會，能低頭好好看看孩子。

她垂眸看著這個嬰孩，聽謝長寂道：「她餓了。」

花向晚一愣，謝長寂抬眼看她：「吃什麼？」

花向晚說不出話，兩人面面相覷，片刻後，花向晚輕咳了一聲：「你先給她餵顆辟穀丹，我處理好其他事就來。」

謝長寂沒應聲，花向晚疑惑：「有……有問題嗎？」

「她沒牙。」謝長寂提醒她：「辟穀丹咽不下去吧？」

兩人一時說不出話，他們從來沒想過，滅世一戰後，最艱難的問題居然是，這孩子吃什麼。

兩人面面相覷，過了片刻後，意識到他們在說什麼，忍不住笑了起來。

「我找師叔，」謝長寂垂眸，輕聲道：「他孩子養得多，有經驗。」

說著，他便抱著孩子，往昆虛子走過去。

花向晚靜靜看著他，光落在他和孩子身上，成了這人間最樸素、最美好的景色。

上清曆兩百零四年，合歡宮少主花向晚接任魔主之位，成為西境新一代魔主。

同年，魆靈出世，雲萊西境聯手，由謝長寂一劍滅之，而後謝長寂受九天玄雷劫，花向晚修得最後破天一劍，以逆天道，救下謝長寂。

至此，謝長寂長留西境，入主魔宮，成為魔主夫婿。

接任魔宮後，花向晚做的第一件事，便是舉辦了葬禮。

比起當年，這次葬禮異常盛大，花向晚一身素衣，讓餘下兩宮七宗都來弔唁。

她沒哭，一路很安靜，平靜地看著那一百多具棺材浮入合歡宮用於埋葬弟子的靈山，隔著結界看著滿山鬱鬱蔥蔥，終於覺得塵埃落定。

她握著謝長寂的手，感覺旁邊的人無聲的支援，好久後，她轉過頭，微微笑了笑，只道：

「走吧。」

等葬禮結束，她便搬遷進入魔宮。魔宮需要修繕，各宗百廢待興，她忙忙碌碌三個月，等到立春，終於有了時間，一個人去了雲浮塔，站在塔頂，吹著風，俯瞰著合歡宮。

她站了沒一會兒，就聽身後傳來腳步聲，她一回頭，便看謝長寂走了上來。

「憐意呢？」花向晚笑了笑，詢問孩子。

這個孩子取名花憐意，是謝長寂取的名。西境三宮九宗血脈都需跟隨宮主姓氏，花憐意是未來合歡宮的繼承者，遵守這條規矩。

「師叔帶著。」謝長寂解釋，想了想，他又道：「他很喜歡憐意。」

「老人家都喜歡孩子。」花向晚答得漫不經心。

兩人吹著風，緩了一會兒，就聽謝長寂道：「我們似乎隨時可以離開這個小世界。」

「連天都劈了，自然可以離開。」花向晚說著，轉頭看向謝長寂：「可是你打算走嗎？」

「得帶憐意。」謝長寂只道：「不然走不了。」

「那就得等她飛升了。」花向晚抬眼看著不遠處：「薛子丹同我說的，二十年內他想不出辦法，讓我把他砍了。」

「那希望他命長些。」謝長寂淡淡開口，花向晚聽著這話，忍不住笑。

過了片刻後，花向晚慢慢道：「長寂，我想……在這裡等師兄師姐回來。」

「嗯。」

「他們說，他們輪迴之後，便會回來。」

「好。」

「雲裳還在等二師兄，我得陪著他。」

「好。」

「我們會治好憐意，她會健康長大。」

「嗯。」

「日後，我們會有很好，很長的一生。」

「我知道。」

「謝長寂。」花向晚叫他。

謝長寂轉眸，女子在風中，鬢髮微亂，目光帶著幾分溫和：「你最後一劍悟道時，在想什麼？」

「妳。」謝長寂毫不猶豫，徑直開口。

花向晚並不意外，她歪了歪頭：「那你知道我在想什麼嗎？」

謝長寂沒說話，花向晚湊近他：「亦是你。」

謝長寂聽著她的話，感覺心上一點點軟下去。

最後一劍，窺測著人心底最深處的存在。

無一字言愛，卻無一字非愛。

他們在夜色中靜靜相望，過了許久，謝長寂低下頭，吻在她唇上。

雲浮塔風鈴叮鈴作響，他們的佩劍交錯碰撞出脆響。

衣角摩挲之間，花向晚看著滿天星河，她隱約有一種錯覺。

她一生走了好長好長的路，才終於走到此處。
我攜劍尋遍千山萬水，兜兜轉轉，終知你為本心。
我的花向晚。
我的謝長寂。

——《劍尋千山【第二部】問心之劫》（下卷）完——
——《劍尋千山》全系列正文完——

番外．餘生百年

一、

「抱孩子是要講技巧的，」書房之中，謝長寂跪坐在地，看著昆虛子抱著花憐意給他示範，「她骨頭軟，你得扶住她的脊骨，讓她腦袋在你手臂上，扶住她的臀，不要讓她腦袋懸空……」

謝長寂不說話，他像是年少時學習劍招一般，認認真真看著，等昆虛子示範完畢，他便試著將孩子接過來，一板一眼，照著昆虛子的話，將孩子抱在懷中。

昆虛子看著謝長寂的樣子，重重嘆了口氣。

那日花向晚送走合歡宮眾人魂魄後，謝長寂抱著花憐意一臉鄭重走到他面前，所有人都以為出了大事，最後卻只聽謝長寂問了句：「師叔，她好像餓了，一直在哭，能給她餵辟穀丹嗎？」

聽到這話，眾人沉默許久，最終，只有白英梅開口解答了疑惑，伸手掏出一個瓷瓶，遞給謝長寂，勉強道：「你……先給她喝點這個，花少主若是處理完了，你讓她過來，我給她看診一下？」

白英梅是雲萊醫術最強之人，聽到她要為花向晚看診，謝長寂毫不猶豫點頭，輕聲道了句：「謝過白師叔。」

而後他便給花憐意餵了瓷瓶中的液體，回頭去找花向晚。

動盪方過，大家也不急於一時重建，花向晚和他雖然得天道饋贈身體並無不適，但還是聽白英梅的，將眾人簡單安排了一下，便回了合歡宮，到臥室歇下，由白英梅看診。

白英梅單獨將花向晚領到房中，也不知在裡面搗鼓了些什麼，謝長寂隱約只聽得幾個類似於「開奶」之類的詞語，沒過多久，便聽屋內傳來白英梅的聲音道：「將孩子抱進來吧。」

謝長寂將孩子抱到屋中，就看花向晚斜臥在榻上，臉上帶著些薄紅，白英梅起身給她寫方子，溫和道：「妳修煉劍道太過陽盛，這些時日暫時緩一緩，我給妳寫個方子，好好調和一下。」

花向晚悶悶點頭，白英梅見謝長寂抱著孩子，便將孩子從他懷中抱過來，走到床邊，教著花向晚哺乳。

花向晚原本想著謝長寂會走，沒想到他一直在旁邊站著，等白英梅教完了，起身離開，他都沒走。

花向晚抱著孩子躺在床上，見屋中空無一人，抬眼看他：「一直站著做什麼？」

謝長寂聽著這話，便到她旁邊坐下，花向晚忍不住笑出聲來：「我問你站著做什麼，你就坐下，我又不是在意你站著還是坐著，我是問你這麼一聲不吭的是要做什麼？」

「想聽聽師叔怎麼說，」謝長寂轉頭看正在喝奶的嬰兒，目光中帶著幾分歉意，「我能做什麼。」

「也不用做什麼，」花向晚笑了笑，她想了想，拍了拍身側，給他留出位子來，「上來同我躺一會兒吧？」

謝長寂應聲，他聽著她的話，安靜上床，將床簾放下來，躺在她身側。

她背對著他，被他擁在懷裡，嬰兒安靜躺在她手側，她吃飽了，安安靜靜睡著，十分乖巧。

床帳裡光線很暗，三個人靜靜依偎，謝長寂的靈力從他手上過來，暖洋洋安撫著她，她像是在海上漂泊了許久的船隻，找到了停靠之處，一時覺得無數疲憊湧了上來。

可她還想和他說說話，她有太多話想同他說了，可最後她什麼都沒問，三個人靜靜躺著，安安靜靜睡過去。

等醒來之後，兩人躺著說話，她聽完他去了哪裡，做了什麼，過了好久，才微微皺眉，疑惑詢問：「那……我每日做夢夢見你，這倒是真的？」

謝長寂動作一僵，花向晚狐疑地轉頭看他：「你怎麼進我夢裡的？」

「妳餓了嗎？要不要吃碗麵？」謝長寂平靜起身，彷彿無事發生。

花向晚一把抓住他的袖子，目光炯炯盯著他：「我勸你說實話。」

謝長寂不出聲，看上去坦坦蕩蕩，只道：「我還是去煮麵吧。」

「是不是入夢印？」花向晚猛地想起什麼來，當即把靈力往謝長寂身上送過去，謝長寂立刻收手，花向晚手足並用將他整個人往自己身上一拽，謝長寂怕傷著她，順著她的力道被她拉到床上，長髮如幕簾墜在兩邊，兩人面對面對視，花向晚已經查到自己當初放在他身上的入夢印，只是這個入夢印明顯被人改動過，所以她自己都幾乎不曾察覺。

花向晚呼吸微亂，頓時明白過來，只問：「薛子丹給我療傷那天晚上，你是不是入我夢了？」

謝長寂不說話，只靜靜看著她，權作默認。

花向晚笑起來：「兩百年不見，你還學會勾引人了？」

「這算勾引嗎？」他平視著她。

花向晚挑眉：「那你入我夢來做什麼？」

謝長寂不出聲，花向晚推了他一把：「說話啊。」

「如妳所見，」謝長寂開口，語氣淡淡，聽不出什麼喜怒，「我所做，既我所想。」

花向晚一愣，片刻後，她想起他當時做了些什麼，莫名也有些不好意思。

她輕咳了一聲，隨後道：「罷了，饒了你這次，我把它抹了，免得你以後再囂張。不過這個入夢印被人改動過，誰給你改……」

話沒說完，她就頓住。

能為謝長寂改印之人沒幾個，想到那個人，花向晚停下來動作，謝長寂知道她的想法，沉默片刻後，他低頭親了親她：「她是合歡宮弟子，也有魂印，她會回來的。」

花向晚沒說話，過了片刻後，她轉頭看向窗戶，低低應了聲：「嗯。」

二、

初初為人父母，花向晚學會餵奶，謝長寂便也沒閒著，找了昆虛子，一點一點學習養孩子，又找白英梅學習怎麼照顧花向晚。

修真界的女修不像凡人，生子後雖有靈力損耗，但天劫之後，便等於又有一具嶄新的身體，花向晚倒沒覺得有什麼不適，只是謝長寂還是不放心。

每日白天抱著孩子陪著花向晚處理事務，晚上按著白英梅的要求給花向晚按摩，日常飲食用度，從食材到作法，都有他的講究。

花向晚本不在意，這麼養了些年頭，花向晚便莫名發現，身體好像舒服了許多。

以前一些手腳冰涼偶爾頭痛的小毛病，竟都好了。

花憐意十二歲時，薛子丹終於給她配出藥來，只是這些藥散落各界，僅在傳說中才有。

花向晚和謝長寂商議一夜，終於做下決定，花向晚帶著花憐意留在小世界，謝長寂去尋藥。

做下這個決定時，花向晚重重嘆了口氣，只道：「你這一走，倒是讓我想起生產那日。」

謝長寂抬眼看她，花向晚苦笑：「你為了救她，便不管我了。」

「是妳問我，」謝長寂平靜開口，「小貓活了的嗎。」

「那我也不是讓你去救。」花向晚搖頭，「我的意思本是，你把魊靈留在我的身體中……」

「所以我沒有。」他明白她的意思，打斷她。

「晚晚，」他平靜開口，「我不是選擇她，我是選擇妳。」

花向晚聞言，她頓了頓，隨後轉過頭去，嘆了口氣：「算了，不說了，黏黏糊糊的。」

說著，她將謝長寂的手臂拉過來，在他入夢印的基礎上又更改了一番，只道：「日後不管去哪裡，你都可以用它進入我夢中。」

謝長寂看著入夢印，點了點頭。

兩人溫存一夜，等到第二日，沒等花向晚睡醒，謝長寂便悄然離開。

從那以後，謝長寂便沒回來，只是每晚花向晚都會做夢，聽他在夢裡一一說著他去的地方。

她也會說一下近來發生的事情。

合歡宮的弟子慢慢回來了，他們身上帶著魂印，哪怕不記得前塵往事，她也能清晰辨認出來，這是誰。

蕭聞風和琴吟雨是一起回來的，兩個人青梅竹馬長大，十二、三歲的年紀，便拜入了合歡宮。

程望秀是秦雲裳找回來的，他帶著記憶輪迴，生下來後覺得自己以一個奶娃娃的身分出現有些不體面，就一心一意想重回巔峰再回來。

誰知道秦雲裳一個月三趟拜訪天機宗，神奉不堪其擾，幫她把程望秀的位置算了出來，秦雲裳趕著過去，剛好就遇到程望秀小宗門內部鬥爭、虎落平陽被犬欺的戲碼，已經是鳴鸞宮宮主的秦雲裳非常體面的來了次英雄救美，極大傷害了程望秀自尊心，他氣得當天晚上連夜跑路，秦雲裳倍感無奈，只能和他玩起了重回築基期、披著假身分談戀愛的戲碼，最後終於把人哄了回來。

狐眠回來得最晚，她出生在一個農戶家中，自幼得了離魂症，一直傻傻不知人事，花向晚感知到她的存在，找了許多年，終於在她二十歲那年將人帶回來，給薛子丹看診後，便發現是魂魄不全，花了些時間將魂魄找全之後，她便想起了一切。

想起一切的那天晚上，她在雲浮塔枯坐一夜，最後去找了薛子丹，同他要了一顆相思。

等第二日起來，關於秦憫生的一切，她便全忘了。

後來過了些年頭，她收了個小徒弟，帶回合歡宮時，花向晚看了一眼，和秦憫生長得一模一樣。

百餘年時間，大家陸陸續續，都回到合歡宮。

花憐意慢慢長大，她無法修煉，只能跟著薛子丹學醫，而後每日以丹藥續命。

但她性格乖張，不是學醫的料，看著身邊同齡人在修煉一途上平步青雲，她心中不甘，脾氣越發囂張，倒成了出了名的紈褲子弟。

大事幹不了，偷雞摸狗的小壞事兒做了不少。

一開始花向晚還教育她，責罰她，後來就發現，她越罰越來勁兒，想到自己年輕時，便也懶得管她，讓靈北跟在她後面，給人家賠禮道歉賠錢就是了。

反正出格的事兒她也不會做，不過就是想吸引一下別人注意罷了。

而這個時候，謝長寂終於回來了。

回來那天，他沒告訴花向晚，就靜靜站在合歡宮門口。

百年過去，所有人都不大認識他，他仰頭看著城門上「合歡宮」的牌匾，好久，就聽身後傳來一聲囂張的叫罵：「哪兒來不長眼的東西，敢擋本少主的道？」

謝長寂沉默回頭，就看一個女子騎在一頭白虎上，一身紅衣獵獵，和他有幾分相像的眉目表情格外囂張。

她身上沒有半點靈力，明顯是凡人之身，能活到這個歲數，完全是靠丹藥維繫。

兩人靜靜對視半天，對方皺起眉頭：「你怎麼看上去有點眼熟？我是不是在哪裡見過你？」

謝長寂沉默片刻，終於開口：「我是妳爹。」

聽到這話，女子笑起來：「我花憐意活了上百歲，頭一次見你這麼囂張的人，竟然敢罵我？小的們，」花憐意招呼身後一大批隨從，「給我上！」

隨從大多都是金丹期，看見謝長寂身上沒有半點靈力，毫不猶豫往前撲，只是所有人才撲到半步，就感覺一股威壓迎面而下，將他們狠狠壓在地上。

花憐意一看，便知不好，拿了花向晚給她的法寶，瞬間就消失在宮門口，隨後連滾帶爬回去找薛子丹，激動道：「薛叔叔，救命！快，救我！有人罵我，還打我！」

薛子丹正在配藥，花憐意是他一手養大的，有人這麼欺負她，這還能忍？

他當即約上靈北、靈南等人，氣勢洶洶衝向宮門，擼起袖子大罵：「我倒要看看，是誰敢欺負……」

話音未落，他就看見門口的謝長寂，靈北、靈南嚇得「噗通」一下跪了下去，薛子丹咽了咽口水，推了推花憐意：「憐意，叫……叫妳娘過來。」

花憐意一停，頓覺不好，毫不猶豫掉頭就跑，衝去找花向晚：「娘！不好了！有大魔頭打上門了！薛叔叔、靈南、靈北都要被打死了！」

花向晚正在打坐，一聽這話，立刻冷眼起身，走出去門去：「我去看看。」

「娘，」花憐意跟在花向晚身後，說得十分委屈，「這個人真的很過分，他一上來就罵我，打我的人，簡直是把我們合歡宮的臉面放在地上踩！他還說他是我爹，妳說他是不是在占妳和我的便宜？」

剛說完，花向晚就頓住了步子，花憐意有些奇怪，她抬起頭，便看見花向晚呆呆地看著前面白衣扶劍的青年。

花憐意心裡咯噔一下，覺得要完，難道花向晚也打不贏？

她下意識想退，又覺得此刻所有人在這裡，她不能退。

於是她深吸一口氣，小心翼翼：「娘？有把握嗎？」

「叫爹。」花向晚立刻出聲。

花憐意明白了，花向晚打不贏，必須要她來承受這份屈辱。

於是她深吸一口氣，上前道：「前輩，我一人做事一人當，您不要同合歡宮計較，您想當我爹，我就叫這一聲爹，只希望……」

話沒說完，花向晚狠狠一巴掌拍在她腦後，怒道：「什麼亂七八糟的玩意兒，我是說，他是妳爹！」

三、

失蹤百年的神祕爹突然歸來，這令花憐意非常不適應。

一百年了，誰還記得十二歲走了的人什麼樣子？

花憐意很茫然，她一直偷瞟謝長寂，看花向晚衝上去抱住謝長寂，兩人手挽著手往裡走。

謝長寂對她這個女兒明顯有些陌生感，一直不和她說話，反而是先找到了薛子丹，給了薛子丹一堆藥後，便和花向晚進了房間。

等他們熄了燈歇下，花憐意終於找靈南確認：「這真是我爹啊？」

「如假包換。」靈南說得很確定。

花憐意站在柱子旁邊，緩了好久，才道：「還是挺好看的，配得上我娘。」

她花了很多時間接受自己有個看上去如此冰冷凶殘的爹的事實，謝長寂也花了一晚的時間，接受花憐意長成這個樣子的事實。

「之前沒和你說太多，因為我覺得都是些小事……」花向晚含糊著認錯：「我年輕時，也挺囂張的。我那時候去雲萊，不先上門把百宗挑了一遍嗎？她沒什麼修為，也就能勇鬥幾隻大白鵝，我覺得不是大事。」

「那是人家村裡的鵝。」謝長寂提醒她。

花向晚自知理虧，只道：「所以我把鵝買了下來，回來做了火鍋。」

謝長寂沒說話，花向晚猶豫了片刻，主動靠過去，伸手抱著謝長寂撒嬌：「哎喲我錯了，你回來了，那你想怎麼管怎麼管唄。」

「藥煉好之後，便可以修煉。」謝長寂垂下眼眸：「咱們早晚要走，我想帶她去死生之界修行。」

「那我呢？」花向晚那立刻抬頭。

謝長寂靜靜地注視著她：「妳還忙嗎？」

花向晚一愣，想了想，如今該處理的都處理完了，趕緊道：「不忙，我不忙，你去哪兒我去哪兒。」

兩人商議好，等第二天，花憐意被花向晚領過來，由謝長寂親自宣布了這個消息。

花憐意愣愣地看著謝長寂，好半天才道：「你要教我修行？」

「嗯。」

「我可以修行了？」

「不錯。」

「那……」花憐意眼裡放光，「我是不是可以像娘一樣厲害，當天下第一？」

「不一定。」

聽到這話，花憐意嗤笑出聲：「那你還來教我？」

「當不了天下第一，就不修行了？」謝長寂抬眼看她。

花憐意想了想，隨後道：「倒也不是，你要教我……那就教吧。」

兩人的話簡單說完，等謝長寂去找薛子丹，花憐意嘟起嘴來，靠近花向晚，不滿道：「娘，他真是我爹嗎？怎麼冷冰冰的，一點都不熱情？」

「我就喜歡妳爹冷冰冰的樣子，」花向晚笑了笑，「不覺得很英俊嗎？」

這話把花憐意哽住，片刻後，她一躍而起，搓著手臂：「肉麻死了，我走了。」

謝長寂同薛子丹煉好丹藥，給花憐意服下，驅毒過程艱辛，疼得花憐意一路連滾帶爬，喊著不醫了。

但喊歸喊，她還是咬著牙忍過了全程。

等解毒之後，她便跟著謝長寂和花向晚去了死生之界。

死生之界和過往一樣，常年冰雪瀰漫，她凍得瑟瑟發抖，跟著兩人一起遊走在死生之界，謝長寂和她介紹了大概地形，花向晚漫不經心跟著，等站在懸崖邊上，謝長寂察覺花向晚靠懸崖太近，他猛地將她一把拽了回來，花向晚和花憐意嚇了一跳，花憐意頗為茫然，疑惑出聲：「爹，你做什麼？」

謝長寂不說話，他只是捏著花向晚的手，好久後，才緩過來，慢慢道：「不要離那裡太近，會進入異界。」

說著，他便岔開話題，領著兩人離開。

花憐意好奇跟著謝長寂，只有花向晚，一直靜靜看著他，沒有說話。

等到夜裡，花憐意睡下，花向晚拉著他走出來，兩人一起穿過漫天風雪，來到懸崖邊。

到了這裡，謝長寂便有些緊張，他握著花向晚的手，低聲道：「回吧？」

花向晚不說話，她看著懸崖，過了片刻後，轉眸看向謝長寂：「你還在怕嗎？」

謝長寂垂下眼眸，沒有作聲。

花向晚想了想，走上前去，謝長寂手微微發顫，竭力克制自己：「晚晚，回去吧。」

花向晚依舊往前，月光落在她身上，她回頭看他。

他們的位置就像當年，謝長寂整個人僵住，感覺血液都凍在原地，片刻後，花向晚笑了笑，張開雙手，徑直往後倒下。

謝長寂睜大眼，毫不猶豫衝了上去，跟著一躍而下，一把抓住她！

兩人在半空急墜落下，風聲呼嘯而過，謝長寂滿眼惶恐還未散去，就看花向晚笑起來。

月光落在她明亮的眼睛裡，她高呼出聲：「就是這種感覺。」

謝長寂聽不明白，還未反應，他們就落入異界，隨後狠狠砸在地面。

落到地面之前，花向晚便用了靈力，他們下墜之處，冰雪震開，兩人卻什麼事都沒有。謝長寂急促喘息著，整個人微微發顫，花向晚伸出手，溫柔地覆在他冰冷的臉上：「落下來，也不過如此，一切都已經結束了，長寂。」

謝長寂抬眼，花向晚微微傾身，吻在他顫動著的眼皮上，輕輕拉開他的衣衫，像獻祭一般，貼合在他敞開的衣衫之下。

「往前看，看著我，別害怕。」

四、

花憐意繼承了他們的天賦，在死生之界待了五十年，便已突破化神。

花向晚和謝長寂算了算，也差不多到了時候，和花憐意商量了一番，將合歡宮留給她，西境交給秦雲裳，便飛升離開了這個小世界。

他們早在殺魔主那日便可以飛升，一直推遲到現在，飛升那一日，鐘鼓鳴響，天劍宗和合歡宮之前飛升的前輩都趕了過來，兩人一出現，就看見前方烏泱泱一大批人。

「別擋著我看晚輩，這次飛升的終於是咱們多情劍一脈，唉，不對，他怎麼帶著問心劍飛升的？難道又是問心劍？謝孤棠，」有人在人群裡叫嚷著，「你來認認，是你們問心劍嗎？」

說著，人群裡走出一個紫衣青年，他看著剛剛出現在南天門的謝長寂，端詳片刻後，搖了搖頭：「不是。」

「那帶著問心劍？」

「他似乎原本修習問心劍，之後破心轉道，所以應當算問心多情雙修。」謝孤棠解釋著。

聽到這話，修士嘆了口氣：「唉，還是沾了你們的，晦氣。」

但修士還是衝上前去，高興道：「喂，長寂師姪，我是你師祖，第十代多情劍蘇子凡……」

天劍宗的人來找謝長寂打招呼，合歡宮的人也湧了上來。

相比天劍宗，合歡宮的人熱情了許多，花向晚一一辨認著前輩，聽前輩高興道：「哎呀，長得這麼水靈，有雙修道侶了嗎？沒有的話我給妳介紹……」

「有了。」花向晚話沒說完，謝長寂便徑直開口，所有人看過去，謝長寂擠開蘇子凡，道歉：「失禮了師祖。」

說著，他走到花向晚面前，朝著合歡宮眾人行了個禮：「見過各位前輩。」

合歡宮的人面面相覷，片刻後，一位女修笑起來，只道：「不妨事，雙修道侶不嫌多，向晚啊……」

「蕭昭音妳別胡說八道，」一聽這話，蘇子凡激動起來，「我們天劍宗弟子道侶就一個，妳別帶壞我師姪媳婦兒。」

「這是我合歡宮的人，」蕭昭音聞言，嗤笑出聲，「輪得到你管？」

「這是我天劍宗弟子的婚事，我就能管。不服去比劃比劃？」

「比就比誰怕誰？」

沒幾句話，兩人便吵了起來，花向晚和謝長寂看著這熱熱鬧鬧的場景，正想說點什麼，就看謝孤棠走了過來，平和道：「二位不用管他們，他們是打鬧慣的，這邊請吧，我帶你們兩熟悉一下上界。」

「多謝師祖。」

聽到這話，花向晚和謝長寂趕緊行禮，跟著謝孤棠遠離了是非。

謝孤棠一路領著他們往前，給他們介紹了一下天庭大概的情況。

「現下上界雖然天庭為主，但各方勢力也不容小覷，例如寂山一脈，就少招惹，他們寂山一脈兩位女婿都以戰練道，十分好戰……」

「那如果惹到他們呢？」花向晚有些好奇。

謝孤棠想了想，只道：「想打可以打，不想打，也有其他辦法。」

「比如？」花向晚疑惑，話沒說完，就聽一個女聲傳來：「自摸，糊了！」

說著，就是劈里啪啦搓麻將之聲傳來，花向晚和謝長寂看過去，就看花園之中，兩位女仙和兩位男仙圍著麻將桌，正搓得不亦樂乎。

女仙一位看上去十分甜美，另一位看上去稍顯成熟，另外兩位男仙一位滿臉憤怒看上去是個沉不住氣的，另一個優哉遊哉搓著麻將，似乎老奸巨猾。

四人搓著麻將，聽見謝孤棠的聲音，沉不住氣的男仙立刻回頭，高興道：「孤棠，你來了？快過來，我師父他太喜歡耍賴了，你趕緊過來把他換掉！」

「我這是實力。」旁邊男仙聽著這話，抬起頭來，笑著道：「行之，輸不起別耍賴，你看婉婉和翠綠，多淡定。」

「我輸不起？你敢說你剛才沒看我的牌？」簡行之聽到這話，立刻跳了起來，「你剛才明明看牌了！」

「簡行之，」一旁長相甜美的女仙秦婉婉拖長了聲音，「你怎麼和我爹說話的？」

「是啊，」綠衣女仙扔骰子，「對你岳父這麼大吼大叫的，你是不愛我們婉婉了？」

「不是……」簡行之趕緊解釋。

看著這亂七八糟的場景，謝長寂轉頭看謝孤棠：「如果惹到寂山一脈，不打，還有什麼辦法？」

「唔，」謝孤棠看著他們開始取牌，轉頭笑了笑，「不打架，還可以打牌嘛。」

「啊？」花向晚震驚。

謝孤棠一臉認真：「這世界，也不是只有打打殺殺，很多時候打牌可以解決的事情，不需要動手。」

「謝孤棠你來不來？」翠綠大聲叫嚷著。

謝孤棠想了想，遲疑著詢問：「二位，要不打一圈？」

謝長寂和花向晚都是一愣，片刻後，就聽花園裡簡行之的聲音響了起來：「呀，這兩位——」

所有人看過去，就看簡行之站起來，看著花向晚和謝長寂的目光亮了起來：「看上去很強啊！」

一聽這話，秦婉婉立刻察覺不對，知道簡行之這是癮犯了，她趕緊上前，抓住自己這位看見強者就想打一遭的丈夫，忙道：「打牌。」

她定下來：「二位，要不趕緊去休息，要不過來打牌，快！」

「那……」花向晚遲疑著，「就打牌吧？」

說著，兩個人就莫名其妙，被推向了牌桌。

並且，從此以後，沉迷在了這裡。

番外．沈逸塵

一、

他生於定離海。

他出生時，正是鮫人一族最鼎盛的時光，那時鮫人與人族常有摩擦，也說不上誰對誰錯，不過就是你來我往的爭奪資源，他的父皇想上岸，岸上的修士想入海，他時常坐在礁石上看這些鬥爭，大多數時候，他看不明白。

祭司同他說，這是他父皇的貪欲所造成的災禍，而他父皇又說，這是瀾庭真君的野心造成的禍端。

瀾庭真君是西境最強的修士，他自幼生於合歡宮，天資出眾，元嬰之後便與合歡宮少主花染顏結為道侶，兩人雙修結契，一同步入渡劫，花染顏接任合歡宮宮主，至此之後，西境合歡宮，便成了人族修士中最強大的宗門。

然而這一切與他沒有太大的關係，他並不喜好爭鬥，在眾位兄弟中，是最安靜、最無用的存在，每一天都在自己的宮殿中侍弄草藥，或者就是在礁石上眺望遠方。為此他的父皇並不喜歡他，很多時候，他們甚至遺忘了他。

除了受傷的時候，他們很少來找他，但他並不在意，他生來便不太在意別人的壞，每次想起其他人，總想到的是別人的好。

最重要的是，他總覺得自己有一個任務，冥冥中宿命感牽引著他，他下意識覺得，他需要找一個人。

他不知道那是誰，也不知道對方的樣貌，他沒有任何線索，只是隱約在夢境中，會感知到對方的存在。

他無從找起，只能等待。

日子一日復一日的過，直到後來，他的兄弟都戰死。

那一戰很慘烈，瀾庭真君帶領人修與他父皇決戰於定離海，定離海海面被血水染紅，無數修士屍體浮在海面，瀾庭真君重傷了他的父親，在一片屍體中，兩方終於達成協議休戰。

鮫人退回定離海深處，人修也絕不會再深入定離海中。

二、

從那以後，兩族修生養息，鮫人皇族中，他竟然成為了年齡最大的長子。

他莫名其妙成為儲君，也承擔起儲君的職責，陪伴著他的父皇走完最後一程，重新修整鮫人一族，等著他兄長的孩子長大，他禪讓王位，這時候，他四百八十六歲，終於獲得自由。得到自由之後，他做的第一件事，便是游到定離海近海。

他聽說人修喜歡抓捕鮫人，他沒有雙腿，在陸地行走不便，便故意被人修發現，隨後這些人用一張漁網將他抓了起來，放在琉璃水缸裡，抬著上了岸。

他作為珍貴貨物，一路送往拍賣行，光怪陸離的陸地世界讓他倍感新鮮，他在狹小的琉璃水缸裡，興致勃勃看著外面的世界。

有人嘲笑他，有人可憐他，可這一切對於他來說都不重要，到陸地上，他看著這新鮮的世界，感覺興奮極了。

他仔細瞭解著這些人修的行為，看著自己被送上拍賣會，他本是置身事外的看客，隨便誰買下他都行，可就在他被抬著走向高臺時，突然在冥冥中，有一種無形的力量，讓他看向高臺。

然後他就看見高臺上負手而立的一個女童，她穿著紅色長裙，面上極力保持著鎮定和驕傲，可眼神卻忍不住四處打量，明顯是第一次來這種地方。

幾乎只是一眼對視，他感覺周身血液都湧了上來。

是她——

他心跳得飛快，他從琉璃水缸中努力想要爬出去，想要去看看那個女童。

他第一次有這麼大的反應，把旁邊的人嚇了一跳，看他爬出來，鞭子狠狠抽打而上，他疼得抽搐起來，卻還是努力撲騰著想往外爬去。

掙扎引起了許多人的注意，女童看著他被打，一時有些懵了，他盯著她，渴盼蔓延，女童愣了許久後，轉頭看向身邊一個青年。

「大師兄，」女童抬手指著他，「我買下他，好不好？」

三、

她把他買了下來。

買下來當天，他們休息在客棧裡，她按著她師姐的話，讓人給他放了水，泡在浴桶裡，水裡是她師姐琴吟雨準備的藥材，可以修復他的傷口，他安穩地泡著，就看琴吟雨帶著她走進來。

他身上還帶著拍賣行用來束縛他靈力的鐵鐐，可琴吟雨還是不太放心，拉著女童站在一邊，冷著聲道：「阿晚心善救了你，你別起其他心思，我們能買下你，也能殺了你，好自為之。」

聽著這話，他搖搖頭，艱難地發著人修的語言道：「我，不會害她。」

「你會說人話？」琴吟雨有些詫異，他點頭。

女童好奇：「你是從哪兒來的？」

「定離海。」

「來做什麼？」

「想到大千世界看一看。」

「呀，」聽到這話，女童笑起來，「我也想，但師兄師姐沒時間陪我。你……你同我說說，定離海是什麼樣？」

說著，女童似乎想起來什麼，忙道：「哦，我都忘了，我叫花向晚，你呢？你叫什麼？」

「沈逸塵。」他將鮫人一族的語音轉換成名字。

女童聽著，重複了一遍：「哦，沈逸塵。」

那天晚上，她就蹲在浴桶旁邊，同他聊天，她對定離海很有興趣，對外面的一切充滿好奇，還對瀾庭真君的過往很有興趣。

「我父親走後，母親就不太和我說話，也不喜歡和我提他，」花向晚嘟囔著告訴他，「她好少告訴我這些。」

沈逸塵不說話，他魚尾輕擺，有些擔憂地詢問：「妳父親……怎麼走的？」

「他身上傷太多啦，」花向晚無奈，「經年征戰，一直強撐著，後來就走了。你父親呢？」她扭頭看他，「也一樣的嗎？」

「嗯。」沈逸塵想著父皇最後的時光，有些低沉，「一樣的。」

「那我們也算打平了。」花向晚轉頭看著窗外，喃喃，「以後別這樣了。」

從那以後，她經常來找他聊天。

他怕她早早把他送走，每天都將原本要痊癒的傷口重新撕爛。

他很好奇這個女童，他也不知道自己到底為什麼要堅持不懈留在她身邊，一開始他以為，這或許是前世姻緣或者宿命，可是當她真的出現在他面前，他卻發現，其實他沒有什麼太大的情緒波動。

他對這個孩子，並沒有太多的感情，他就像是在完成一個必須完成的任務，堅持守在她身邊。

只是說，人皆有情，她把他一路從拍賣行帶回合歡宮，將他放在冰河下面，小心翼翼照顧他的傷口，日復一日，慢慢的，他還是對這個孩子有了感情。

他開始會掛念她，每日在冰河裡等待她的來到。

她脾氣大大咧咧，來的時候總是一身傷，他看不下去，便幻化成了人形，跟在她身邊。

他第一次化形跟在她旁邊當天，便被白竹悅和花染顏叫上了雲浮塔，兩人盯著他，過了許久後，花染顏緩慢出聲：「你來這裡，是為了給你父親報仇嗎？」

他聽到這話，微微一愣，片刻後，他想了想，只道：「我父親乃病去，與合歡宮無關。」

「那你來做什麼？」

「我不知道，」沈逸塵如實回答，「命運指引我來，但我不知道結果。」

花染顏隔著珠簾，靜靜地看著沈逸塵，好久後，她才道：「我不放心，如果你要留下，你必須成為阿晚的靈獸，否則我不能放任你在她身邊。」

鮫人畢竟不是真正的人修，強大的修士也會將馭獸之道放在鮫人身上。

只是幾乎沒有鮫人願意接受成為他人的靈獸，沈逸塵和花染顏對視片刻，隨後笑起來，只道：「好。」

當天，花染顏從雲浮塔下來，親自帶著花向晚去了冰河，她教著她和沈逸塵結契，沈逸塵比她強大太多，如果不是自願，她根本無法控制沈逸塵。

結契完成後，他就是花向晚的靈獸，從此不能違背花向晚命令半分。

基於此，花染顏和白竹悅終於放心了他，為他編造了一個身分，讓他侍奉花向晚。

一開始，他只是想照顧好她，所以沒有男女之分，他學著人類世界的一切，無微不至的陪伴她，幫她梳頭，幫她畫眉，陪她練劍，陪她挑選裙子、髮簪、胭脂。

鮫人身形高大，哪怕他沒有男女的區別，但所有人從一開始，都下意識叫他「沈公子」，於是他一直以沈公子的身分跟在她身後，看著她一點點長大。

她開始越來越瞭解鮫人的習性，有一天夜裡，她聽著他給她說鮫人成年才會挑選出臉和性別，她忍不住問：「那，逸塵，你以後會變成男鮫，還是女鮫啊？」

這話讓沈逸塵微微一愣，他呆呆地看著趴在床上、穿著睡衣、漫不經心看著話本的花向晚，下意識反問：「阿晚想讓我當男鮫還是女鮫呢？」

「當然是女鮫啊，」花向晚笑起來，她抬頭看向沈逸塵，「這樣，逸塵就可以一直同我在一起啦。」

「若是男鮫，」沈逸塵有些茫然，「便不能同阿晚一直在一起了麼？」

「若我沒有道侶，倒也無妨，」花向晚認真地想了想，頗為苦惱，「可若我有了道侶，那自然……就不行了。」

「為什麼？」沈逸塵脫口而出，花向晚有些不好意思。

「若我有了道侶，你又是隻男鮫，我想，他可能不樂意吧？既然做了夫妻，我總得對他負責，所以逸塵，」花向晚撐著下巴，「你和我當姐妹，就可以一直這樣生活啦。」

四、

有了道侶，便有了生命中更親密之人。

少女帶著幾分期待地說這些時，沈逸塵第一次意識到，面前的姑娘長大了。

這些話讓他有些茫然，他隱約感知自己並不希望有這樣一個人出現，可是……

為什麼呢？

他一時有些茫然，甚至於在夜裡，他開始思索，他來這裡到底是做什麼。

他到底為什麼來，為什麼留下。

他反反覆覆追問中，隱約又開始做夢，夢裡他感覺有一個人，他依稀覺得那個人是他，又不是他。

他赤足行走在乾裂的土地上，土地被鮮血所浸染。

「去見她。」

那人開口，他猛地驚醒。

他在黑夜裡喘息著，從冰河中浮上冰面，然後他就看見花向晚提著劍，高高興興走了過來。

「逸塵，」她半蹲下身，臉上洋溢著笑容，「你還沒睡啊？」

他抬眼看她，緩了片刻，慢慢笑起來：「發生了什麼，這麼高興？」

「我贏了秦雲衣，」花向晚挑眉，「她比我年長，之前都說她是青年一代最強的，今天我把她從臺上扔了下去，可把我厲害壞了。這事兒我和別人說，顯得不夠穩重，」花向晚說著，坐在冰面上，扭頭看他，「我就來找你啦。」

沈逸塵聽著她的話，平靜地注視著她。

十六歲不到，已過元嬰，這份天資，無論在哪一族中都是頂尖。

他想到自己的夢境，一時有些不太確定。

他到底為何而來？他的到來，對花向晚，到底是好是壞？

「逸塵？」花向晚疑惑。

沈逸塵回神，忙道：「沒受傷吧？」

「一點小傷，」花向晚滿不在意，「走在路上就好了，我帶了酒，你喝不喝？」

「妳還小。」他勸她，「別喝酒。」

「我不小了，」花向晚不滿瞪他，「我都快十六了。」

從那天晚上起，他開始不斷追問自己為何而來。

甚至於，他開始思考，他是不是該回到定離海，在搞清楚自己的情況前，不要靠近花向晚。

只是他還沒有想清楚，花向晚就先給了他選擇。

那天他給她梳著頭髮，花向晚突然問：「逸塵，你想回定離海嗎？」

沈逸塵一愣，他握著她的頭髮，沒有言語，花向晚回頭看他，面前是他幻化出來的人形，可她清楚知道，他的本體在冰河裡。

「我前些時日，在雲騰幻境裡看到了海。」她解釋著，前些時日去幻境歷練看到的東西：「看到真正的海的時候，我發現，海比我想像中大多了。」

這麼寬廣的海洋，原本是他的故鄉。

可如今他卻困在冰冷又狹窄的冰河裡。

她注視著他，看著他的眼睛：「逸塵，」她帶著幾分不捨，卻還是勸說他，「回定離海吧，你好多年沒見過海上花了吧？」

他不說話，捏著梳子，好久後，他才乾澀出聲：「好。」

她是個做事果斷的人，說送他回去，便送他回去。

送他回去的路上，她一路都在叮囑他：「回了定離海，你可別把我忘了，我時不時過去一趟，你得好好接待我。你說我去定離海吃海鮮是不是不太好，要不我帶點烤豬去見你？」

他靜靜看著她，花向晚看上去沒有半點不捨的樣子，等到了定離海，她解開了他們兩人的靈獸契約，將他放進海裡。

而後她赤足站在海岸邊，感覺海浪拍打在自己腳上，她有些愣神。

他在淺灘上坐著看著她，花向晚察覺他還不走，抬眼笑起來：「原來，海水是溫的，果然和冰河不一樣。」

「阿晚……」

他低低出聲，卻也不知道自己是想說什麼，想讓她留他，亦或是告別？

她聽著他喚他，只是笑：「回去吧，幻術消耗靈力，你也不能用幻術陪我一輩子。」

她目光溫和：「能遇到逸塵，我已經高興了。日後我會經常來看你，你別擔心。」

沈逸塵不說話，他在海水裡仰頭看著她，像魚一樣，用戴著面具的臉頰輕輕觸碰她的手掌。

「去吧。」她輕聲開口：「我也走了。」

他垂下眼眸，應了一聲。

他自己也知道，其實留下對她未必是好事，想了想，他只道：「妳想見我，在任何有水的地方叫我的名字就好。」

「好。」

她應下來，看不出任何挽留的跡象，他也說不清到底是失落還是欣慰，終於還是轉頭游進了海水深處。

可游了一段，他便停下來，回頭看去。

他隱匿了自己的氣息，在水中看著她，想送她離開。

可他等了很久，她都沒有走。

她面上失去了笑容，站在海岸邊，任由海水拍打著她，靜靜看著海面。

從黃昏、日落，到銀光灑滿海面。

她的挽留內斂無聲，甚至沒有半分打擾。

他在水中注視著她的眉眼，看著她與初見已經完全不一樣的眉目。

那時候她還是個孩子，可如今她已經初初有了成人模樣，他看著等在月光下的人，冰冷的心跳一點一點灼熱起來。

他突然意識到，或許他不知道他為何去見她，可是，他知道自己為什麼留下。

他為花向晚留下。

五、

於是他劈開了魚尾，在晨曦落滿海面，她準備離開時，披上衣衫，起身從海水中走出來。

等回到合歡宮，他親自拜見花染顏，按著人修的風俗，向花染顏說了成親之事。

鮫人與合歡宮關係複雜，他並不確定花染顏的想法，花染顏聽著他的話，好久後，只道：「你知道，她父親，最終是怎麼走的嗎？」

沈逸塵茫然抬頭，花染顏神色平靜：「你父皇留在他身上的傷一直沒有痊癒，他身上傷太多，而你父皇留給他的傷，最為致命。」

沈逸塵愣愣地看著花染顏，花染顏眼中帶著些冷：「這是上一輩的事，我不想牽扯你們，你們應該有新的開始。可若是讓阿晚和殺父仇人之子成婚，你問的意思，你說我當如何回答？」

聽到這話，沈逸塵克制著情緒，艱難低頭：「宮主的意思，逸塵，明白。」

「若阿晚……」

「日後，逸塵會好好侍奉少主，」沈逸塵打斷花染顏的話，慢慢捏起拳頭，「請宮主放心。」

「我也不是一定要你們分開，若她喜歡你，我也不會阻止。」花染顏看著沈逸塵，目光中帶著幾分憐惜：「你是個好孩子，我知道。」

「可我不想騙阿晚，阿晚若是知道此事，也不會同我在一起。」沈逸塵平靜開口：「既然如此，我只要能侍奉少主左右，便足以。」

從那以後，他沒有了其他的心思。

反而是花向晚，每次看見他走路時微微發顫的雙腿，都會皺起眉頭，欲言又止。

她的性子直來直往，也藏不住什麼，終於有一日，她來問他：「那個……逸塵，他們都說……你是不是喜歡我……」

他緩慢抬眼，花向晚尷尬道：「那個，我也就是問問……」

「我只是想，和阿晚一直在一起。」他開口，花向晚一愣，沈逸塵將新摘下的梔子花插在她髮上：「阿晚想要我當男鮫，我就變成男鮫；阿晚想讓我當女鮫，我便當女鮫。我只是想一直陪著阿晚，如現在一樣，這是喜歡嗎？」

「我……我也這麼想！」花向晚聽著沈逸塵的話，高興起來，「我也想一直和逸塵在一起，加上師兄師姐，還有雲裳，咱們天天喝酒，不挺好嗎？」

「挺好。」沈逸塵點頭。

花向晚放心下來，高興離開。

過了兩年，花向晚十八歲，突破化神，成為西境最年輕的化神修士，豔驚西境。

這時魆靈出世，她奉合歡宮密令，帶著鎖魂燈前去封印帶回魆靈。

他為她繪製定離海去往雲萊的地圖，為她準備好所有包裹，他本來想同她一起過去，但兩個人潛入天劍宗，比一個人要難上許多，他只能留在西境，等著她的消息。

她去雲萊，一去就是許久，期初還每日同他傳音，慢慢地，她越來越忙，傳音也變成了兩日、三日，乃至五日。

後來有一天，她話語裡第一次提到謝長寂的名字，當時他心上一跳，直覺會發生什麼，可他還是按耐住自己，聽她細細描述這個少年。

她對這個人有很大的耐心，她知道他的喜好，知道他的性格，會揣測他接下來要出現在什麼地方，和他商量著怎麼堵他。

說著說著，她突然告訴他：「逸塵，我覺得，我好像有些喜歡他。」

他一愣，那一瞬，他覺得自己心像是被什麼攥緊，他仍要克制，只問：「妳……確認這是喜歡嗎？」

「當然，」她高興道：「我從來沒有過這種感覺，他靠近我我就會覺得心跳得很急，離他稍微遠一點，我就會想他。」

他明白。

聽著花向晚的描述，他便懂，因為他也是如此。

他沒有反駁，只是靜默著，花向晚好奇地問他：「逸塵？」

他聞言回神，輕聲道：「沒事，喜歡就多相處，好好把握。」

六、

從那以後，他們的對話裡，謝長寂出現得越來越多，慢慢的，她聯繫他越來越少。

說不難過是假的，可是想著她應當很高興，他又覺得，似乎也很好。

有一天夜裡，他又做夢，夢裡有人捏著他的脖子，他幾乎無法喘息，對方聲音冰冷：「你怎麼這麼軟弱？」

「誰……」他艱難掙扎著，對方手指漸緊：「想要就把人殺了，多的是手段，你怕什麼？」

「你是誰？」

他掙扎著從夢中驚醒，坐在床上氣喘吁吁。

從那以後，他經常做夢，夢裡的人異常煩躁，總催促著他去雲萊。

對方越催，他越不願意動身。

有一天白日，他給狐眠看診時，狐眠突然詢問：「昨晚我見你往雲浮塔的方向過去，是宮主叫你做什麼嗎？」

他動作一頓，抬眼看她，狐眠趕緊壓低了聲：「是不能說的事嗎？那我不問了。」

「妳……看到了什麼？」他遲疑著，想著這些夜裡的夢境。

有些擔憂，狐眠低聲道：「我也沒看到什麼，就看見你去雲浮塔了。」

「嗯。」他垂下眼眸，「宮主召見，妳休要同他人提起。」

「放心，」狐眠安撫他，「我有數。」

有了這一出，他便開始注意自己，慢慢發現，他似乎少了許多記憶。

他心中不安，猜測著這和他做的夢境有關係，他本想主動找到花染顏說明此事，可每次他去找花染顏，都會失去一段記憶，等清醒時，已經在另一個地方。

每一次，他只要想同他人提起這件事，身體就會失去操控權。

他意識到自己危險，便收拾了東西，打算離開合歡宮，然而他剛走出合歡宮，就失去了記憶，等再次醒來，他已經到了雲萊。

他睜開眼睛，發現自己拿著在雲萊準備給花向晚的禮物，老遠看見花向晚挽著一個少年的手，少年生得清俊，氣質孤冷，花向晚挽著他，他似乎不大樂意，花向晚仰頭嘰嘰喳喳說著什麼，少年垂眸不言。

沈逸塵愣愣看著兩人走近，花向晚似乎察覺到什麼，在人群中抬頭，看見他時，她整個人一愣。

片刻後，瞬間放開了少年的手臂，像鳥兒一般朝著他飛奔而來。

「逸塵？」她停在他面前，有些不敢置信，「你來了？」

他一時不知道怎麼解釋，抬眼看了慢慢走到她身後的少年一眼，隨後出聲：「嗯。」

花向晚目光落在他拿著的禮物上，睜大了眼，頗為驚喜：「你……你專門來給我過生辰嗎？倒是趕得巧了，」她抬眼，笑咪咪道：「不早不晚，剛剛好，我正要同長寂去吃飯。」

說著，她才想起來，轉頭指了身後少年道：「這就是我同你說過的，謝長寂。」

而後她又轉身，同謝長寂指了沈逸塵：「這就是沈逸塵。」

兩人不說話，謝長寂目光看他明顯沒有什麼好感，只是他還是恭敬行禮，一派大宗弟子的風範：「見過沈公子。」

他也微微點頭：「久仰。」

七、

來了雲萊，他便發現，花向晚的日子並不像她所說那樣高興。

謝長寂這個人很奇怪，一會兒對她很好，一會兒又刻意疏離。

他靜靜地看著少年人你追我跑，合合分分，他什麼都不能做，也不該做，唯一能做的，就是像過去一樣，一直守在她身後。

累了背她回去，傷了替她診治，哭了陪她聊天，有時候她想氣一氣謝長寂，他便配合她。

有時候看著，他也會生氣，會憤怒，但是這種情緒一閃而逝，他似乎生來就是如此，很難讓這些負面情緒長久。

他試圖查詢自己偶爾失憶的原因，卻始終不得結果。

藉著鮫人出身的優勢，他頻繁往來於雲萊和西境，四處打聽著與這種短暫奪舍有關的消息。

他試探著對方。

比如故意留下一個消息一個人，讓對方來找他，然後故意去找花染顏，逼著對方奪舍，等他失憶後，再醒來，他就去找那個安排好的人確認自己和對方的對話有沒有疏漏，從而確定，這個奪舍他的人，可以看見他的一舉一動，知道他的所有消息。

又比如在身體中留下測試的印記，如果是他人魂魄入體，就會沾染這個印記。可印記好好的，證明，入體的不是他人魂魄。

既然不是他人魂魄，那……只有自己的魂魄。

他不斷猜測著各種可能，慢慢拼湊真相，他意識到奪舍自己的人很可能是自己魂魄本身，於是開始下意識修煉魂術。

鮫人一族本就擅長此道，又在合歡宮得各種祕笈協助，隨著他魂魄強大，夢境中的人也越發清晰，這讓他確定了自己的方向。

對方清楚知道他在做什麼，倒也不甚在意。

他不明白為什麼對方沒有阻止，直到兩年後，他死在雲萊。

那時花向晚剛剛成親，謝長寂成親當夜離開，他本來想勸花向晚同自己回去，誰知道熟悉的奪舍感又湧了上來。

他本來以為只是一次平常的奪舍，他還會再次醒來。

可當他再次醒來時，他已經被封印在了碧海珠之中，他看著花向晚顫抖著握著手中染血的碧海珠，在雨中慘白著臉，對著自己的屍體喘息著落淚。

他一眼就認出這是自己的身體，而這時候，他的身體，已經變成了謝長寂的樣子。

他震驚得說不出話，他試圖想要聯繫花向晚，但一道強大的封印卻將他彈了回來。

他察覺自己十分虛弱，喘息著不說話。

他環顧四周，猶豫了許久，終於放棄了掙扎，他聽著花向晚的哭聲，盤腿坐在碧海珠中。

他沒有其他選擇，如今自己已經只是一道魂魄，除了修煉下去，找回真相，他沒有其他出路。

八、

他不斷強大著神魂的力量，慢慢的，他開始察覺，自己的一魄與其他三魂六魄似乎不同。

而後他開始能看到一些東西，可他不動聲色，假裝自己和之前沒有差別。

對方明顯也察覺他神魂逐漸強大，可對方並沒有意識到這意味著什麼，反而在夢中嘲笑著他無用。

他用他所感、所見，推測著對方的身分，又在夢境之中和他交談，揣摩著他的意圖。隨著他神魂逐漸強大，他開始慢慢有了記憶——屬於那個人的記憶。

這時候，他才意識到，他並不是一個完整的存在，其實，他只是那個人割裂下來的一魄而已。

那人是異界生出的天生靈物，飄盪於世間，他悲天憫人，對萬事萬物皆有憐愛，在看見世人廝殺多年，他苦救無果之後，最終決定以滅世來救世。可他對世間心懷所愛，愛魄的存在，讓他根本無法對世人下手，所以便造出裂魂之術，將愛魄投入輪回，與自己澈底割裂，去完成自己滅世大計。

這位自名為碧血神君的靈物，起初是想成為魔主，一統西境後想辦法讓人世動盪。可他屠盡大半西境，便發現能人輩出，光是合歡宮瀾庭真君和花染顏兩位渡劫修士，便讓他有些難以施展，於是他改變計畫，決心讓身為愛魄的自己，接近陰陽合歡神轉世，將轉世之神，培養成魃靈的容器。

所以他生來對花向晚就有執念，這份執念，不是他自己，而是碧血神君的執念。

碧血神君可以透過他的眼睛看周遭一舉一動，所以將他封印在碧海珠中，讓花向晚出於愧疚常年佩戴碧海珠，這樣他就可以掌握她的一舉一動。

知曉這件事，他便自己封印了自己的五感，他聽不見、看不見、感知不了，碧血神君自然無從感知。

這讓碧血神君十分惱怒，當日便入他夢中，嘲諷出聲：「你在我面前裝什麼聖人？你自己不想見她？不想聽她的聲音？我又不害她，我只是讓她成為這世上最強之人，你阻撓什麼？」

他閉著眼睛，平靜開口：「她不願意。」

「她不願意的事多得去了，你和本座才是一體！」

「不，」沈逸塵慢慢睜開眼睛，看著面前和謝長寂一模一樣面容的碧血神君，「我是沈逸塵。」

「沈逸塵？」碧血神君嘲弄地開口，「你看看我和你的模樣，我是先天靈物，我沒樣貌，你是鮫人，你也沒有自己的樣貌，如今你成了謝長寂的模樣，我就成了謝長寂的樣子，你還說，我與你不是一體嗎？」

「你願意與我是一體嗎？」沈逸塵冷淡開口，揭穿他：「你不是一向看不上我嗎？為了能監視阿晚，怎麼什麼都說得出口？」

聽著這話，碧血神君不出聲，好久後，他笑起來。

「好，你聖人，你偉大，可惜了，我最恨這種人。」說著，他直起身：「我和你不一樣，我想要的，我便會把握在自己手裡。」

「你想要她？」沈逸塵聽出他的意思，他平靜地盯著面前的人。

碧血神君歪了歪頭：「你不想要嗎？」

沈逸塵沒有出聲，他突然明白，他可以通感碧血神君，碧血神君，應當也是通感於他。

他越愛花向晚，碧血神君對花向晚執念越深，那花向晚……活著的機會越大。

他緩緩閉上眼睛，沒有言語，從那一日起，他每天、每時、每刻，都在重複回憶著和花向晚的點點滴滴。

他不斷說服自己，去強化著這份感情，他反過來透過魂魄之間的痛感，從碧血神君那裡去看花向晚。

他看著這個姑娘，他陪著長大的少女，一點一點挫骨換膚，成了他幾乎認不出的模樣。

他記得她從小傲氣，可她學會了低頭，學會了討好；他記得她的目光總是常含光芒，可如今她不管再如何笑，眼中都是渡盡千帆。

他不知道是受自己的影響，還是相處時日長了，花向晚最後一次給碧血神君換血時，青年給了她一方手帕。

碧血神君幾乎是沒有意識地替她擦了臉上血跡，花向晚愣愣抬頭，就看青年垂眸看著她。

「妳若願意，本座可以把溫少卿殺了，迎妳入魔宮，如何？」

聽到這話，花向晚滿臉震驚，隨後慌忙道：「阿晚惶恐，以合歡宮的身分，怕是會給主上徒增……」

「呵。」碧血神君聽到這話，怎會不知這是她的托詞，他冷笑著甩開手帕，淡道：「走吧。」

花向晚趕緊起身，捂著傷口，踉蹌著離開。

換血後沒多久，碧血神君病重。

他開始經常嘔血，彷彿有什麼在吸食他的生命，每次修煉，他就會明顯感覺到自己生命力的枯竭。

察覺到靈力和這怪病的關係，碧血神君停下修煉，他開始尋找原因，最終發現問題出現在花向晚換給他的血中時，他幾乎想殺了她！

在自己的血中下毒，用來和他同歸於盡，這是碧血神君怎麼都沒想到的事。

「她怎麼知道是我？」

「她不想復活合歡宮嗎？」

「為了殺我，她連自己的命都不要了，她瘋了嗎？」

碧血神君在他夢境中質問他，瀕臨崩潰：「這種毒……這種毒，她還怎麼操控魊靈，放出魊靈她就去死，我計畫這一切還有什麼意義？」

「所以我說，」沈逸塵平靜開口，「你不瞭解她。」

碧血神君愣愣轉頭，沈逸塵張開眼睛：「她不是為了殺你所以給自己下毒，是因為她想救人。她要放出魊靈才能救合歡宮的人，可她也絕不會因一己之私澈底放縱魊靈，所以，這種毒，是她最後的歸宿。」

「殺你，」沈逸塵輕笑，「不過順便罷了。」

「不，」碧血神君搖頭，「殺我，才是她最重要的事。無論愛還是恨——」碧血神君執著出聲，「我都是她最重要的人。」

沈逸塵不說話，聽著他開口之時，他有些想問面前的人。

為什麼？

九、

這個答案，他從巫生身上看到。

花向晚無法成為魃靈之主，謝長寂便成了碧血神君唯一的希望。可謝長寂有問心劍護身，魃靈根本無法寄生。唯一的辦法，就是讓他毀道。

他知道花向晚要去取魃靈，於是提前開啟魔主試煉，給了她一個充足的理由，上天劍宗求親。

他附身在沈修文身上，故意撮合和謝長寂和花向晚見面，讓謝長寂意識到她的身分。

而後不出所料，謝長寂毀道下山，跟著花向晚回到西境。

他封了自己五感，碧血神君無法看到什麼，但碧海珠當初與花向晚滴血結契，可以感知到花向晚所有血脈靈力變化。

於是謝長寂第一次運用靈力替花向晚打通經脈，他和碧血神君便一起得知。

他心上一顫，碧血神君冷冷睜眼，並沒多言，他只是挑選著魔主血令要散去的方向，緩慢道：「第一塊血令，就給玉生吧？沈逸塵，提醒一下謝長寂，你的存在，如何？」
要在取魔主血令過程中，一步一步將謝長寂逼到澈底入魔，如果能讓花向晚也一起墮道入魔，那更是再好不過。所以每一塊血令的選擇，都必須慎重。
他聽著碧血神君的話，只提醒：「我和玉生不同。」
「有什麼不同？」碧血神君冷笑，「要不是你讓著他，你顧慮著瀾庭真君之死，輪得到謝長寂？」
「她對我從未有過男女之情。」
「胡說八道！」
「你清楚。」沈逸塵冷淡揭穿。
碧血神君沉默下來，過了許久後，他嘲諷：「那又如何呢？總之，謝長寂信了，那就夠了。」
第一塊血令給了玉生，意在提醒他與花向晚之事。
第二塊血令給了狐眠，意在溯光鏡中，讓謝長寂得知她所經歷，感同身受，沉淪欲恨。可沉淪的卻不止謝長寂，當他們從碧海珠中感覺到花向晚身體變化，察覺她有孕時，碧血神君一夜殺了上百人。
他阻止不了碧血神君殺戮，只能冷眼旁觀，等碧血神君冷靜下來時，他才道：「好得很，既然謝長寂上趕著送死，這個孩子，來得正好。」

「你想做什麼？」

他問，可隨即便明白碧血神君的意思。

無論任何劇毒，女子有孕，這個孩子，都可以成為一線生機。

如果花向晚能活下來，她就可以成為魃靈之主。

「你不想讓她活？」碧血神君看他神色發冷，笑了起來：「謝長寂和她，你不會希望她死吧？」

「自然不會。」沈逸塵只問，「我只是奇怪，你在憤怒什麼？」

「受你影響罷了。」

碧血神君低下頭，用白絹擦拭染了血的手，隨後轉頭看他：「你魂魄越發強大，如今已經與我通感，你不是想回來吧？」

「我有我的三魂七魄，」沈逸塵聲音冷淡，「到你的身體，我嫌髒。」

碧血神君嗤笑，而後他便悄無聲息進入溯光鏡。

花向晚必須按照過去的步驟一步一步走完，才能完整看到過去發生的事，於是給秦憫生的藥中，他加入了能隱藏花向晚孩子存在的藥劑。

沈逸塵跟著他，看他如何撕開了秦憫生的魂魄，看秦憫生的愛魄成為狐眠的眼睛，秦憫生成為巫生。

後來花向晚滅巫蠱宗，那一夜，碧血神君隱藏在暗處，靜靜看著巫生送死。

看著巫生矛盾地嘶吼之時，沈逸塵突然明白。

「失去愛魄，是不是失去了愛所有事物的能力？」

他詢問靜默在暗處的碧血神君。

碧血神君不答，他卻已經知道答案。

「沒有愛的能力，就只剩下恨了，那看著這個世界，不痛苦嗎？」

「痛苦啊。」碧血神君笑起來：「所以我想毀滅它，我有錯嗎？」

碧血神君轉身走出甬道，他一路穿過被血水浸潤的地面，看著合歡宮弟子悄無聲息將巫蠱宗埋葬。

「千百萬年，他們一直如此。」說著，他走到巫蠱宗外，轉頭回望。

在細雨之中，人群廝殺無聲，碧海珠傳來花向晚靈力轉變。

她終於和謝長寂結契。

碧血神君勾起嘴角。

「真髒。」

十、

花向晚有了孩子，碧血神君便從容起來。

只是碧海珠每次傳來的消息，都令他煩躁不安。

於是他一次次主動挑釁謝長寂，不斷暗示著謝長寂是沈逸塵的替身。

每次碧海珠的反應，都像是謝長寂無聲的反擊，他們反復廝殺膠著，等到最後，他故意讓秦雲衣看見自己的臉。

秦雲衣將他當做沈逸塵，看著這張和謝長寂一模一樣的臉，立刻明白碧血神君的用意。

碧血神君消耗謝長寂的靈力，秦雲衣用言語干擾他，最後以渡劫之身獻祭，終於讓魔氣侵蝕了這個人。

看著碧血神君做的一切，沈逸塵提醒他：「太刻意了。」

「什麼？」碧血神君還沒明白。

沈逸塵平靜道：「你有無數的辦法入魔，他最怕的是阿晚之死，你總想讓他恨我，太過刻意，純屬洩憤，這樣，阿晚會發現你我的關係的。」

碧血神君沒說話，他似乎有了一瞬猶疑，但過了片刻後，他笑起來：「隨意吧，她早晚會發現。到時候，無論你還是我，」碧血神君神色淡淡，「都是她厭惡之人。」

「你想讓她發現嗎？」沈逸塵追問。

碧血神君輕笑：「自然不想。」

「如果可以，」他輕輕出聲，「我希望你永遠是沈逸塵。」

至少你我之間，有一位，她不會失望之人。

後來一切如他所計畫，花向晚殺了他，他借助沈逸塵的身體復活，花向晚為了救謝長寂，主動開啟魊靈，在魊靈開啟之時，她才意識到自己懷著孩子。

只是誰都不曾想到，這時候，最不該出現的謝長寂會出現。

他沒有問心劍護體，卻重修了多情劍，而沈逸塵多年蟄伏，也終於在此刻有了結果。

他和謝長寂一起制服已經成為魊靈的碧血神君，在天雷之中，謝長寂悟出最後一劍，斬殺魊靈。

他本以為自己也會同時死在謝長寂劍下，但謝長寂卻將他與碧血神君分開。

分開那一刻，如果碧血神君死死抓著他，謝長寂也無能為力，可他卻明顯感覺到一股力道將他推力，他詫異抬頭，看見面前一雙有些瘋魔的眼睛。

「結束了。」碧血神君開口。

而後湮滅在那一劍之中。

消失那一剎，沈逸塵有些茫然。他竟然有一種莫名的感覺，這種感覺來自碧血神君，這一刻，他似乎等待已久。

而後他看著花向晚悟出最後一劍，看著天地歸為平息，看著一切恢復勃勃生機時，他才驚覺，一晃已經七百年。

他看著和謝長寂並肩而站的花向晚，感覺七百年歲月如煙而過，那一刻，似乎什麼都不重要，面前這個人眼裡又有了光，和少年不一樣，她眼裡光芒溫柔又堅韌，經歷過風雨。

他這一生都圍繞著她，為她離開定離海，為她劈尾，為她死於雲萊，為她魂修兩百年。

這是碧血神君的執著，也是他的。

這一生給了她，他不後悔，可是，如她所說，他已經好久，好久，沒有看過海上花了。

於是他告訴她。

「我要回海裡了，來生，應該不會再見。」

因為來生，沈逸塵，與碧血神君執念無關，與花向晚無關。

不因誰而生，亦不因誰而死。

他不再是一縷愛魄，他是一個活生生的人。

沈逸塵。

番外・秦雲裳

程望秀是秦雲裳找回來的，他帶著記憶輪迴，生下來後覺得自己以一個奶娃娃的身分出現有些不體面，就一心一意想重回巔峰再回來。

誰知道秦雲裳一個月三趟拜訪天機宗，神奉不堪其擾，幫她把程望秀的位置算了出來，秦雲裳趕著過去，剛好就遇到程望秀小宗門內部鬥爭、虎落平陽被犬欺的戲碼，已經是鳴鸞宮宮主的秦雲裳非常體面的來了次英雄救美，極大傷害了程望秀自尊心，他氣得當天晚上連夜跑路，秦雲裳倍感無奈，只能和他玩起了重回築基期、披著假身分談戀愛的戲碼，最後終於把人哄了回來。

一、

「師弟，聽說你生來就是三靈根，十八歲便步入築基，是我們雷霆門千年難遇的天才，此次搶奪紫玲草，師弟一定是手到擒來，有十足把握了吧？」

山林內，一位三十多歲的中年男子皮笑肉不笑吹捧著旁邊背著雙刀的少年。

少年生著一張娃娃臉，面上表情本就不耐，聽他說到「三靈根」開始臉色微變，「十八歲築基」開始目露凶光，等中年男人說完，他停住腳步，冷冷看過去。

他眼中帶著殺意，男人心上一顫，有些不安道：「程師弟？」

「趙鳩，你再多說一個字，」程望秀冷聲開口，「我就弄死你。」

他這話沒有半點玩笑的意思，被喚作『趙鳩』的男人咽了咽口水，趕忙點頭。

程望秀見他安靜，漠然上前，看著一群築基期以下打打殺殺的前方，眼中越發不耐。

他叫程望秀，生在牛家村，生來是三靈根，聰慧非常，四歲便被雷霆門長老看重，收入內門。

按理說，這是凡人天大的榮耀，普通人都要感激涕零，可問題是，程望秀不是凡人。

他是帶著記憶轉世的。

轉世之前，他是合歡宮弟子，雖然不算首席，但也是頂尖，生來火系天靈根，資質非凡，十歲築基，二十歲結丹，百歲化神，自創火雲刀出神入化，乃西境響噹噹的人物。

他這樣的天才，在哪裡都要供人瞻仰，一路驕傲慣了，不曾想，有朝一日重新投胎，他居然成了一個三靈根？

三靈根在普通人眼裡也算不錯，可同他的火系天靈根比起來，那就是天壤之別。

靈根博雜就博雜吧，這身體資質還非常普通，從小體弱多病，一天到晚癆病鬼一樣，不是發燒就是咳嗽，多練練就要吐血，拖累得他刀法都很難修習。

饒是他前世是個天才，也是花了十八年時間，調理身體，開拓靈根，想盡辦法，才終於……

走到了築基。

十八歲築基，這事兒拿回合歡宮去，要給人笑死。

最重要的是，如果讓秦雲裳那個小妮子知道……她鐵定要笑得直不起腰來，能拿這事兒笑話他一輩子。

一想到秦雲裳笑話他的樣子，程望秀就有些難受憤怒加難以容忍，頓時捏緊了刀，決定抓緊修煉，早日恢復化神，趕回合歡宮去，到時候……

他就有臉見秦雲裳了。

想到這裡，程望秀感覺身體充滿了力量，他抬眼看了前方一眼。

今日紫玲草出世，引得很多小宗門爭搶，紫玲草這東西用於結丹，雖然比不上雪靈子這些寶物，但是也勉強能用。

雪靈子這種寶物早就被大宗門弄走給門下弟子，對於小宗門而言，能爭搶的也就紫玲草了。

如今他已經築基，下一步就是結丹，紫玲草他勢在必得。

不肖多想，他便往前衝去，吩咐身後雷霆門的弟子：「衝！」

雷霆門弟子立刻應答，然而對視一眼後，大家卻都默契地沒有跟上程望秀，只是遠遠在周邊，找幾個其他宗門最弱的弟子，打來打去裝裝樣子。

程望秀沒有察覺身後同門的敷衍，只當他們能力不及，自己提了雙刀，一路衝入人群當中，朝著紫玲草方向廝殺過去。

他雖然只有築基，但刀法悍勇，眾人將他團團圍住，打了一天一夜，都沒有討到好處，眼看這廝越戰越猛，其他宗門不敵，咬咬牙後，乾脆放棄。

眾宗門逃開，程望秀守著紫玲草，終於舒了口氣，他踉蹌了一下，往後退去，靠在樹上。

趙鳩見狀，趕緊上來，滿臉關心：「師弟，你如何了？」

「無事，」程望秀冷淡開口，抬眼看著宗門人衝向紫玲草，他喝了一聲，「慢著！」

所有人看過來，眼露不解，程望秀平靜道：「二八分，你們只能取兩成紫玲草。」

眾人一聽，面帶失望之色，程望秀緩了一會兒，站起身來，往前方走去，彎腰去取紫玲草。

趙鳩站在他身後，低低笑出聲來：「師弟，你這麼做，未免太過自私了。臨行前宗主說了，此次不管誰取到紫玲草，都需全部上交宗門，分給大家。」

程望秀聞言，並不理會他，快速採摘著紫玲草。

眾人見他軟硬不吃，面上有些難看，趙鳩冷笑了一聲：「師弟，我勸你識相點，還是將紫玲草交出來。」

「若我不交呢？」程望秀聽出他言語中的威脅，漠然轉身。

趙鳩沒說話，只抬手指向他的手臂。

程望秀微微皺眉，趙鳩面上帶著幾分嘲弄：「你中毒了。」

程望秀一愣，也就是這片刻，趙鳩突然上前，猛地一掌擊在他胸口！

他來得極快，程望秀倒是反應了過來，可不知為何，他卻覺得身上宛如灌了鉛一般，根本動彈不得。

他被趙鳩狠狠擊飛，嘔出一口血來，隨後就看趙鳩又出現在他面前，抬腳踩在他臉上，面上依舊是平日那幅笑容溫和的樣子：「師弟，識時務者為俊傑，要命還是要紫玲草，你得選。」

「趙鳩……」

程望秀捏起拳頭，抬眼看向周遭。

周遭弟子都愣愣看著他們兩，卻沒有一個人上前，趙鳩見他神色，便知道他意思：「程師弟在看什麼？莫不是想要看看哪位師兄師姐願意幫你？別開玩笑了，一個村裡出來的放牛娃，有幾分聰明，你以為就能越過血脈鴻溝？我趙家可是修仙大族，你可知我家老祖，如今已是元嬰大能，你這傻麅子，我幾次示好是給你臉面，你既然給臉不要臉，休怪我無情。」

「元嬰期？」程望秀聽到這話，嗤笑出聲：「厲害得很吶。」

「嘖，你這輩子，怕都沒見過元嬰大能吧？」趙鳩說著，半蹲下身來，「實話同你說了吧，紫玲草，我就順便拿一下。今日我想做的，就是廢了你這三靈根，我倒要看看，你拿什麼傲！」

「你敢！」

一聽這話，程望秀大怒，用盡全力抬手朝著趙鳩一刀回去，可趙鳩卻彷彿早知他的動作，一把抓住他的手腕，刀尖一翻，就扎入他的手心！

「我有什麼不敢？」趙鳩被他反抗激怒，拔刀朝著他脊骨劃去，「一個農家子處處想出風頭，我倒要看看，剃了你的三靈根，你又能如……」

話沒說完，一陣狂風從旁邊突然襲來，瞬間將除了程望秀以外的所有人猛地震飛，隨後數道光劍灌入趙鳩身體之中，一個帶著幾分玩笑的女聲從不遠處出來：「我倒要看看，剃了你這雜靈根，你又能如何？」

話音剛落，光劍瞬間侵入趙鳩身體，趙鳩尖叫出聲。

程望秀僵在原地，他根本不敢回頭，就聽身後有人一步一步踏葉而來，走出密林。

她一身黑衣金邊長裙，頭髮用紅繩簡單紮著，一雙狐狸眼似笑非笑，走到趙鳩面前。

趙鳩痛苦哀嚎：「前輩！我家老祖乃元嬰期……」

「一個元嬰期而已，」接近渡劫威壓瞬間壓下，趙鳩根本動彈不得，他心中大駭，面前的女子盯著他，眼中帶著幾分嘲弄，「算什麼東西？」

「前……前輩……」

「井底之蛙，何敢語天？帶著你這條賤命，離程望秀遠點。」

秦雲裳抬手一揮，面色頓冷：「滾！」

二、

趕走了那些人，秦雲裳終於得空，轉頭看向身後程望秀。

她是從天機宗神奉口中得到程望秀轉世的位置的，剛知道就趕來了，誰知道還是晚了這麼多。

面前的人看上去已經十八九歲的樣子，看上去十分警惕，他似乎是不記得她是誰了，雖然有些遺憾，但倒也不奇怪。

兩人靜靜對視，好久後，秦雲裳輕咳了一聲，只道：「那個……我給你療傷。」

說著，秦雲裳走上前來，伸手想去拉他，但還未觸碰，程望秀便彷彿是驚醒一般，忙收回手，只道：「小小外傷，不勞前輩費心。」

他不想要她療傷，因為只要一碰到他，她就會清楚知道，他只是個三靈根。

秦雲裳不知道程望秀的想法，只想，任何一個人突然遇到一個這麼好心的陌生人，都會有壓力，她便也沒有繼續往前，兩人靜默半天，本來也不是嘴笨的人，卻異常安靜，好久後，程望秀假裝不認識她的樣子，站起身來：「今日多謝前輩搭救，若是無事，晚輩先行告辭了。」

「等等！」秦雲裳見他要走，趕緊叫住他：「那個，我救人救到底，送佛送到西，要不你在我這裡先養養傷？」

「不用。」程望秀果斷拒絕，「我與前輩素未相識，前輩如此熱心，晚輩心中難安。」

說著，程望秀就往前走去，他一動，便發現自己腿方才似乎受了傷，靈根此刻也隱隱作痛，可他還是強撐著自己，一瘸一拐往外走。

秦雲裳慢條斯理走在他旁邊，想著勸說的話：「我也不是沒有圖謀，你放心，我真的不是害你。」

「晚輩身無長物，沒有什麼可以讓前輩圖謀的。」

程望秀髮現自己瘸了，忍不住捏起拳頭，秦雲裳沒發現他的異常，拼命找補：「還是有的。」

「什麼？」

「臉。」

聽到這話，程望秀停住了步子，秦雲裳好像想到了一個極好的主意，她認真看著程望秀，提議道：「你長得很像我一位故人，要不你跟我回鳴鸞宮怎麼樣？」

說著，秦雲裳為了誘惑他，開始自報家門：「我叫秦雲裳，是鳴鸞宮宮主，鳴鸞宮你聽過吧？你跟了我，要什麼資源有什麼資源，你是三靈根吧？我保證幫你洗筋伐髓變成單靈根，讓你修行無阻。你這身體看著也不好，得好好溫養，你在這種小宗門沒有前途，跟著我，我給你……」

「那我算什麼？」程望秀聽著她的話，打斷她，語氣帶怒：「妳的面首嗎？」

秦雲裳一聽，心跳快了一拍，愣愣地看著面前的人，片刻後，鼻血流了下來。

察覺自己失態，她轉過頭去，故作鎮定：「對不起，你這個提議有點刺激，但我覺得挺好的。」

「我不同意。」程望秀扭過頭去，冷著聲道：「前輩另尋他人吧，我自己養得起自己。」

說著，程望秀因過於氣憤，一瘸一拐踩到一根圓木上，「啪嗒」就對著地面撲了下去。

撲下去時，他毒素未清的身體一麻，他來不及有任何反應，腦袋就對著石頭磕了上去——徹底暈了。

秦雲裳看著趴在地上血從腦袋上慢慢流出來的程望秀，愣了片刻後，趕緊把他扛了起來。

此刻也顧不上程望秀怎麼想，先把人救了要緊。

三、

秦雲裳把程望秀扛回鳴鸞宮，趕緊把薛子丹叫了過來。

等著薛子丹來看診時，秦雲裳簡單給程望秀處理了一下傷口，剛給他扒了衣服，就看見程望秀脖子上一根月牙吊墜。

看見那根吊墜，秦雲裳不由得愣了愣，她伸出手去，摸了摸那根月牙。

只是普通的木雕，沒什麼特別，但是仔細摸去，她還是摸到了那兩個字——雲裳。

她不由得愣了愣，就看薛子丹走了進來，一面吩咐藥童打開藥箱，一面慢條斯理道：「聽說妳找到程望秀了？」

「哦，」秦雲裳回過神來，看薛子丹湊到程望秀面前，趕緊讓開位置，「你看看情況。」

薛子丹看了一眼，見都是外傷，倒也沒有在意，只琢磨著道：「三靈根，築基期啊……」

「你少廢話，」秦雲裳不滿地瞪他一眼，「趕緊看病。」

薛子丹輕笑一聲，坐下來給程望秀診脈，一面診脈一面測著他的神魂：「神魂倒是十分完整……他好像，」薛子丹微微皺眉，「轉世沒什麼影響？」

一般人轉世，神魂多少有些變化，忘記前塵會體現在魂魄之上。

但程望秀的神魂卻似乎沒有過任何變化。

薛子丹不由得多看了一眼，給程望秀包紮好傷口之後，慢慢道：「妳也別擔心了，他沒什麼事兒，這些年妳不是在找人就是去天機宗，好不容易見一次，」薛子丹轉頭看過去，「去喝個酒？」

「他當真沒事？」秦雲裳知道薛子丹不是無緣無故邀請她喝酒的人，眉頭微皺，不由得多問了一句。

薛子丹面露幾分不滿：「妳可以懷疑我的人品，不能懷疑我的醫術。」

「這話你同你祖父說去。」秦雲裳一聽，便放下心來，直起身吩咐旁人：「照顧好程公子，走吧。」

說著，兩人一起往外走去，等秦雲裳走遠，弟子把旁邊雜物收拾好，替程望秀蓋上被子，也退出了大殿。

程望秀慢慢睜開眼睛，他轉頭看了外面一眼，靜默了許久。

薛子丹，現今藥宗宗主，當年琴吟雨都為之稱讚的天才製毒宗師。

和如今鳴鸞宮宮主秦雲裳……倒也般配。

程望秀想了想，掀了被子起身，從桌邊抽了張紙，咬了拇指寫了一道符，貼在身上便往外走了出去。

他這一動作，立刻驚動了還在屋簷上和薛子丹一起喝著酒的秦雲裳，秦雲裳忙道：「不好，他要跑。」

「慢著慢著，」薛子丹叫住她，「他跑他的，妳急什麼？」

「可是……」

「讓他走吧，」薛子丹嘆了口氣，轉頭看了秦雲裳一眼，「妳剛才也說了，他脖子上掛著寫著妳名字的鏈子，那條鏈子和妳當年送他的一模一樣，但是又不是當年那條，可見這鏈子是他自己做的，他必然還記得前塵往事。記得前塵，卻十幾年不來找妳，妳沒想過為什麼？」

「為……為什麼？」秦雲裳喃喃。

薛子丹想了想，只問：「我聽說，當年程望秀是合歡宮裡脾氣最張揚的一個人，生來天之驕子，順風順水，唯一一次逆境，他就送了性命。」

聽著這些話，秦雲裳默不作聲喝了口酒，薛子丹慢慢道：「他和妳、向晚不同，他從來沒低過頭，如今轉世過來，便是個三靈根，資質不好，修為不夠，怕他自己都厭棄自己，更不想見妳。人總想用自己最好的一面見心愛的人，更何況是程望秀這種天才？」

「我明白了。」秦雲裳點頭，面上多了幾分堅定。

薛子丹轉頭看她：「妳明白什麼？」

「是我疏忽了，我該陪他成長才是。」秦雲裳放下酒罈子，頗為欣慰，「我果然是他心愛的人！」

薛子丹：「……」

四、

想明白程望秀的顧忌，秦雲裳立刻著手去調查他現下的情況。

然後就知道了這一世程望秀的處境，生在農家，身體又差，進了個小宗門，還因為「資質太好」被宗門嫉妒。

看上去真是淒淒慘慘。

秦雲裳想了想，立刻就找到自己屬下的屬下的屬下……通了點關係，變成個煉氣期名叫云云的小女修，進入了雷霆門。

這時候程望秀已經回到雷霆門，上次趙鳩被一頓收拾後，雷霆門上上下下都知道程望秀有一個不得了的後臺，他一回去，對他態度轉變極大，門主哭著喊著想把女兒嫁給他，氣得程望秀連夜離宗——又為了進入祕境的合法資格折了回來。

但不管怎樣，雖然沒有成為掌門女婿，但程望秀依舊成了雷霆門的當紅人物，直接進入內門，成為大師兄，開始去挑選新入門的弟子。

人群之中，他一眼就看見了被掌門關照過走後門進來的秦雲裳。

秦雲裳改頭換面，她覺得自己萬無一失，但程望秀還是一眼就看出來她的真實身分。

他捏著她的名帖不說話，秦雲裳眨了眨眼，一臉無辜：「師兄？」

「這個不要。」

程望秀立刻轉頭同旁人吩咐，秦雲裳一看，當即往程望秀撲了過去，一把抱住程望秀的大腿，跪在地上哭得梨花帶雨：「師兄！不要，你不要這麼對云云！云云是全村的希望，你要是把云云趕回去，云云就不活了！」

「妳放開。」程望秀被秦雲裳抱著腿，臉頓時紅了起來，激動道：「妳別碰我。」

「不，我不放，你要趕我走，我不能放！」

「來人！把她拖走！」

程望秀大喝，兩個弟子立刻衝上來拖秦雲裳。

秦雲裳怎麼可能讓兩個普通弟子拖走？但做戲要做足，這兩個弟子一抓她，她就開始哀嚎：「疼疼疼！兩位師兄，好疼啊！」

「放手！」一聽這話，程望秀立刻大喝，將兩個弟子罵走，「不會輕點嗎？」

拖人的弟子有些發懵，他們根本沒有用力啊？

程望秀見旁邊人拖不走，就親自上手。

可不管他怎麼用力，秦雲裳都紋絲不動，兩人較勁半個時辰，程望秀氣喘吁吁，秦雲裳淚眼汪汪。

程望秀沒有力氣了，他盯著這個抱著自己大腿的少女，喘著氣道：「妳力氣怎麼那麼大？」

「對不起師兄，」秦雲裳吸了吸鼻子，「我以前修過千斤禪，您拉不開的。」

程望秀：「……」

他嗝屁這幾百年，她學過的東西真是太多了。

五、

拉不開，拖不走，他也想清楚，秦雲裳想留下，他是趕不走的，只能咬咬牙，讓人留下來。

從那天開始，雷霆門就知道，程望秀多了一個愛慕者。

那個叫云云的小師妹，對程望秀一見鍾情，不管程望秀脾氣再大，再冷漠，這個師妹都能堅持著跟在程望秀身後，笑咪咪喊：「師兄。」

一開始程望秀還想趕走她，但想到當年秦雲裳那勁頭，秦雲裳決定的事，自己作死她都不會離開。

於是他也沒想著故意做什麼，她既然裝小師妹，他就裝不知道，看她一個鳴鸞宮宮主，能在這裡裝小師妹裝多久。

他沒有刻意為難，但也不會有意接近，就像對待一個普通師妹，只是偶爾看她餓了肚子、忘記拿東西，會悄無聲息買點糕點，替她帶上。

這點小細節，秦雲裳自然察覺，她便故意總是出簍子，讓程望秀來幫忙。

程望秀離去時，從來不懂這些彎彎繞繞，後來轉世重生，也只一心修煉，哪裡看得出秦雲裳這狐狸的小伎倆。

只能是一面暗暗幫著她，一面想不明白，都這麼多年了，怎麼秦雲裳還是這麼冒冒失失，這是怎麼當上鳴鸞宮宮主的？

幫著幫著，程望秀自己都沒發現，他對秦雲裳越發親近起來。

秦雲裳本來也是美滋滋享受著程望秀照顧，直到兩人一起跌入祕境，她假裝受傷，想享受一下程望秀的照顧。

而程望秀見她受傷，也沒多想，直接幫她把上衣卸去，替她認真擦藥。

他毫無顧忌脫去她衣服那刹，秦雲裳突然意識到一個問題——她此刻不是秦雲裳，她是云云。

她只是這一世程望秀的一個小師妹，而程望秀，對這個師妹明顯已經超出了普通之情。

那程望秀……還喜歡秦雲裳嗎？

這個問題浮現上來，秦雲裳整個人是懵的，她呆呆坐在原地，等程望秀幫她上好藥，便發現她情緒明顯有些不對。

他愣了愣，想問點什麼，又終究沒問，只道：「妳還好吧？」

「啊，」秦雲裳反應過來，她連忙點頭，「沒事。師兄，你也累了吧？」

她勉強笑了笑：「先休息吧。」

說著，她便背對著他，轉身躺了下去，彷彿不想再看見他一般。

程望秀抓著藥瓶，一時不知該說什麼。

他想著方才在那隻狼妖爪下自己笨拙的動作，一時有些難受。

他以前不是這樣的，他的刀更快，他不可能讓那只狼妖傷到秦雲裳，哪怕他知道這是秦雲裳故意受傷，可他不能接受的是——他攔不住。

她是不是失望了呢？

見過了那麼多優秀風雲的人物，過了那麼多年，程望秀早已不是天之驕子，早已不是她記憶中的樣子。

失去了回憶的光環，看到如今真正程望秀的模樣，她是不是開始意識到，他沒有那麼好，也不想再喜歡他呢？

這些念頭讓他有些煩躁，他低低應了一聲，只道：「我去守夜。」

說著，他站起來，坐在門口。

晚上月光很明亮，他仰著頭，忍不住想當年他最初見到秦雲裳。

那時她還是個孩子，過得不好，他早已成名，看著她被鳴鸞宮的人欺負，便一腳一個踹走了欺負她的人。

然後他把她拉起來，她突然就哭了，他嚇得六神無主，給她捏了個小泥人。

孩子看著小泥人，愣了愣後，慢慢笑起來。

從那以後，她總是偷偷來找他，那時候剛好是他最傲氣的時候，合歡宮總有人來打擂，師兄師姐不便出手，他又是個暴脾氣，他總是贏，每次贏了之後，就會看見一個小姑娘，從窗戶、人群後、樹後跑出來，滿眼都是他，認真誇讚：「程……程師兄好厲害！」

一開始他沒放在心上，可不知道是從什麼時候開始，他便將這種誇讚當成了一種追求。

每次拔刀，每次贏，等回來，他都下意識想望向身後，聽那一句——好厲害。

一開始是程師兄。

後來是程哥哥。

再之後，是望秀。

她不懂什麼是矜持，追求一個人肆無忌憚。

他一開始怕她是一時興起，後來卻也覺得，哪怕是一時興起，他也要讓這份「興起」變成長長久久。

因為他是程望秀，天之驕子，火雲刀程望秀。

他有足夠的資本和驕傲，去留住這個人。

所有人都覺得，是秦雲裳追著他，可他們不知道，其實這份感情裡，是他一直患得患失，在等著秦雲裳。

可如今他不是火雲刀，不是那個天才，他和秦雲裳雲泥之隔，又怎麼配得上她？

他該再努力一點。

他想，再快一點，站回她身邊。

他暗暗捏起拳頭，想到了那個洗骨伐髓最快的辦法。

鳳凰山上，岩漿淬骨，烈火重生。

而這個辦法，九死一生。

秦雲裳在，不可能讓他用這個法子，他得早點支開她，才有這個機會。

這樣想著，等到第二日，他領著秦雲裳一起走出祕境。

等出了祕境，兩人回到宗門，秦雲裳看上去興致不高，一直悶悶不樂。

程望秀送她到門口，看了她一眼，想了想，只道：「我要單獨出去一趟。」

聽到這話，秦雲裳轉頭看他，有些茫然，程望秀抿了抿唇，輕聲開口：「妳……等我回來。」

「你去哪裡？」說著，秦雲裳反應過來，趕緊道：「我陪師兄一起去！」

「不必，」程望秀拒絕，借著她不打算暴露身分的的現成理由，「此行危險，妳修為不夠只是拖累，我自己去就好。」

「可……」

「等我回來，」程望秀抬眼看她，頗為認真，「我回來，便……如妳所願。」

秦雲裳一愣，隨後反應過來，這句「如妳所願」，是什麼意思。

如「云云」所願，那……

「秦雲裳呢？」她下意識出口。

程望秀動作一僵，隨後有些茫然，秦雲裳這話出聲，便意識到不對，趕緊笑起來：「那個，我看師兄頸上鏈子寫著這個名字，忍不住多問一句。」

程望秀聽著，看著眼前的人帶著幾分忐忑的眼神：「你回來，同我在一起，那這個鏈子的主人，師兄忘了嗎？」

程望秀抿唇，沒想到秦雲裳會這麼問，他一時有些不知道怎麼回答。

秦雲裳慌亂起來，她忍不住道：「聽聞師兄之前被大能所救，這世上名為雲裳，又化神期以上的大能僅有鳴鸞宮宮主秦雲裳，聽聞秦宮主一直在等她愛人轉世，師兄難道沒想過，自己就是那人嗎？」

「我……」

「秦宮主當年為了復活他，卑躬屈膝隱忍兩百年，豁出性命和碧血神君拼死廝殺，又獨身等待兩百年，若她等的人是師兄，師兄沒有想過，與我在一起，秦宮主怎麼辦？」

「可是……」

「程望秀，」秦雲裳越說越委屈，她退了一步，盯著面前的少年，「你怎麼能這麼狠心？我和你認識才多久，你就能移情別戀忘記舊人？是了，三百年，於你只是彈指一瞬，可你知道對於秦雲裳來說，三百年意味著什麼？她等著你盼著你，你轉頭不過經年就能喜歡上新人，你對得起……」

「妳先冷靜一下！」程望秀見她眼含熱淚，越說越沒譜，趕忙打斷她，急道：「不是妳先裝成云云接近我嗎？怎麼能說我移情別戀呢？」

這話一出，兩人都愣了，兩人四目相對，片刻後，程望秀先覺得有些難堪，扭過頭去：「那個，其實我一開始就認出來了。」

秦雲裳說不出話，想到之前她演過的一切，只覺臉皮寸寸碎裂。

尷尬難堪一起湧上來，她突然很想逃離這裡。

程望秀低著頭，結巴著解釋：「我本來……想讓妳走，但是趕不走，那只能先留下來。」

「為什麼不揭穿我？」秦雲裳終於緩過來，低著頭追問。

程望秀不敢看她，聽著她的話，他也不敢出聲。

秦雲裳吸了吸鼻子：「算了，不說也罷，反正你活著就好，我也沒什麼好求的。」

聽到這話，程望秀想到剛才她的言語，慢慢抬眼看她。

她和他記憶中區別已經很大了，比記憶中的少女成熟、狡猾、有魄力，她經歷那一切，他早已經在無數傳說和話本裡聽聞，正是因為聽聞，才覺得虧欠和不安。

「對不起。」他開口，秦雲裳轉頭看過來，就聽他有些沙啞道：「是我無能，這三百年，讓妳費心了。」

秦雲裳一愣，就看見程望秀眼中帶著些許水汽。

「是我不好，是我自私。我知道現在我還配不上妳，但其實私心裡，我又想要妳留下。所以一面告訴自己該走，但妳真的追過來，我又忍不住將妳留下來。」

「沒有直說是我不對，妳怪我也是應當。可我不會移情別戀，三百年於妳是漫漫歲月，可對於我，只是閉眼睜眼。」

說著，他抬眼定定看著秦雲裳。

「我還是活在三百年前，那時候妳才二十出頭，我正打算去鳴鸞宮提親。那時候我還是化神修士，少年天才，我的刀還能劈山倒海，我還是妳心中最強的程望秀。」

「望秀……」秦雲裳喃喃：「我不在意什麼配得上配不上。」

「我在意。」程望秀認真開口：「我在意我是三靈根，我在意我十八年只能修到築基，我在意我沒辦法保護妳，我在意妳看過了這麼多優秀的人，再回頭看我。我害怕妳喜歡的早就不是程望秀，只是妳記憶裡那個英雄，而我不是了。所以我重回我該有的位置，再去見妳，當妳心裡最好那個人。但對不起，我沒意識到──」

程望秀說著，聲音哽咽：「妳已經等了三百年了。」

他不該讓他等下去。

他睜眼閉眼，她獨守三百年，他怎麼會以為，這三百年這麼簡單就度過？

「我從一開始就知道是妳，妳該放心，」程望秀說著笑起來，「我只喜歡妳。」

六、

後來，他們去了鳳凰山。

花向晚薛子丹秦雲裳聯手護法，程望秀在岩漿中淬骨伐髓，將三靈根煉化為單靈根。

這時大家都傳說，鳴鸞宮宮主收了一位男寵，和當年火雲刀程望秀長得一模一樣。

再後來，程望秀成了雷霆門的掌門，將雷霆門發展成西境一大宗門。

他終於練成火雲刀，也終於再入化神。

化神雷劫之後，他背著雙刀從容而出，看著不遠處一直等在雷霆之外的秦雲裳。

秦雲裳看著那張帶著笑的娃娃臉，忍不住說了句：「好厲害。」

程望秀笑起來：「又不是沒經歷過，這多簡單？」

秦雲裳沒說話，可他知道，這一世的程望秀，走到這裡，有多艱難。

看著那雙眼裡過去沒有的沉穩，她未曾告訴他。

無論如何，他都永遠是她心中的少年英雄，不世天才。

——《劍尋千山》番外完——

高寶書版集團
gobooks.com.tw

YE 081
劍尋千山【第二部】問心之劫(下卷)

作　　者　墨書白
責任編輯　吳培禎
封面設計　單　宇
內頁排版　賴姵均
企　　劃　何嘉雯

發 行 人　朱凱蕾
出　　版　英屬維京群島商高寶國際有限公司台灣分公司
　　　　　Global Group Holdings, Ltd.
地　　址　台北市內湖區洲子街88號3樓
網　　址　gobooks.com.tw
電　　話　(02) 27992788
電　　郵　readers@gobooks.com.tw(讀者服務部)
傳　　真　出版部(02) 27990909　行銷部 (02) 27993088
郵政劃撥　19394552
戶　　名　英屬維京群島商高寶國際有限公司台灣分公司
發　　行　英屬維京群島商高寶國際有限公司台灣分公司
法律顧問　永然聯合法律事務所
初　　版　2024年07月

本著作物《劍尋千山》，作者：墨書白，由北京晉江原創網絡科技有限公司授權出版。

國家圖書館出版品預行編目(CIP)資料

劍尋千山. 第二部, 問心之劫/墨書白著. -- 初版. -- 臺北市：英屬維京群島商高寶國際有限公司臺灣分公司, 2024.07
　冊；　公分. --

ISBN 978-626-402-037-4(上冊：平裝). --
ISBN 978-626-402-038-1(下冊：平裝). --
ISBN 978-626-402-039-8(全套：平裝)

857.7　　113010472